纸上问青

林淮岑 著

中国言实出版社

图书在版编目(CIP)数据

纸上问青 / 林淮岑著 . -- 北京:中国言实出版社,
2023.9
ISBN 978-7-5171-4598-1

Ⅰ . ①纸… Ⅱ . ①林… Ⅲ . ①长篇小说—中国—当代
Ⅳ . ① I247.5

中国国家版本馆 CIP 数据核字 (2023) 第 185314 号

纸上问青

责任编辑:王蕙子
责任校对:邱 耿

出版发行:中国言实出版社
　　　　　地　址:北京市朝阳区北苑路180号加利大厦5号楼105室
　　　　　邮　编:100101
　　　　　编辑部:北京市海淀区花园路6号院B座6层
　　　　　邮　编:100088
　　　　　电　话:010-64924853(总编室)　　010-64924716(发行部)
　　　　　网　址:www.zgyscbs.cn　电子邮箱:zgyscbs@263.net

经　　销:新华书店
印　　刷:北京金康利印刷有限公司
版　　次:2024年1月第1版　　2024年1月第1次印刷
规　　格:889毫米×1194毫米　　1/32　　10.5印张
字　　数:240千字

定　　价:68.00元
书　　号:ISBN 978-7-5171-4598-1

序

　　中国文化源远流长，中华文明博大精深。只有全面深入了解中华文明的历史，才能更有效地推动中华优秀传统文化创造性转化、创新性发展，更有力地推进中国特色社会主义文化建设。

　　网络文学是互联网时代富有活力和影响力的新文学样式，植根于悠久浓厚的中华文化传统。近年来，现实题材网络小说蓬勃发展，用网络文学的语言逻辑，传承中华文化，书写伟大时代，是网络作家责无旁贷的历史使命和责任担当。

　　林淮岑以四川省非遗传承"黄麻纸"为主题创作的《纸上问青》，正是现实题材网络小说里的佳作，荣获七猫中文网第二届现实题材征文大赛优秀作品奖。

　　作为一名年轻的网络女作家，林淮岑以女性的敏感视角讲述非遗传承人的故事，文笔优雅，细腻浪漫，叙事简洁，娓娓道来，足见文学功底扎实。书中多次用雪松来暗喻男主角，让人马上就脑补出一个高大挺拔、朝气蓬勃、卓然不群的男孩子形象。女主的身份设定则为网络作家，就像是作者林淮岑在讲述身边的故事，不管是对非遗传承的无怨无悔，还是男女感情的跌宕起伏，都有很强烈的情绪感染力，让人不忍释卷。

传统文化是深刻在我们每个人基因里的内核。本书引经据典地讲述了黄麻纸的前世今生，却不是空洞生硬的堆砌介绍，而是饱含激情地描绘了川东地区的民俗风情、美食美景、方言俚语等传统文化元素，富有人文情怀和历史厚度，读来如饮天府陈酿。这些元素就像是血肉，让非遗主题的灵魂饱满真实，鲜活生动。

文中扑面而来的，是林淮岑对家乡满满的热爱，就像一个邻家小姑娘，不厌其烦、叽叽喳喳地给你介绍她引以为豪的家乡。

这是一种令人感动的激情和态度，是新时代年轻人特有的自信和格局。也正是一代代中华儿女对家乡的热爱和对文化的自信，中华文明才一脉相承，灿烂辉煌。

黄麻纸是我们老祖宗智慧的结晶，历经几千年不腐不朽，正如我们传承了几千年没有断绝的中华文明。而林淮岑满含深情书写的非遗传承故事，正像黄麻纸一样，永不褪色，永世流传。

或许本书只是历史长河中微不足道的一滴水，却正是这些涓滴细流汇成了江河湖泽，最后才有了浩瀚无垠的中华文明大海。

"若具人间烟火气，便是文章大成时"，预祝林淮岑能写出更多更好有烟火气的现实题材网络小说，再创佳绩。

白马出凉州

2023 年 8 月 21 日

目录

第一章

黄麻纸造纸坊

01

湿度急剧变化形成了云的锐利边界，上边垒着一层较高的云团，仿佛远方升起了一层层的海水与浪花。窦淮叶跟随文联的人一块儿出去采风，却在半道与人走散，不知道走到哪里去了，她一点儿不着急，反而沿着小路四处闲逛。

这里的树未经人修枝，枝叶高过了屋顶，顶端的花有些沉重，压弯了枝头。有几个嬢嬢在树下支起了方桌，打川内特有的细长叶子牌。窦淮叶在旁边看了会儿，还是捉磨不透其玩法，索性跑到一边去撸猫玩。几只三色小猫蜷在一丛花下打盹儿，刚挨上，圆滚滚的肚子发出"呼噜"的声响。不远处的黄刺玫上有东西振动双翅，细细看去，原来是一只红玫瑰绡眼蝶，半透明的棕色逐渐变浅，下翅粉红如脂粉，亦如春山流光。

"可算是找到你了！"

窦淮叶刚转过身，就被大汗淋漓的姜可抓住了手腕，她不由失笑："至于吗？"

姜可没好气道："谁让你不服从组织安排，这一眨眼的工夫就跑不见了，让我一顿找……"抱怨归抱怨，姜可还是担心她会走丢，低头看了眼手机上的时间，已经十一点多了。"走，周主席他们都在黄麻纸造纸坊那里，我们现在赶过去还来得及拍张大合影。"姜可拉着窦淮叶就走，半点儿没犹豫。

窦淮叶瞥了眼小花猫，说道："你们拍了就行了，非得等我。"

"就你话多，这都是照着规矩来的。"

水桐乡的黄麻纸造纸坊是位大学生返乡创业的产物，似乎并没有多少人来，这次还是文联组织一些文艺工作者，来这里体验一下如何制作黄麻纸。

窦淮叶对于黄麻纸的了解，仅限于"中国十大传世名画"之一唐代韩滉的《五牛图》，该图所用的纸张就是巴山特产黄麻纸，而其中的牛就是大巴山牛。像这种古老的国宝级纸本画都属于"永存吾土，不可外展"的国家一级文物，现收藏于北京博物馆，她也无缘见到真品。

其他人已经在门口聚集，看样子是准备拍大合影了，姜可脚下生风，拉着窦淮叶跑得飞快。周主席略一皱眉，却也没说什么。

"我来给大家伙拍照！"姜可一把将窦淮叶塞入了前排的缝隙中，脸上堆着谄媚的笑，说道："大家都往中间靠！"

因为这句话，所有人都往中间靠近，窦淮叶被迫跟着往中间靠，却不曾想撞上了旁边一位青年的胳膊，"需要我道歉吗？"

窦淮叶有些懵，太近了，她从他身上嗅到了一股类似于雪松的辛辣清香，一点儿也不甜，甚至微微泛苦，稍带着些松木的干燥味道。意识到对方是谁后，窦淮叶将头别开，表情带着几分愠怒。

等拍完集体合照后，姜可把相机挂在脖子上，走过来搂着她的肩头，笑得没心没肺："走，吃饭去！"

中午这餐饭直接安排在了村子里的"六食堂"，姜可身为联络员，事先做好了功课，噼里啪啦说了一大通。等介绍完景点后，这才领着众人进去用餐。窦淮叶很久没有在这种传统建筑物里吃饭，处处都觉得稀奇，非得拉着姜可沿着六食堂里外各转了一圈。

"哎！看着点儿人。"端菜过来的一个女生差点儿撞上了窦淮叶。

对方个子稍高一头，发际线上移了小半寸，吊梢眼不冷不热地盯着她，让人有种被冒犯的感觉。女生从鼻腔"嗤"了声，怨气全摆在了脸上。

姜可有些摸不着头脑，等那人进了房子后，才说道："可能是嫌咱们太吵了，别在意这个。"

"没事儿。"窦淮叶看了下左侧袖口，刚才盘子里的汤汁还是溅了些出来，粘在衣服上很扎眼。

徐莉把托盘上的藤椒辣子鸡放在桌上，窗外的姜可正蹲在水龙头旁边，帮着窦淮叶搓洗袖口处的污渍。她压着火气道："叶哥，这些人就是瞎矫情，嫌我们乡下脏就别来啊！"

叶问青顺着她的视线看去，阳光下的窦淮叶皮肤白净，脸庞轮廓如鹅蛋，五官极清淡，没了年少时的张扬，却多了几分鸢尾花的温柔。"她没有这个意思，或许是你想多了。"叶问青顺手把藤椒辣子鸡摆在了靠近走廊的一方，又把老鸭笋子汤放在了角落里。

徐莉跺脚道："真不是我想多了……"

饭菜都上得差不多，姜可忙让其他人按照组别一一入座，窦淮叶之前被分到了三组，直接往三组的饭桌走去。"……文艺工作者应该担当起时代赋予的使命和职责！"周主席终于讲完了话，大家都纷纷开动。

"好香。"窦淮叶上手舀了一小碗汤，她最喜欢饭前来碗汤了。

姜可坐在她旁边，也毫不客气地夹了一块野猪肉往嘴里塞，下一刻露出感动的表情。"唔，好好恰！"这顿饭菜都是些地方特色，平时少有机会吃到这么正宗的菜式。酒足饭饱后，姜可轻打了个嗝，突然想到些什么，问道："你刚才看到叶问青没有？"

"拍照的时候他就在我旁边，我还撞了他一下。"窦淮叶心头一颤，却强装镇定。

"这真是……"姜可哭笑不得，说道："你俩真是一对冤家！你记不记得之前好像也是你撞了他一下，咱俩才认识他的。"

记得，怎么会不记得。七年前学校的升旗活动上，窦淮叶肚子不舒服，磨磨蹭蹭半天才下楼，不小心撞到了一个学长，她想说"对不起"又想说"抱歉"，结果脑子一抽，嘴巴自动给这两句话合并成了"道歉！"。

学长愣了半天，然后才开口："对不起……"那个学长就是叶问青。窦淮叶看见他的国旗护卫队的臂章，刚想说些什么，学长已经走远了，没给她这个机会。

他站在台阶上，居高临下，目光坚毅。音响正放着《义勇军进行曲》，所有人的视线都凝聚在了国旗上，可窦淮叶的目光从未挪开一秒。

亲爱的祖国，请原谅我在此刻分心。

02

叶问青被北京师范大学的汉语言文学专业录取，他毕业后怎么会回到一个十八线的小县城？窦淮叶回到家熟练地点开微信，在好友列表翻找了一圈，终于发现了一个耳廓狐动漫头像。点进去，却发现最近的一条消息还是元旦群发的祝福消息。

好久没跟蒋承奕聊天了。成年后大家都有各自的事情要忙，生活圈不一样，话题也没有相似处，自然渐渐地也就没了联系。

"嗨，在吗？"窦淮叶咬着指尖紧盯屏幕，转念一想，突然发消息，对方不会认为是来找他借钱的吧？于是赶紧补充道："有点事儿问你（不是借钱……）"不知怎么地，她突然生出几分怯意，索性把手机丢进了口袋，戴上耳机准备玩一会儿网页小游戏。过了会儿，口袋才传来振动。

芬尼克狐："说吧。"

好冷淡的语气，窦淮叶浑身一僵，早知道就不发消息了，现在真是骑虎难下。她换了个话题，打算套下近乎："你现在在哪儿工作呀？"

对方很快回应："镇政府。"

"那挺好的，为人民而奉献，为人民而服务。对了，我回来了，明天两点会去市钢琴博物馆，你要是有空可以来找我。"发完消息后，窦淮叶赶紧把手机锁屏。下一刻，却又扑哧一声笑了出来，她看见床幔上的光斑闪烁了几下，时光一下子又回溯到了当年。

一个骑着单车的少年正从马路上疾驰而过，白猫稳稳地伏在少年的肩膀上，一起乘风奔向回家的路。"蒋承奕，你等我呀！"后面一个少女正踩着滑板紧赶慢赶，她口中咬着一袋冰凉的豆奶，说话时有些含糊不清，高高的马尾随身体而摆动。

好像一切都没变，但到底变没变，谁又知道呢。

约定好在市钢琴博物馆见，但窦淮叶忘了提前在网上预约，到了现场才发现没法进去。检票员说："这都是规定，真没办法。"

窦淮叶没继续为难检票员，随手拍了张博物馆的照片，发了过去。摩尔兔叽："计划有变，改博物馆外的奶茶店见。"

"你是为了叶问青的事儿吧？"来人神色匆忙，头发都没怎么打理，有些长了。

窦淮叶没有想到对方如此开门见山，怔忪了片刻，搅动着手中的奶茶，既没承认也没否认。

"你见到他了。"如此肯定的一句话，蒋承奕把公文包放在椅子后，脱了外套坐下，"就这么大块地方，我说你们迟早会遇见的。"

窦淮叶耸了下肩，说道："看来你早就知道他回来了。"

"嗯，他回来有段时间了。"蒋承奕见她盯着自己的袖口，原来沾着一颗枯了的苍耳，连忙摘下，笑道："才从乡里赶过来，别介意。"

窦淮叶饮了口奶茶，道："最近工作很忙吗？"她之前听说乡镇的公务员不怎么忙，可是见蒋承奕这个状态，好像并非如此。

"有点，做扶贫工作的都挺辛苦，我领导都好几个月没回家看孩子了……"蒋承奕还是一如既往地话痨，还以为他变了，变得沉稳些。见窦淮叶抿嘴笑，蒋承奕也跟着笑了下，"还是说回你男神的事儿吧。他考上大学没多久，家里就出事儿了……"

窦淮叶表情一滞，果然如她所猜测的那样。

"王癫子你晓得的吧？有天趁着叶婆婆上街赶场了，她不知道从哪儿捡的打火机，把人草棚给点了。这件事还惊动了消防，邻居用抽水机抽了几吨水都没用，叶婆婆回来的时候草棚里的东西全都烧没了。叶婆婆听说王癫子还在草棚里，一着急就突发脑梗，等人送到医院也迟了。"

窦淮叶张了张嘴，满脸错愕，急急地问道："那他当时应该还在北京吧，来得及赶回来吗？"

"没。"蒋承奕摇头，说道："问青妈妈那边的人也不许他回来……总之，他们家的情况挺复杂的……"

窦淮叶还准备再问上几句，但蒋承奕已经转开了话题，也就作罢了。

蒋承奕问道："你这次回来打算待多久？"

"不知道的。"窦淮叶心中有些憋闷，她考研复试被刷了，现在还不知道是去投简历找工作，还是继续复习准备下一年的考试。"文学考研太卷了，我的目标院校得考个四百多分才有可能录取。你也知道，我英语不太好，拼了命才勉强过线。"话落，窦淮叶叹口气，觉得自己又在散播负能量了，现在哪行哪业不内卷呢？还不是自己能力配不上，所以才没法上岸。

"这有什么，世人都卷，我选择躺平。"蒋承奕松了下衬衫扣，将瘦得凸起的手腕子露了出来，他笑着说道："窦同学，有空多学学我——回来考个公务员挺好的。"

"也行，那你们有什么人才引进计划吗？我不太懂这个……"窦淮叶顺着话头说道。

蒋承奕道："上次开会说，为了加快川内东出北上综合交通枢纽和川渝陕结合部区域中心城市，争创四川省经济副中心，我们这儿需要引进急需紧缺的专业人才，所以搞了一个'英才计划'，引进的人才大概会给 25 万的安家费。"

"那挺好的！"窦淮叶兴致勃勃。

"全日制硕士研究生及以上学历/副高及以上专业职称，这二者任意满足一个就行。这位英才，您符合哪一个？"

窦淮叶语噎，没忍住瞪他一眼，说道："你故意逗我呢？！"明知道她没考上研究生，再说了一个还没正式工作的人，哪里有单位给她评职称。

"没，这不是你问了，我也就老老实实回答了嘛。"蒋承奕捂着半张脸笑了出来，笑过后，他又道："引进计划那是给人才准备的，像咱们这种学酥还是考公上岸吧。"

倒也是，她向来眼高手低，这才落了个现在的糟糕状况，窦淮叶点了点头表示自己听进去了。

03

"不早了，我今儿还得下乡走访。"蒋承奕起身道，拎起椅子上的公文包，又问："你要没什么安排，不如跟我一块儿？"

窦淮叶最近都没什么事儿，于是同意了。两人随便凑合吃了点东西，窦淮叶跟着蒋承奕搭着乡镇府的车下乡，她靠在窗户边头有些晕。

蒋承奕从前面丢了颗梅子糖给她，"快到了，你再坚持下。"

酸涩的梅子味儿在口腔爆裂，将胃部的难受压了下去，窦淮叶的脸上终于多了些笑意。不知不觉已经开到了小镇上，两旁都是独栋的自建房，住户在家门旁边开垦了一块地，种着几行青菜和蒜苗。窦淮叶把窗户摇下来，微凉的空气扑面而来，远处的街道上有商贩在卖青枣，十块钱两斤，个个饱满多汁。嘈杂的人群反而让她觉得心安，她往后一靠，整个人都放松了许多。车速依旧没有减缓下来，她问道："咱们这是去哪儿？"

蒋承奕道："都坐上贼车了，你才问目的地，是不是迟了点？"

窦淮叶白他一眼，道："总感觉来过这儿。"

蒋承奕道："你前几天不是才跟姜可她们来过这儿么。"

手机响了，他放缓了车速，从口袋掏出，屏幕上显示有人在打微信语音。蒋承奕侧过头看了眼窦淮叶，忽而一笑，"帮我接个语音。"

窦淮叶着急道："啊！万一人家有急事儿找你呢……"递来的手机屏幕上硕大的问青二字，让她无法再争论下去，叶问青，给蒋承奕发来微信的人是他。窦淮叶藏在袖口下的手紧了紧，不知是以什么样的心情点开了微信。

"在开车?"

他的声线比记忆中的更低沉了些,窦淮叶手心发汗,狠狠挖了眼蒋承奕,分明是故意而为之。蒋承奕分出一分心,憋笑道:"马上过亭子了。"

"帮我带些女生喜欢吃的零食,我微信转你钱。"对面的叶问青轻笑了声。

蒋承奕踩了下刹车,没敢看后视镜中窦淮叶的脸色,忙问道:"怎么?这是看中哪个妹子了?"

"叶哥,碱和石灰快没了……"

窦淮叶直接挂断微信语音,这个女声分明是之前在六食堂遇见的那个端菜的人,难怪会对她有敌意,这不就是情敌相见分外眼红嘛!随手把手机丢在了座椅上,窦淮叶强压着心中的怒火,只觉得自己真是没事儿做了,非得跑来看别人秀恩爱。叶问青谈不谈恋爱,管她窦淮叶什么事儿!

蒋承奕默了半晌,开口道:"没听他说过这事儿啊……"

窦淮叶正在气头上没理会他,过了会儿,才说道:"我已经不喜欢他了,只是还有些放不下而已。"可能因为是初恋,所以才会如此难忘吧,窦淮叶悲从心中来,眼眶发热,鼻尖一酸,轻声道:"你别跟他说什么,就当不知道这件事,我过段时间就全忘了。"

"坐稳了啊。"蒋承奕有些手忙脚乱,不知道该如何安慰她,往左打了下方向盘,说道:"这段土路不怎么平坦,可能会有些抖。"

前方突然蹿出一只红毛大鸡公,蒋承奕立即踩刹车,但距离过近,还是轧到了鸡。窦淮叶此刻哪里还有心思伤春悲秋,忙问道:"没什么事儿吧?"

"我没什么事儿,就是鸡今天可能回不了家了。"

在附近转悠了一圈,见到一个把外套倒过来扣在头上的小孩,蒋承奕把鸡拎着问他:"这是你家的鸡吗?"

小孩看了看，摇头道："这不是我家的鸡，我家的鸡没这么扁。"

蒋承奕和窦淮叶对视一眼，看来是这小孩家的……蒋承奕掏钱买了这只被压扁的鸡，丢进后备箱里准备拿回去炒了吃，直接将车开到了黄麻纸造纸坊附近的空地停下。

窦淮叶犹豫道："要不你一个人去？"

或许是听见动静，造纸坊里的工作人员走了出来，蒋承奕神态自然地和他打招呼，看样子是老熟人了。"小刘，这是我同学，人家可是作家，写了好几本长篇小说。"

"我俩见过咧，之前你跟着文联的人来采风。"这人长得人高马大，两眼间距略宽，厚嘴唇，笑起来的时候眼睛眯成了一条缝。

窦淮叶对他笑了笑，扭头却冲着蒋承奕磨牙齿，干嘛要跟别人说她在写小说。

蒋承奕侧过身子，道："我待会儿要找问青聊些事儿，你有什么想问他的没有？我帮你问问。"

窦淮叶摇头："没什么想问的。"

见蒋承奕还待在原地，窦淮叶忙推了他一把，催促道："你快走吧，我待会儿跟着小刘去体验一下古法造纸。"等蒋承奕去找叶问青后，她才松口气。

抬头看去，门匾挂于前檐正中，位于两柱头斗拱之间的阑额上方。这块匾额长约两米，高约一米，匾心横向镌刻"黄麻纸"三个行草大字，行云流水，飘逸易识。窦淮叶知道叶问青从小学书法，这门匾应该是他自己写的。

上次来有些匆忙，她并未真正仔细看过这间黄麻纸造纸坊，有心再来看看。小刘性子挺好，话比较多，带着窦淮叶走到了室内观看。整间手作坊的布局较为简单，许多池子和烘干室，面前的一大块池子用来清洗青檀、桑皮之类的树皮，另外一边的池子浸泡着长条没有切割的竹子。

还没等窦淮叶旁敲侧击，小刘自个儿就说了和叶问青的渊源："我不喜欢读书，读了个中职就出去打工了，这几年外边不好找工作，天天躲家里啃老。叶哥见我闲着没事儿，就让我过来帮个忙，平时抬些重物什么的。"

让别人过来帮忙，自然要付月薪，叶问青就算是有些积蓄，怕是迟早会耗光。窦淮叶蹙了下眉头，那天回家后，她简单搜索了一下黄麻纸，了解了个大概。黄麻纸的制作工艺历史悠久，最早是由东晋著名的医药学家葛洪发明的，因其纸质粗厚，耐久防蛀，多用于抄写经文和作画。

窦淮叶道："要不，你介绍一下黄麻纸的生产工序？"

"黄麻纸是利用竹子、苎麻等原材料混合生产的一种纤维纸，是我国古代第一种染色加工纸。"

04

有人撩动竹帘，从另外一侧走了过来。叶问青浅笑着介绍道："制作黄麻纸的主要生产工序有选料、泡料、煮料、打料、抄纸、榨干、焙纸。"

生产工序多，需要用到的池子也多，窦淮叶观察了一下，门前的一大片池子，再加上室内的池子，大概有 20 多个。

"看来我俩聊天的速度挺快啊。"蒋承奕笑着挑了下眉，说道："你不是想体验一下古法造纸吗？让问青带着你玩，我还有些事儿要找小刘帮忙。"

不等窦淮叶拒绝，小刘就被蒋承奕拉走了。

气氛好像一下子变得尴尬起来，窦淮叶眉头微凝，漆黑的眼眸盯着不远处的池子，看着水面泛起一层层的涟漪，不知在想些什么。

"走吧，带你去体验一下。"最后还是叶问青主动出声打破了尴尬的气氛，他走到水池边，先是把纸浆和水放入抄纸槽内，使纸浆里的纤维都游离悬浮于水面，然后把竹帘投入纸槽内，手腕使劲儿将竹帘抬起，让纸浆纤维均匀地在竹帘上摊平，形成一层薄薄的湿纸页。他低着头，嘴唇紧抿，熟练地把抄成的湿纸移至抄纸槽旁边的一大摞湿纸堆上，问道："学会了吗？"

　　窦淮叶看着突然抬头的叶问青，难掩脸上的惊讶，说道："这……要不你再示范一下？"

　　叶问青垂下眼眸，笑了，"你好像还是和以前一样。"

　　在他心中，以前的她是什么样子？窦淮叶虽然好奇，却没问，过去的事情就让它过去吧。

　　叶问青取来一个干净的竹帘，递给她，说道："你先将竹帘放下去，再左右晃动尽量使纸浆纤维平摊在竹帘上，再两手持平抬出水面就好。"窦淮叶照做，弯下腰把竹帘摊平，鼻尖嗅到了一股奇怪的纸浆味儿。她在叶问青的帮助下把抄好的湿纸放下，问道："我们日常使用的纸张有不同的味道，这是因为原材料的不同，所以呈现出不同的味道，还是说后天人工添加的香精？"

　　"你说的这种应该是以木材为原材料的情况居多，各种木材都有其特殊的味道，譬如说松木有清香的松脂气味，圆柏、侧柏等柏树会有柏木的香气，杨木是青草味，雪松会有股辛辣味。这也是木材的特质之一。如果原材料使用的是这类木材的话，那么在我看来就没有必要再使用香精，多一层工序就多增加了一些成本。"

　　面前这个侃侃而谈的叶问青，让窦淮叶想起了很多年前的白衣少年。那个站在升旗台上目光坚毅的少年。窦淮叶点头道："了解。"

　　二人再顺着水池往前走，来到一处堆满了湿纸张的地方，旁边一个木制工具中夹了许多的湿纸。"这一工序是为了榨干湿纸页中多余的水分，使湿纸具有一定的韧劲儿。"叶问青把抄造的湿纸摞在了这个工具上，厚厚的一摞，大约有个千百来张。利用压榨的工具对湿纸页施加压力，使得纸张内的水缓慢流出。

"你试试。"叶问青往后退了一步，继续道："压榨时的力度不可过猛，否则会影响纸张的质量，而且经过压榨后的湿纸所含水分也不宜过多或过少，以防后面分纸时揭破，或焙纸时纸张从器械上脱落。"

窦淮叶道："这个简单，没什么难度呀。"可话音刚落，她手上一使劲儿，压榨的工具被撬翻，里边夹着的湿纸张"啪嗒"掉在了地上。啊这……她这个怪力少女！"我不是故意的……"窦淮叶忙蹲下身，把湿纸张捡了起来，软塌塌的一团纸混在了一块儿，要再分出来怕是有些困难。

"没关系的。"叶问青浅笑道，阳光透过造纸坊的窗户，他睫毛很长，投下的影子像只蝴蝶一样在眼尾跳跃。

窦淮叶看着他把一大堆软塌塌的湿纸，重新投入了之前那个纸浆纤维的水池内，从这一工序重新再来制作，整个过程很琐碎，也很无聊。窦淮叶却从叶问青的脸上看不到一点儿不耐烦。他眉清目朗，认真做事的时候，身上有一种让人忍不住心动的气息。

窗外的风轻轻吹过，斑驳的日光在墙壁上影影绰绰。窦淮叶微眯着眼眸，视线从叶问青的面庞穿过。某个夏日午后，穿着白衬衣的少年用粉笔在黑板上写下一句标语——"今日寒窗苦读，必定有我；明朝蟾宫折桂，舍我其谁？"

既已蟾宫折桂，却又为何要回到这个偏僻的小村庄？守着这样破旧的造纸坊有什么好？

"你填写过'Proust Questionnaire（普鲁斯特问卷）吗？'"

叶问青直起身子，见窦淮叶有些懵，所以笑着解释道："《追忆似水年华》的作者马塞尔·普鲁斯特（Marcel Proust）在 13 岁和 20 岁的时候分别作了一次问卷调查，后来研究普鲁斯特的人士，以此调查答案为依据来分析一个作家成长的变化。这份问卷在当年时髦的巴黎人沙龙中颇为流行，《名利场》（Vanity Fair）杂志开始在每期杂志封底做了个普鲁斯特问卷专栏，专门挑选一些具有知名度的人士来回答。问卷中包含了 28 个问题，每年问自己一次，便可以清晰地看到自己成长的轨迹。"

窦淮叶似懂非懂，问道："所以，22 岁的你填写的答案和 18 岁那年的答案不一样？"

"是。"叶问青跨步走了出去。

窦淮叶不解其意，紧追其后，也跟着来到了造纸坊外的空地。

"环顾四周，你看到了什么？"

"山。"

这里的丛山层叠，茂密的竹林遮天蔽日，到处都是烂了一大半的土屋，只有少数村民留了下来。叶问青收敛了笑意，说道："我在学校时听了一场讲座，分享者沈阳教授说'2021 年是元宇宙元年，我们已经来到了第三代互联网（Web 3.0）即元宇宙的伟大变革时代。未来，每个人的生活、娱乐、社交、工作将会在元宇宙内完成。'我们将会经历社会生活和经济生活向元宇宙的大迁徙。"

在元宇宙中，人类可以摆脱物理世界中现实条件的约束，反地心引力的永远用脚着陆的黄油猫将不再是悖论。当虚拟世界逐渐成为主流，又有多少人还在守着现实？

"俗人昭昭，我独若昏，俗人察察，我独闷闷。"窦淮叶不轻不重叹了声，她双手抱臂靠在一旁的柱子上。这句话出自春秋·老子《道德经·第二十章》，意谓：众人光辉自炫，唯独我迷迷糊糊。外表与光同尘，看上去混混沌沌的叶问青，内心却清明洒脱。

"在移动互联网的大跃进历史进程中，还有多少个村庄有村风、村约、乡情、乡亲？我之所以留在这儿，是因为我希望有一亩干净的田。"

他想恢复村落的人文与自然生态，想与这个村庄的村民共同建立一个同呼吸同命运的田园综合体。简直是个疯子！

但窦淮叶知道他并没有在开玩笑，他的天真、热血，身上的少年感和理想主义并不适合城市森林。任何一个时代都要有理想，可在这个快节奏时代追寻田园情怀，未免太过于奢侈了一些。窦淮叶轻声道："有些时候，我觉得自己好像一点儿也不了解你们。"

就像她不理解蒋承奕这么散漫的性子，却考了个最安稳的公务员，端上了"铁饭碗"一样；她也不理解成绩优异，自在如风的少年叶问青，会在毕业后选择回到家乡成为了守村人。

05

窦淮叶回到家，在电脑上输入"黄麻纸"几个字，很快网页上就出现了一系列的相关文章和报道。百度百科上写着："晋代人写书之用纸，以蘖染之，以辟蠹，谓之黄纸或黄卷。"

手机铃响，窦淮叶依依不舍地将目光转移，刚接通电话，对方聒噪的声音就迫不及待地挤了进来："窦淮叶！你干嘛呢？！发这么多条消息都不回？"

她这才发现微信上堆了几十条消息，窦淮叶揉了揉眉心，说道："不好意思哈，我刚才用电脑查资料，所以没有留意。"

电话那头有翻动纸页发出的声响，姜可道："你之前不是问我有没有适合你考的岗位嘛，现在还没到招聘考试的时间。不过我们文联要和上头搞个文学院，是市委宣传部直属事业单位，现在正在招生，你有兴趣参加吗？"

"研修班？"窦淮叶来了兴致，说道："听起来有点儿意思。"正好她翻看到了姜可之前发来的消息，其中有条公众号链接，点进去就是一则详细的研修班招生信息。"为了繁荣文学创作、推动文化强市、建设文化高地，特意举办'巴山文学院首届中青年作家高级研修班'。"

"我看看招生的对象——（1）政治立场坚定，思想端正……这条我肯定符合呀！（2）在国家及省级文学刊物公开发表作品5篇（首）及以上，或在省级以上机构和刊物获奖，或近年公开出版过专著者优先。"窦淮叶挠了下头，问道："这个文学刊物是指《花城》这类纯文学刊物，还是包含了文学作品的综合性刊物？"

她本科在校期间沉迷于网络文学，在网络上签约发表了几百万字，实体杂志期刊只发布了几篇散文，也不知道网文算不算加分项。

姜可顿了一下，看样子没有想过这个问题，"我帮你问下，稍等。"

趁着姜可去询问的空隙，窦淮叶继续看了下去，这个研修班的招生类别有诗歌、诗词、小说、散文、戏剧、影视、文学评论6个专业方向，一共24个名额。学制三年，教授课程的教师是从全国范围内聘请的著名作家、评论家、大学教授（博士生导师）、权威文学刊物骨干编辑等为导师。学员与导师双向选择，再交由文学院审核通过。

"你说的综合性刊物也可以，只要是发表的文学作品就能算业绩，你抽个空把资料发给我吧。"姜可效率很高，随后她又笑了笑，问道："你看了网页下面的导师介绍没有？"

"我待会儿就整理一下之前的写作经历，再发一份邮件试试。"窦淮叶立即明白了她的意思，只要导师愿意收学生，文学院那边多半都会审核通过的。

姜可见她如此上道，忙笑道："孺子可教也。"

待整理完资料，已经夜深。初夏的虫鸣不绝于耳，风吹动纱帘缓缓悠悠，小区楼下的橘黄色灯光接触不良，时不时闪烁一下。窦淮叶关了电脑，站在阳台上伸了个懒腰，顺便刷一下朋友圈。

蒋承奕发了一长段文字："离开江湖，钻进深山。鸡犬相闻，凄凉阡陌，一群群散养的土鸡，一条瘸腿的田园犬，村民们灿若繁星的笑容……无数个日夜，不能寐，我不断怀疑自己，不断否定自我，许多人事摧毁着心中的信念和梦想。然，越是经历痛苦与挣扎，我越是意识到自己付出代价坚守的位置，是最适合自己的。"

十一点多了，这个时候才忙完吗？回想起上次跟随蒋承奕去乡下走访，他提着个黑色的公文包，深一脚浅一脚地走在乡间小道上，背影逐渐变小，但他的形象却逐渐高大起来。窦淮叶默默给他点了个赞。

没隔几天，文学院聘请的导师之一作家薛凝云回复了窦淮叶的邮件："窦同学，你可以报我的课程。此致，敬礼！"

这位薛作家曾获得过茅盾文学新人奖，所著长篇小说《空白》口碑极好，颇受读者喜爱，甚至多次再版成了畅销书。网络文学飞速发展的时代，出版的实体书籍想要卖出五十万册真不是一件容易的事。作为一个传统文学作家，她真的很厉害！

窦淮叶不可思议地把邮件内容看了 N 次，直至手机自动锁屏，她才尖叫出声。"天呐！我被选上了！"几乎是立刻给姜可发了消息，窦淮叶迫不及待地分享了这个好消息，她终于有了一个光明正大的理由留下来。这个研修班是三年学制，她在此期间还可以考公、考研，一点儿不耽误自己的事情。

"我就说你的资历应该可以通过的！"姜可也为她感到高兴，说道："只要有导师愿意要你，文学院那边就不会卡人，你把资料填上等着收录取通知书就好。"

窦淮叶兴奋地与姜可说了好一阵话，许久后，她纠结道："其实一直有件事想问你……"

"你别说是跟叶问青有关吧？"

窦淮叶："猜得真准！"

姜可无奈道："问吧……"

"你之前不是拉着我去他的黄麻纸造纸坊参观过嘛，只是那次我没怎么认真看。后来蒋承奕又带我去了一次，我大概了解了古法造纸的整个工序，其实挺有趣的。"窦淮叶继续说道："像这种的技艺，应该是属于非遗（非物质文化遗产）吧？"

"可不是，咱们川东也就他们水桐村会古法造纸，叶问青家祖辈都是造纸的，他不就是非遗继承人嘛，现在还守在村子里就因为这个破头衔。"姜可打字飞快，"我跟你说，你可千万别掺和他们家的事儿，谁不知道他们家已经乱成一锅粥了……"

屏幕上显示对方正在输入中，却迟迟不见有消息出现，姜可在另一方叹气，"你要是知道他选了条什么样的路，自然就知道我为什么会劝你了。"

"我知道，之前有用电脑查了一下。"窦淮叶将自己收集到的资料简化，编辑成一条消息发过去。

姜可直呼厉害，"先申报非遗项目，再扩大影响力，一步步把古法造纸传承下去……真没看出来，你这都是什么时候打定的主意？！"

窦淮叶说道："也没怎么想，就是闲着没事儿做的时候查了一下。"

"连申报非遗项目的流程图都给下载了，你还告诉我是'没事儿做的时候查的'？"姜可气得差点儿把手机都给扔了。

窦淮叶昂着脖子，道："既然是朋友，那帮他一下，又能怎么样嘛，你干嘛老是这样一惊一乍的。"

姜可没好气道："申报县级的非遗项目需要一定时间，通过后，再想往上报还得需要影响力和时间，这么长的时间你随便做些什么不好啊？如果进企业你都爬到多高的位置了！叶问青愿意浪费时间去做这些无用功，我管不着，可你是我的朋友，我不想看着你白白浪费心血！"

她在文联工作期间，见过太多非遗继承人守着一个空壳子过活，空有手艺没法变现，将生活过得一团糟，这样的日子又有什么盼头？

"叶问青不是九漏鱼（未完成九年义务教育），他有名校的学位和毕业证，就算耽搁一两年，以后再去找工作也是容易的。他现在之所以留下，很大一部分是因为叶婆婆去世了，所以才执着于想要把古法造纸这项技艺保留下来。哪个年轻人会长年累月留在村子里？还是这种看不到未来的行业……"

"姜姜，我觉得他不是那种说撂担子就撂担子的人。"窦淮叶被说得心思有些乱，理智告诉她姜可说得很对，情感却让她坚持自己的想法。

姜可见她分明是上了头，哪里还听得见别人的劝阻，只好另外想主意。"那你去找他，让他申报一下县级的非遗项目试试，要是能过，我也没什么好劝的。"

窦淮叶喜滋滋道："明天周六，你早点起来，陪我去水桐找他。"

"窦淮叶！我真是欠了你的……"

雪中送炭

01

"你们来找叶哥？"高颧骨的女人站在门口，手上还抱着一大捆新鲜砍下的竹子，似笑非笑地打量着窦淮叶。

"对！"窦淮叶不甘示弱，也瞪了回去。

徐莉嗤笑一声，抱着竹子往水池方向走，头也没回。

姜可挑了下眉，觉得这人还真奇怪，之前来也是这个态度，她们又不曾得罪过她，忙追了上去，问道："叶问青不在造纸坊吗？"

"不在。"徐莉把竹子扔在水池旁，麻利地解开绳子。

姜可触了一鼻头的灰，回头和窦淮叶眨了下眼，窦淮叶直接掏出手机，说道："打个电话不就知道了。"

"你们烦不烦啊！"见状，徐莉猛地起身，岸边剩下的竹子全都滑落到池中，溅起了很高的水花，将她的裤腿都打湿了。"老是有事儿没事儿来找叶哥，他为了造纸坊的事儿已经够烦了。"

窦淮叶嘴角抽搐，这人管得真宽，叶问青都没嫌烦，她倒是先嫌上了。

姜可憋了一肚子火气，她从包里掏出几张现金，塞在徐莉手上，说道："现在可以带我们去见他了吧？"

徐莉被如此羞辱，脸憋得通红，叫嚷道："神经病啊！"

"你才有病！"姜可怒火中烧。

两个人眼看着就要打起来了，窦淮叶在旁一边劝阻，一边给叶问青打电话，也不知这人跑哪儿去了，手机根本打不通。徐莉一把薅住了姜可的丸子头，厚实如铁扇的手掌一下挥了过去。姜可哪里肯认输，张嘴就咬，两个人不相上下难分伯仲。

窦淮叶急忙去分开两人，却反被推开，鞋子踩在了散落的竹子上，没站稳一下摔向了水池。"噗通"一声，就连她自己也没看清是怎么掉进去的。屁股下是排列整齐的竹子，好在这个水池只是用来浸泡竹子的，并未放任何的添加剂，加上竹子并不需要切割成小块。这真是不幸中的万幸！

姜可哪里还顾得上徐莉，忙去拉窦淮叶上来。她又怒又气，刚打了一架，身上也没什么力气，加上水池深，一时之间还没法子把窦淮叶拉上来。

"我没事儿，就是身上打湿了。"窦淮叶浑身湿漉漉，碎发湿哒哒搭在额前，睁着一双水灵灵的眼睛望着她，就像是无意间掉进猎人陷阱的小鹿。

姜可干脆趴在地上，大半个身子都来捞窦淮叶，愤恨道："这人有病，咱们以后见到她就绕着走！"

忽然身旁有一双手伸来，窦淮叶眨了眨眼，小声道："叶问青。"

来人穿着一身黑色冲锋衣，修长的双腿裹在长裤里，同色短靴，整个人看上去利落、干脆。叶问青结实的臂膀一下子就将窦淮叶拉了上来，他并未收力，甚至微微将她往怀中带，那股雪松的辛辣味更加浓郁了。

窦淮叶看清了他眼眸中的血丝，这段时间怕是都没有睡好觉，再往下是高挺的鼻梁，略薄的嘴唇，性感的喉结随着呼吸而微动。

叶问青黑沉着张脸，弯腰将窦淮叶抱起，往造纸坊内走去。

"叶哥，我……"徐莉追了上来，她急于为自己辩解什么，但被叶问青的一句"有事待会儿再说"给噎了回去。

姜可在后面翘起嘴角，嘲讽道："怎么，你也受伤了？"

真是个心机女，徐莉暗自握紧了拳头。

这几天落了场雨，乡间温度下降到了十来度，要是一不注意没准儿就感冒了，叶问青怕窦淮叶受凉，走得很快。

姜可跟在后面，不悦地别了别嘴，可是又觉得这一刻的氛围感极好，她下意识举起了手机"咔嚓"，将这一刻的美好保存下来。等意识到自己在做些什么之后，姜可暗骂一声："见鬼，这烦死人的职业习惯！"在文联工作久了，她出去做件事都忍不住拍张照记录。

窦淮叶的心思全都放在了腰间的手指上，指腹传来的温度，烫得她开始发热，就连脸颊也泛着粉色。待叶问青出声询问后，才回过神来。

"放心吧，我没那么娇弱。"她留意到三人已经走到了一间整洁的房间内，墙面是原本的土墙，但房顶和床都是崭新的，桌子上面放了一支细长脖颈的玉色花瓶，插着几枝野外摘来的蔷薇，枝枝蔓蔓，袅袅绕绕。

除此之外就还有一个单独隔出来的地方，看样子是用来洗漱的。

姜可快速将房间内的景色过了遍，在旁边接话道："你又不是不知道，她这个人就是嘴硬惯了的。"

"还是先洗个澡吧，免得着凉了。"叶问青眉头紧蹙，打开衣柜看了会儿，取了一件白 T 和黑色的长裤，脸上有抹可疑的薄粉。"我这儿也没有女生的衣服，就只有这个，你先凑合着穿一下，我帮你把衣服拿去烘干，等走的时候再换上。"

窦淮叶正准备拒绝，姜可把衣服接了过来，问道："就在这儿洗，对吧？"将叶问青赶出房间，她才轻哼道："你就在这儿洗，我帮你看着人。"窦淮叶颇为无奈，看来这个徐莉是真得罪姜可了，不然姜可才不会松口让她留下，更不会在这儿洗个澡。

浑身沾了水的感受并不好，窦淮叶不再拒绝，干脆去简单冲洗了一下。门外，姜可还在小声道："你多洗一会儿也没事。"多洗一会儿，让那疯婆子多气一会儿。

洗漱后的窦淮叶坐在椅子上，身上穿着叶问青的衣服，旁边的徐莉眼神凶狠，姜可倒是眉开眼笑。

叶问青觉得气氛有些尴尬，轻咳了声，说道："刚才我去山上了，走到半道才注意到你打了电话过来，打回去又一直占线。"

看样子是窦淮叶一直拨打电话，叶问青也是一直回拨，所以才没法接通电话。

"就因为你们，耽误叶哥去祭拜叶婆婆了！"徐莉满脸厌恶，恨不得再跟姜可和窦淮叶打一架。

窦淮叶有些惊讶，没想到叶问青是去祭拜亲人的。"我们是有些事儿要和你说，但也不是立刻就能办成的，要不边走边说？也不耽误你的事儿。"窦淮叶侧目看了眼姜可，说道："正好，我们也去见一下叶婆婆吧。"

叶问青的奶奶是个有些固执的小老太，经常戴着一项白色的棉纱帽子，穿着一件靛蓝色的外套，脸型小巧瓜子脸，年轻的时候应该是个长得很漂亮的姑娘。读高中的时候，叶婆婆会来学校给叶问青送炸洋芋片，叶问青口味清淡不爱这口，炸洋芋片大多都进了窦淮叶的肚子。

此刻，叶问青的情绪并不高，却也没拒绝这个请求。徐莉不甘心，端了一盘子的干果，准备一块儿去祭拜。

"你看这个人的脸皮是真的厚！"姜可拉着窦淮叶的手说道。

02

绕过造纸坊，再沿着一个水塘往前直行几百米后，就看见了郁郁葱葱的山林，繁密的草木中有条小径可供人行走。叶问青走在最前面领路，他尽可能把路上的障碍物都清理了，还时不时回头看一眼。

进入林间，空气骤然变冷，却也变得更加清新。水桐乡的山栽种了很多的冷杉，片片成林，此刻冷杉细针般的树叶生长得正浓绿，高耸入云，放眼望去全都是树木，脚下踩着的泥土松软。

窦淮叶发现前边草丛内有一个黑色的塑料袋，只见叶问青上前将塑料袋捡拾起来，她这才看清袋中装的是一大堆的黄表纸。每到春节、清明、中秋等节日，大家需要烧香祭祀时，都会选择这种纸张大、颜色偏黄的黄表纸。当地人更习惯把这种黄表纸叫做"草纸"或"土纸"。看样子是他之前提上山的，后来看见窦淮叶接连拨打了几通电话，担心她出了什么事儿，便放下黄表纸匆匆下山。

叶问青把塑料袋上沾的冷杉针叶拍打干净，继续往前走去。墓地四周处理得很整洁，并未有其他杂草长出来。待燃烧完黄表纸后，众人再沿着原路回去，祭拜完亲人后，叶问青的情绪松快了许多，他的表情也没有那么紧绷。

纸灰不断向上盘旋，很大一块地落下，窦淮叶心中有疑惑，不解道："我刚才见咱们祭祖用的黄表纸，和在造纸坊的黄麻纸颜色有些相像，这二者之间有什么关系吗？"

"常见祭祀用的黄表纸和用作书写的黄麻纸，所选用的原材料几乎一样，只是黄麻纸要添加秘方，制作的技法也更加精细。"

叶问青踩断了一截木头，声音在林中格外明显。"因为制作配方的不同，所以有些黄表纸摸起来比较粗糙，有些则是比较光滑。"

山下到处都是竹林，叶家多用黄竹和白夹竹来制作黄麻纸，之前叶婆婆还在世时，叶问青就会在每年的开春和5、6月份的空闲时间去帮忙收竹料。由于叶婆婆身体越来越弱的缘故，叶家人也不怎么制作黄麻纸了。若不是叶问青毕业后选择回乡，恐怕叶家的古法造纸技艺就会失传，成为别人唏嘘的话题。

"哎哟。"走至一棵树下，有颗果子掉下砸中了窦淮叶的脑壳，她将地上的一串果子捡起，外表很硬，棕红色。

"这是橡子。"怕她不明白，叶问青又解释道："就是《冰河大世纪》系列电影里，那只大松鼠追而不得的东西。橡子的果实像极了花生，里边含有超过百分之六十的淀粉。"

窦淮叶用指甲试图掐开一个小口，却因为橡子的外壳太硬而放弃。

姜可在旁边问道："这颗橡子壳上有小孔没有？"

"有啊，怎么了？"窦淮叶一脸懵。

姜可勾起嘴角笑，说道："哦，那说明里面的果实已经被虫吃掉了，而且虫很有可能还在里面。"

"……"

好烦……窦淮叶把这颗被虫子吃了的橡子抛远，她说道："我想找一颗完整的橡子玩。"

不远处的一段树杈处有团树叶笼罩，粗看去略显奇怪。

窦淮叶和姜可两个人蹦蹦跳跳着跑到那里，姜可把树叶全都刨了出来，紧接着一大堆的橡子哗啦啦地落了一地。"发财了，这么多的橡子！"

窦淮叶举手和她击掌，笑着道："咱俩运气可真好！"

"你们把橡子偷走了，藏橡子的小松鼠会被活活气死的。"

徐莉不悦地说道，她抄着手在后面，之前来时带的干果都放在了墓前。

姜可"哟"了声，冷笑道："真厉害，这片林子的小松鼠因为我俩带走了几颗橡子就饿死了。"不问自取的确是"偷"，可窦淮叶和姜可只是闹着玩儿，并非真正要带走橡子，更别说想伤害小松鼠。

不管徐莉是不是因为叶问青才这样说，窦淮叶都有些忍不下去了。

"不信谣不传谣，小松鼠没吃的不会自杀，又不是傻子。小松鼠是它要跳树的时候不小心卡在了树杈上，然后才嗝屁了。"窦淮叶依旧面带微笑，眼神却冷冷直视对方，说道："而且小松鼠会屯很多吃的，在各个地方都有。大部分小松鼠找到的吃食，都是别的小松鼠藏的，它自己藏的也可能会被其他小松鼠吃掉。如果它埋的橡子没被其他小松鼠找到，第二年春天也会发芽变成橡树。"

窦淮叶笑了笑，说道："我只是有些分不清植物的种类，但并不代表我是个什么都不懂的傻子。"

这是在说她是个傻子吗？！徐莉脸色变得僵硬，还以为这是一个软柿子可以随意拿捏，谁知道并不如自己想象的那样简单。

姜可发笑道："有些人啊，没这个脑子就别学人家做圣母，被揭穿了多丢人现眼。"

徐莉狠狠咬牙，她的确是不如这二人的学历高，一时委屈上头，大声哭诉道："是！你们上过大学，你们了不起！没读书就是我的错了吗？要是我出生在城里，还不一定谁厉害呢！"

她抹了下喷涌而出的眼泪，巴巴地望着旁边的叶问青，此刻眸子里还含着水珠，瞧着倒是比以往好看了些。

叶问青压了下眉头，好似没看到那道目光，语气平和道："待会儿有货车送东西过来，造纸坊里缺人手，你先下山，帮着小刘搬一下东西。"

"叶哥！"徐莉恼地一跺脚，自知无法改变叶问青的决定，只好带着满腔怒火和委屈下了山。

"糟了……"姜可知道触了雷点，可她本意并非如此，顿时有些不知所措。

窦淮叶面露焦急，问道："咱们要不要去安慰她一下啊？"毕竟是叶问青造纸坊的人，真惹恼了人家，让叶问青夹在中间也不好做人。

姜可接话道："是啊，毕竟打狗还得看主人……咳，我的意思是大家都是生在新中国、长在红旗下的年轻人，别学着封建时代搞自轻自贱那一套……"

"行了，少说几句吧。"窦淮叶哭笑不得地拉住她。

叶问青说道："她这个人的性子是有些急躁，但人心不坏，让她自己先冷静一会儿吧。"他的语气中难掩对于徐莉的熟悉，窦淮叶想起了上次坐在蒋承奕的车上，听见叶问青说的"买一些零食"，想来就是送给徐莉吃的，毕竟他从来不吃这些垃圾食品。

密密麻麻的酸意，从心脏泛滥至四肢百骸，她讨厌这种感觉，明明说过不会再对他动心了，却还是因为看见他和另一个女人的互动，而心生嫉妒。她听见自己的声音响起："要不你下山去找她吧，我和姜姜在山上再玩一会儿，烤几颗橡子吃。"

叶问青眉头蹙紧，问道："你是又要把我推出去吗？"

窦淮叶心尖儿一颤，强装镇定，等待着他的下一句话，可等了片刻，没见他再开口说话。

03

"这是怎么了？怎么都不高兴了？"见二人的气氛越发尴尬，姜可只好从随身的背包里取出了一张表格，说道："你看看这个。"

叶问青接了过去，抬了下眼皮，不作声。

姜可拉了下窦淮叶，见她还是气鼓鼓，于是帮忙解释道："这是兜兜帮你查的资料，你们叶家的造纸坊是咱们川东独一无二的特色，理应继续传承下去。表格上边有申报非遗项目的流程和所需资料，你要是有空就整理好资料，往文旅部门送一送，没准儿就成了。"

叶问青捏着资料的手微微发颤，申报非遗的流程很繁琐，申报者必须提交申请报告、项目申请书、保护计划和其他有助于说明申报项目的必要材料。他早就有申报非遗项目的打算，这段时间也一直在为了这件事做准备，并未有多少人真正支持他的这个决定，甚至有不少人都在准备看他的笑话。这个时候窦淮叶和姜可愿意帮助他，无异于雪中送炭。

从水桐乡回来的大巴车上，汽油味和大巴车独有的味道让窦淮叶犯了恶心，头晕目眩好半天才缓过劲儿来。待两只腿踩在地上，仍然感觉有些软绵绵的。

姜可啐道："你真是自讨苦吃。"

窦淮叶抬头喝了口水，笑着说道："能做想做的事情，就算是自讨苦吃，那我也认了。"

五月的乡间，虫鸣声混杂着蛙叫，山坡处的那棵二人环抱粗细的白花泡桐开了花，味道清馨，缓解了不少压力。

叶问青自窦淮叶和姜可走后，就将自己关在了房间，他知道申报非遗对于这间造纸坊有多重要，所以丝毫不敢耽搁。光是填写申请报告就费了一些功夫，其他的内容对于他而言并不难搞定。看着文档中的"保护计划"几个大字，他放在键盘上的手敲了几下，对未来十年的保护目标、措施、步骤和管理机制等进行详细说明。

几天后，叶问青终于整理好了全部的申请资料，并送去了市人民政府。将资料交到了工作人员手中后，他如释重负。还未走出政府大楼，不远处就有两个人急匆匆赶来，一人手抱着帆布包，另一人手提着裙摆，跑得飞快。

"嗨！叶问青！"窦淮叶抽空和他打了声招呼。姜可盯了眼时间，已经迟到三分钟了，赶紧过去按下电梯按键。

"你们这是？"

姜可喘匀了气，回答他的疑惑："接了个通知，共青团市委让来市政综合楼开个会，说是成立市新兴领域青年联谊会。本来说线上参会的，谁知道好多人都不在市里，本次会议主会场人数太少，无法完成会议既定事项。我们领导要求，如果不在主会场和分会场参会的，要向团市委的主要领导请假，并向团市委办公室提交书面请假条。"

一个多小时的会议，请个假还得提交书面请假条……姜可快疯了，收到消息后就让窦淮叶赶紧下楼，二人一块儿搭车赶了过来。

窦淮叶笑着指了指自己，说道："我，新兴领域青年，她要不带上我，这个会议也没法开。"

"叮"，电梯终于下来了。

姜可忙道："快进来，待会儿人多了。"

"那我们先走了，有空再聊。"窦淮叶走了进去，探头确认道："是21楼会议室吧？"

电梯门关闭，缓慢向上，两个人来去匆匆，就好似一阵长风吹过。

叶问青在办公楼下没久待，直接走了，他买了张大巴车票，坐在憋闷的座椅上，前后距离过近，压得他胸中呼吸的空气都稀薄了些。回程的途中，头疼欲裂，叶问青轻吐出一口浊气，侧身面向窗外。

手机上显示窦淮叶更新了一条朋友圈，他点开图片，一张是正在参会的窦淮叶笑容灿烂，另外一张是联谊会的会议资料，还有一张是从21楼的玻璃窗向外拍摄的风景图。市政办公大楼外的风景的确很美。叶问青再次点击了下屏幕，照片缩小，底下蒋承奕给她点了个赞，还评论道："还去市政开会，厉害了啊。"

窦淮叶回复道："低调，低调。"

看着两人的互动，叶问青轻扣了几下屏幕，手指在评论处点了一下，输入"恭喜"又觉得客套了些，将才分明刚见过，最后索性把手机锁屏，什么也没发。他把帽子倒扣在脸上，遮住了眼底的失落情绪。申请上非遗，将获得政府的资金和各项政策支持，有利于非物质文化遗产项目的传承和保护，他必须要尽力办成这件事才行。

04

这日，"无业游民"窦淮叶设置好小说网站的定时更新，再收拾好东西，准备去逛一逛文化馆。她对姜可推荐的这个研修班还挺感兴趣的，现在文学院那边还没出结果，她有些闲不住，想去巴山文学院里的文化馆参观一下。

巴山文学院坐落于凤凰山山腰，于去年11月29日顺利揭牌落成。整个建筑呈现出一种古典庭院式的美，分为文学馆、图书馆、档案馆，集培训、创作、研究、交流、展陈五位于一体。

正好有其他人也来文学馆，窦淮叶就跟在这群人的后面，顺便蹭一下讲解员。进入大厅，迎面而来的是一幅巨大的金色浮雕作品。讲解员说道："这幅浮雕描绘的画面，我们川东人应该十分熟悉了——即正月初九元稹离任当天，全城百姓齐登凤凰山和翠屏山，向元稹挥泪告别的场景。"

左转可以看见"古代篇"和"现代篇"两个展厅。众人跟随讲解员一块儿进入了"古代篇"展厅，窦淮叶发现这个展厅是按照历史时段，划分为"序厅""先秦之光""秦汉华章""两晋奇葩""唐宋演义""明朝试卷""大清风韵"共七个展区。

"先秦之光"展厅介绍的是一位文学大家——鹖冠子，其人是战国赵人，常用鹖羽装饰发冠，并以鹖冠为姓写书，乃是战国时期著名的思想家、谋略家，跻身于诸子百家行列。

"一叶蔽目，不见泰山。两豆塞耳，不闻雷霆。"窦淮叶轻念了一声。这句常被人用以比喻为局部现象所迷惑，看不到全局或整体的话语，原来就是出自鹖冠子所著的《鹖冠子·天则篇》。

举目四望，展厅内悬挂了很多名人的手札以及画轴影印本，还颇为有心地搭建了古代名人的生活和工作场景。

"妇女阻止支前队，人人有付（副）铁脚板。背炸药、背子弹、背粮食、背伤员。军民齐心打白匪，前方后方一线联。"有个穿着金通黑底飞鹤小纹单襟旗袍的女人，在小声唱诵着歌谣，光影流转，她身上的旗袍呈现出五彩斑斓的黑，就像是黎明前夕的黑暗。

窦淮叶凑上前，发现女人面前的玻璃柜里展示着《川陕苏区红色歌谣选》，她刚才唱诵的歌词应该是《妇女运输歌谣》，歌谣的词曲朗朗上口，深刻地反映了当时的革命斗争生活。

看着展示的战士事迹，窦淮叶身上的鸡皮疙瘩都冒了出来，仿佛眼前战火连天，一大批巴渠儿女不畏危险，纷纷奔赴战场。她内心情绪翻涌，强忍着眼泪，转过头，借着灯光，看向了之前那个唱诵歌谣的女人。对方恰好抬眸，与窦淮叶撞了个正着，眼角亦有晶莹的泪光闪烁。这一刻，众人都有所动容。

在讲解完了"古代篇"后，讲解员又带着大家拾阶而上，来到了二楼的"当代篇"展厅。该厅主要讲述自新中国成立以来，川东文学在新时期呈现的百花齐放的繁荣态势。

讲解员说道："巴山文学院设计之初，就立足于川东、面向秦巴、放眼全国，设置培训、创作、研究、交流、展陈五大功能。搭平台、育新人、出作品是其核心职能。文学馆内还设有演播厅等可用于学术交流的场所。目前我们巴山文学院开设'首届中青年作家高级研修班'，选聘了13位全国著名诗人、作家、评论家、博士生导师作为授课导师。相信在不久之后，就会有24位德艺双馨的高级创作人才成为巴山作家群的骨干力量。"

窦淮叶眼中一亮，没想到讲解员会提到研修班的事情，看来这个讲解员是知情人，没准儿待会儿可以找她打探一下消息。

参观得差不多了，趁着讲解员独自去喝水歇息的功夫。窦淮叶快步上前，准备去找讲解员聊会儿天，有人从她身侧轻轻越过。是之前见到的那个唱诵《妇女运输歌谣》的女人。

"薛老师。"讲解员见有人过来，忙拧紧手中的水杯，冲着薛凝云笑了笑。

薛凝云笑道："你忙你的，我就是过来看看唐甄的《潜书》介绍。"

讲解员刚说了一句"没事儿"，就见薛凝云抬手，示意她不必跟过来，只好作罢，"那您有事儿就招呼我一声。"薛凝云轻点头。

唐甄是明末清初的思想家、哲学家，所著《潜书》，原名为《衡书》，由其名便能观出这本书所著内容——"权衡天下"，后因著者自身颠沛困顿，连蹇不遇，便改名为《潜书》，意为"潜存待用"。

"不忧世之不我知，而伤天下之民不遂其生，郁结于中，不可得已，发而为言。有见则言，有闻则言……"窦淮叶没想到自己随便找了个地方也能撞见人，还是之前那个气质出众的女人。见对方对唐甄感兴趣，她主动出声介绍道："唐甄所著的《潜书》抨击了君主专制统治，强调了民为本的重要性，对民众抱有一定的同情，他提出的民本思想对后世思想有较大的影响。"

"你是学中文的？"薛凝云笑容清浅。

窦淮叶点头，道："是的，只是学得不太好。"

"古今载籍，浩如烟海。"薛凝云开口安慰她，"即便是许多读到博士阶段的研究生，恐怕也只能称自己学了个皮毛。"

窦淮叶没接话，憨笑了一下。灯光映在薛凝云旗袍上的汕头绣花纹，耳垂边米粒般大小的珠子莹莹生辉，整齐盘起的发髻衬托得她整个人格外高贵、端庄。让窦淮叶一时之间不知该感叹，是文化馆内的壁灯设置得极为巧妙，还是说对方天生丽质？"您也是学文的吗？"她对这个打扮精致的女人多了几分好奇。

薛凝云开玩笑道："怎么，不是学文的就不能来文化馆了？"

"这倒不是。"窦淮叶怕她误会生气，忙解释道："只是觉得您和教我们古代汉语这门专业课的老师气质很像。"或许学中文的人身上都会散发一种特殊的气味，其他人嗅不到，但是当同样学中文的人靠近时，便能嗅到一股属于同类的味道。

"我们专业课老师很严格，之前还布置了抄写小篆的平时作业，让许多同学叫苦不迭。"古代汉语是一门极难的专业课，窦淮叶学起来也挺吃力，毕竟古代典籍大多是以文言文写成，所以想看懂古籍必须要掌握古代语言发音规则才行。

薛凝云白净的脸上依旧挂着笑，"你猜得很对。"

前方有许多人走近，看来也是过来看唐甄的介绍，二人顺着人潮继续往前走。薛凝云边走边说道："你对唐甄了解很深？"她不是川内人，对于唐甄的了解仅限于书面典籍，或许可以从当地人口中了解到关于这位思想家更多的内容。

"倒也不算，我之前写过一篇古言小说，男主角是古代的谋士，在塑造人物时，有参考了一下唐甄。"窦淮叶不好意思地挠头，说道："《潜书》很是枯燥无味。"

薛凝云道："读这类书籍，一定要结合历史来阅读。"

窦淮叶点头，并道："我们专业课的老师也是这样说的。"

不知不觉已经绕着文化馆的展成走了一圈，解说员站在门口等候，有人已经往外走了。

"薛老师！"解说员打招呼道，见薛凝云身边还跟着一个年轻女生，疑问道："这位是？"

"刚刚认识的一位小友。"

不知道为什么，窦淮叶莫名有些紧张，这个人也姓薛，怎么和她不久前毛遂自荐的那位导师一个姓氏？"冒昧问一句——您是收到了巴山文学院的邀请，所以才入川的吗？"

薛凝云笑着道："是，如果我没有猜错的话，你应该是几天前给我发邮件的窦同学吧？"

"是我，薛老师您好。"窦淮叶脸颊发热，没想到今天来文学馆会遇到这一遭，她还没收到录取通知书，就直接与授课导师会面了。

讲解员有些摸不着头脑，见已经下午四点多了，于是开口说道："薛老师，时间不早了，咱们待会儿还要去'刘氏饭馆'吃饭。"这餐饭还有文联的几位领导和文学院的院长同往，要是迟到了也不太好。

"你先走，我马上就过来。"薛凝云扭头，对着还在纠结的窦淮叶道："刚才听你说，之前写过一篇以唐甄为原型的小说后，我就猜了个七七八八。后来见你问我，便更加确定了。今天不太方便，等过几天空闲了，请你去吃好吃的。"

"好！"

05

　　姜可忙完工作，在小吃街买了一些炸狼牙土豆条和麻辣烫，便直奔窦淮叶家。"你说这位薛作家人倒是挺不错的，居然还真去看了你写的小说？"她用一次性筷子夹起土豆条，扔进嘴里咀嚼，含糊不清道："这也太幸福了吧！"

　　"可别说了，我当时都快尴尬死了。"窦淮叶缩了缩肩膀，往纸碗内翻找折耳根，"你也知道那篇文就是我随便写写的，后期人设都写崩了，情节设置得也烂透了……"一想起薛凝云的话，她仍然感觉脑袋晕乎乎的，有种吃多了云南见手青的飘忽感。

　　姜可揶揄道："哎哟喂，你就别担心这个了，人家薛作家都不嫌弃你文笔烂，你干嘛自个儿还嫌弃上了。"

　　这可让窦淮叶不高兴了，忙道："谁说我文笔烂了，我文笔好着呢！以前参加新概念比赛拿过全国二等奖的好么！"

　　"是是是！窦作家这么有才华，还位居第二，可委屈死你了。"姜可有意损她。

　　窦淮叶夸张地捂着心脏处，假装气到喷血。两人闹了一会儿，才继续吃麻辣烫，可刚吃了没几口，姜可就叹了口气。窦淮叶察觉到她情绪的变化，遂问道："怎么了？"身为闺蜜，她自然知道姜可工作能力极强，工作上的琐事真难不住她。

　　姜可吃了口麻辣烫，装着没事儿人一样，语气轻飘飘地说道："我妈又催着我去相亲呢。"

　　世界上有一类家长，在孩子初高中阶段严防死守，各种禁止孩子谈恋爱，甚至到了大学还不松口，却在孩子大学刚毕业就迅速催婚，半点儿没考虑过当事人的感受。窦淮叶父母都不在省内，平时也不怎么关心她，更别提给她相亲了，所以她压根儿没这个烦恼。姜可有时候很羡慕她，但她也知道窦淮叶在成长过程中，缺少来自父母的关心。

"没事儿，我随便找个借口回绝就是了。"姜可不想把负面情绪带给朋友，故作轻松道："腿长我身上，我自己不乐意去，他们也没办法硬逼着我去。"

窦淮叶应了声，却还是担忧地问道："要不你再和阿姨聊一聊？"

"没什么好聊的，从小到大我妈就那样儿，她是绝对的独裁主义者，整个家里就她一个人能做主，其他人都必须听她的话不可。"姜可拿纸巾匆匆擦了下眼睛，掩饰道："这麻辣烫真辣！"

"可不是，是不是放的辣椒素？怎么这么辣！"窦淮叶用手作扇往嘴里扇风，她看穿了好友的难过和委屈，却又不擅长安慰人，只好顺着对方的话说。

解决完自己拎来的麻辣烫和土豆条，姜可又吃完了窦淮叶从超市买回来的一桶香草味的冰淇淋，这才准备回家。窦淮叶把钥匙拿上，送姜可下楼。

姜可呜呼一声，仰天悲号："天呐！我姜某人都二十三了，居然还有十点钟的门禁！"

"或许等你二十四岁生日过后，这个门禁就自动取消了。"窦淮叶安慰道，虽然知道这样做是为了保护她，却让人觉得压抑。

姜可依依不舍地挥手，道："借窦作家的吉言了，希望如此吧。"

送走姜可后，窦淮叶正往小区内走，发现蒋承奕头发凌乱地迎面走来，脚上套着双人字拖，看上去十分狼狈。"哎，出什么事儿了？"也没地震呀，怎么这么着急忙慌地下楼。

蒋承奕这才看清是窦淮叶，拉着她就往街道上走，"问青刚才打电话问我借一千块钱，说是在医院有急用，具体的他也没说，我这不就赶紧下楼了。"

窦淮叶脑子轰地一下炸开,追问道:"是他生病了还是怎么了?"

"不清楚,只是让我先借给他一千块钱。"蒋承奕拦下一辆路过的出租车,忙打开车门,先让窦淮叶坐到了后座,这才上了副驾驶。"师傅,去市人民医院正门。"

倒是窦淮叶比他冷静些,"或许并不严重,你也稍微冷静些,别太急了。"

深呼吸几口气后,蒋承奕面色这才稍微好看了些,事发突然,他都还没来得及询问清楚,"我已经转了一万块给他,应该暂时不着急医药费。"

后座的窦淮叶点开微信,给叶问青发了几条消息,也没见人回,许是在医院正忙着呢。

一路疾驰到了市人民医院,蒋承奕利落地结账,下车拉上窦淮叶,又直奔医院里。看着等候在手术室外的青年安然无恙,窦淮叶轻舒一口气。

蒋承奕直接上前,问道:"怎么回事?"

"化脓性胆管炎,需要立即动手术。"叶问青眼下的黛色浓浓,他声音有些哑:"今天要运一批黄麻纸出去,徐莉担心误工,所以一直忍着没说,最后实在是忍不住疼晕过去了。"

蒋承奕看了眼正亮着灯的手术室,坐在椅子上,道:"拖久了可能会殃及性命。"了解了事情原委,窦淮叶对这个从不拿正眼瞧她的姑娘多了几分敬佩。

叶问青问道:"你怎么也来了?"

窦淮叶瞥了眼蒋承奕,说道:"刚才送姜可回家,正好和蒋承奕遇上了。"

不远处的走廊上悬着一块黑色屏幕,上边显示红字的时间——21:56。叶问青与蒋承奕商量道:"要不你先送她回去?"

"也行,她是担心你出事才赶过来,既然你没什么事情,自然是要回去的。"蒋承奕站起身，揉了几下凌乱的头发，他难得早早结束工作，还没在床上躺一会儿，就被人吵醒了。

五月的天气已经逐渐升温，空气开始变得燥热、发狂，它们纷纷附着于叶问青的头发上，然后遇冷变成水滴从发梢尖儿滑落。

窦淮叶看着他，心有不忍，摇头说道："你先回去休息，我没什么事儿，就多待会儿吧。"

"那我先走了，有事儿打电话，我随时过来。"蒋承奕知道劝不动她，也不再说什么，在水桐乡待久了，他对村里的村民都有印象，见徐莉一个人动手术，准备回去翻翻通讯录，给徐家人打个电话。至于徐家人愿不愿意过来，那就另说了。

"过来坐会儿吧。"见窦淮叶呆愣着站在原地，叶问青拍了下身旁的长椅，他的手很是细长，原本是握笔杆子的，现在却多了几道伤疤。

窦淮叶觉得有些刺眼，仿佛一块纯白无瑕的美玉碎裂出纹路，她站在原地，说道："我才吃了麻辣烫，胃里撑得难受，站着消消食。"

被拒绝了的叶问青愣了一瞬，他有满腔的话想与她说，此刻却是什么也说不出来。他太疲惫了，开了一个多小时的车来市里，没忍住靠在椅子上打瞌睡，灯光拂过他的侧脸，温柔又缱绻。

窦淮叶倚墙而站，手指顺着墙壁上的剪影一一移动，从小到大，他的鼻梁都如他的成绩一般优异，高高直直。他的后脑勺十分饱满，并没有随大流睡成了扁头。所以，这个傻瓜才会和其他人不一样，选择了一条最艰难的道路。

她画得很认真，并未意识到入画者已经清醒过来，对方迷离了约莫几秒钟后，眼睛就稳定了焦距，正凝望着她。

第三章

结香噩梦

01

夏风微热，吹动青年的心。

窦淮叶今儿贪凉快，穿了条至膝盖处的白裙子，长发披散到肩头，未施薄粉，却不觉得容颜寡淡。她的双眼皮并不明显，像是绘画者只在眼梢末尾轻带了一小笔。但叶问青觉得恰到好处，特别是当她笑起来，眼睛变成小月牙的时候。

她的身子骨架小，又是鹅蛋脸，因此看起来比同龄人还稍小些，站在墙壁旁边的倒影慢慢延长，最后融入了黑暗的夜色。

"叮铃——"，午睡铃声响了。

叶问青拿着一盒彩色粉笔去写手抄报，身后一个女生磨磨蹭蹭地跟着他，走至拐角处，他不由笑问道："怎么不上楼睡午觉？"

"不想睡。"窦淮叶哼唧道，她眨巴着双眼，期待地看向他，"我想跟你一块儿去写手抄报。"

"好吧。"明明想拒绝，却在说出口时，自动变成了同意。

窦淮叶欢呼雀跃，"太好了！"

叶问青暗暗摇头，以后绝对不要和她单独待在一块儿。

"那我帮你拿粉笔盒！"一路上，窦淮叶就像只小麻雀一样叽叽喳喳，奇怪的是叶问青并不觉得吵闹，他更加想不明白了。叶问青他们班负责的黑板在对面三楼，正好有一簇橘红色的凌霄花垂落下来。

窦淮叶问："你们想画什么主题？"

叶问青略微思索，说道："没什么具体的主题，只要能展现青年的活跃和朝气就行。"

窦淮叶看着垂落下来的凌霄花，眼前一亮，道："那挺简单，一会儿就搞定了！"向阳而生的凌霄花挺符合这个要求。确如她所言，定下主题以后，很快就搞定了下面的黑板。

上面的黑板窦淮叶够不着，索性把粉笔头扔进了盒子里，抄起手靠在栏杆上看叶问青画，叶问青的画技实在堪忧，惹得窦淮叶时不时评价一句。好在叶问青脾气极好，倒也没发怒。

"唉……"窦淮叶将双臂交叉叠放在栏杆上，眺望着远方，隔壁教学楼走廊空荡荡的，除了他们之外的大部分学生都在教室内睡午觉。

叶问青用余光扫了她一眼，问道："怎么了？"

"愁得慌。"窦淮叶又重重地叹了口气。

"成绩退步了？"

模拟考成绩出来了，窦淮叶的成绩的确是下降了一些，她一时语塞，过了会儿，才道："跟这个没关系……"

叶问青说道："愿闻其详。"

此言像是触到了窦淮叶话匣子的开关，她噼里啪啦说了一大堆，然后又可怜兮兮地说道："我一闭上眼睛就觉得那些可怕的东西全都冒出来了，真的太可怕了！"

叶问青耐心听完，分析道："可能是因为你想象力本身很丰富，外加上周蒋承奕又带着你看了恐怖片，所以才会做噩梦。"

"哦……"很理性的一番分析，窦淮叶有些失望。

叶问青把黑板上的最后一笔画上，将粉笔头放在纸盒内，又蹲下身子将掉在地上的粉笔屑全都处理干净。

窦淮叶一直沉默着看他，见他走过来，有气无力道："你先回教室，我想再待会儿……"

"不回教室。"

窦淮叶原本失落地"嗯"了声，下一刻双眼亮晶晶，问道："那要去哪儿？"

"食堂后面的小花园。"叶问青没忍住上手揉了揉她的头发，或许他没告诉过任何人，他觉得窦淮叶很像自己小时候养过的垂耳兔，特别软萌。

小花园中摆了一张石桌子和三张石凳，窦淮叶和姜可曾经去那里谈心，姜可还吐槽过："为什么一张桌子要摆三张凳子？这很不合理。"

穿过一条小径，沿途的花池中开着许多一簇簇的白花，窦淮叶看着眼前弯弯曲曲的枝条，每一枝分出三个分叉，枝条的顶端开了四五公分长的白黄色细长小花，不用离近了细嗅，这种花的味道就迫不及待地冲进了鼻腔。说不上来是好闻还是不好闻，总之味道怪怪的。

"这是梦花，也叫结香。"叶问青解释道："小时候我每次做噩梦后，奶奶都会让我含着口水然后去结香那儿，把结香的枝条打个结，这样噩梦就会被吞噬。"他指着自己的下巴给她看，说话时，喉结滚动了一下。处于青春期的少年身体开始发育，肩膀变得更宽，喉结更加明显，逐渐趋向成年化。

窦淮叶莫名脸红，有些不敢看他，声音低了些："那我试试。"她取了一根细软的枝条，绕成了小圈，轻咬了下舌尖，加速口腔内唾沫的分泌。希望以后都不要做噩梦了，拜托。

"这样就可以了吗？"窦淮叶眼睛亮亮地盯着他。

叶问青郑重其事道："嗯，你以后不会做噩梦了。"

结香花像极了缩小版的绣球花，看上去毛茸茸的，两人走至石桌边坐下。叶问青说道："结香的枝条纤维柔软耐造，所以也是人民币的制作原材料之一。"

"你懂得好多。"窦淮叶回忆道："我记得之前蒋承奕说过，你们家有间专门用来造纸的草棚，是真的吗？"

"他说得没错，放假了你们可以跟我一块儿回去体验古法造纸。"叶问青道，冷风吹得他鼻尖有些红，眼神却格外的温柔。他像一座静谧、幽深的海岛，而她是环绕海岛的飞鸟。

从记忆中抽身，叶问青敛下眸子里的情动，轻咳了声，装作才醒来的样子。窦淮叶受惊，猛地把手缩了回去。两个人四目相对，就像是在暗暗较劲儿一样，仿佛谁先开口便会败北。

这时手术室大门被人推开，打破了僵持的场景。

叶问青起身道："医生，她没什么大碍吧？"

"你别担心，胆囊炎多是不按时吃早饭，常吃辛辣食物，才诱发的细菌性感染疾病，以后要多注意。"医生叮嘱完，其他护士推着手术推车出来。年轻人大多如此，早上起不来床就来不及吃早餐，又贪嘴喜欢吃些烧烤、串串、火锅之类的辛辣食物。

窦淮叶看向推车上的徐莉，对方顶着疼痛朝她翻了个白眼，看来是没什么大事儿。做完手术的徐莉回病房内休息，叶问青送窦淮叶回去，顺便给徐莉再买些水上去。

街上的灯火辉煌，还有些商铺并未关门，叶问青去买了几瓶矿泉水，又捡了几个苹果装进塑料袋内。踩着地上的倒影，窦淮叶迟疑道："你今晚留在这儿？"

02

"不了。"

"噢……"窦淮叶稍松口气，飞快转了话题，问道："申报非遗的事情有结果了吗？"

叶问青扫了下柜台上的二维码，道："递上去有段时间了，还没出结果的。"

"可能是他们最近太忙，再多等几天吧。"窦淮叶看着街边的灯光，想起之前他找蒋承奕借钱的事情，一个人要忙着处理这么多事情，难免会有些分身乏术，更何况想要维持一间造纸坊也需要不断有资金投入。不说其他的，光是造纸坊的那几个工作人员每个月的薪水，就够让叶问青头疼。蒋承奕虽然能帮他一时，却也无法提出更多的建议。

"叶问青。"她唤住他，"我有一个想法……"

"说吧。"叶问青拎着苹果和矿泉水，定定地看着窦淮叶，她本来比他低矮一些，现在站在商铺的台阶上，反倒与他目光平齐。

"我之前去参观过省外的一家非遗项目研习馆，对方将研习馆修建在偏僻的村子里，附近村子没有多少人居住，可仍旧办得火热，每天都会有游客开车过去参观学习。先前我一直在琢磨，为什么他们的研习馆可以吸引这么多人来？直到最近我才想明白——精准定位客户群，只有让对古法造纸感兴趣的人群知道了造纸坊的存在，他们才有可能过来参观，这样才会给造纸坊增加收益。"

窦淮叶想得很简单，即便不能让造纸坊成为市内的大热景区，每天来往游客络绎不绝，至少也要让造纸坊的开支持平才好。只出不入，叶问青有再多的家产也会赔光的。"叶问青，我知道你想将古法造纸这项技艺传承下去，可是我们真的要好好考虑现实问题，如何为造纸坊增加收益也很重要。"

叶问青捏着塑料袋的手指紧了几分，面上却维持着平静，他不该小瞧了她。从前只当她还是记忆中那个跟在他和蒋承奕身后、时不时就折腾点事情出来，需要人帮忙善后的傲娇小学妹。可几年时间过去，她早就成了一个有独立思考能力的姑娘，她拥有一种可以让人相信的能力。

"你说的这个问题很关键。"叶问青点了下头，同时朝她伸出一只手。窦淮叶有些不解其意，见他眼神挪向地上的一摊水。白日里人来人往，将地砖都弄成了"花脸猫"，店铺老板通常会在夜深人静时用水管冲洗地砖。他这是怕她不小心磕着了，所以才会伸出手扶她下来。

见她安全走下来，叶问青才说道："我这段时间想了几个方案，但都有些难以实施，或许等申报非遗项目成功后，就会轻松很多。"

"你一定能申报成功的！"窦淮叶对此信心满满，这可是学霸叶问青，世上没有任何困难能够阻挡他。

蝉鸣如落雨般密集的季节，天气越发闷热，枝头上的树叶全都蜷成一团，保存着少得可怜的水分。街道上的博美犬趴在美人椅旁边，热得直哈气。

"你勒（这）就是平时不注意，要是早些听我的话，至于到医院来挨一刀……"听到从病房内传出的女声，窦淮叶立即停下了脚步。半开着的房门，压根儿拦不住室内的啰嗦，透过门上的玻璃，清晰地看见徐莉正在收拾洗脸巾和牙膏牙刷等小物件，白色的病床上斜坐着一个五六十来岁的中老年人。这人头发花白，扎发，脚上蹬着一双自己做的系扣布鞋。

"我说勒（这）些话都是为了你好，你还摆脸色不爱听，二回（以后）病死了的哒，莫怪我没说哦……"

徐莉明显不耐烦，把脸盆重重摔在病床上，"喊你莫说了莫说了，恩（就）是不听！"

"嘿！你还歪（凶）哒！你晓不晓得我来照看你勒（这）几天，屋里头的鸡鸭养生都没得人喂食了！"坐着的中老年女人如同触了逆鳞，一蹦而起，指着徐莉的面门直骂。

两人说的都是本地方言，有些脏话窦淮叶听明白了，有些她也一知半解不甚明了，来的时机不太对，她只好站在病房外揪自己带来的一束粉白色的唐菖蒲打发时间。

"好多（多少）钱嘛，我赔给你！"徐莉作势去拿钱包，却被她母亲一掌拍在了手背上，霎时红了一片。

徐母眼红气粗，大声道："了不完了，你有好多（多少）钱嘛！"

清官难断家务事，窦淮叶见里边还没停下，也不便再继续偷听下去，把唐菖蒲放在门外，就径直下了楼。却不成想正好遇上了开车来接徐莉的叶问青。

"她身体才刚恢复了些，坐大巴车会难受，所以我找人借了辆车来接她回去。"叶问青主动解释道，又问："你来看望徐莉？"

"是啊，她遇到你这样的老板，运气可真好。"窦淮叶笑了笑，帮他按下电梯，说道："我刚才见病房里还有个年纪稍大的女人，那是徐莉的妈妈吗？"

"对，蒋承奕给她家人打了电话，让来市里帮忙照顾几天。"一想到徐母平时最喜欢站在田埂上骂人，叶问青担心窦淮叶之前受了委屈，问道："她没跟你说什么吧？"

"没有，我压根儿就没有进病房，只在外边站了会儿。"窦淮叶掸了掸衣服上刚才抱唐菖蒲时不小心沾染上的花粉，感慨道："我算是知道徐莉的性格是随了谁，这两人一个比一个凶。"

"铃——"叶问青掏出手机看了眼，是条短信，文旅局发来的，上面显示关于县级非遗项目、代表性传承人申报结果的通知。

03

"尊敬的叶先生您好,您在 2021 年 5 月 23 日提交的县级非物质文化遗产代表性项目代表性传承人申报材料,不符合我市文化和旅游局（非物质文化遗产保护中心）规定。"

"移动发的垃圾消息。"叶问青的眼神黯淡了几分,动作迅速地把手机揣进兜里。

窦淮叶眼珠转了一下,她借着电梯门的反光,似乎看到了几个字,但不太确定,"我也经常收到这些垃圾消息,而且我还是两张手机卡,更加烦人。"

叶问青下巴微点,紧抿着唇,他可能觉得自己掩饰得极好,殊不知身边人早就看穿了他的伪装。为何不是发生在自己身上的挫折,依旧会感到失落和难过呢? 这些情绪似乎全都因他而起,窦淮叶挪转了下脚尖,将身子背过去,不忍心见到他这一刻的失落。

如果是十七岁的窦淮叶,一定会毫不顾忌地拽着他的袖子,大声告诉他虽然目前来看申报非遗的事情对此后影响很大,但站在历史的洪流来看,这只是人生某个阶段的一桩小事。可是现在的窦淮叶与他生疏了些,大学四年的光阴,在他和她之间又隔了多少的人和事物。

电梯门开,叶问青跨步走出去,背影看上去寂寥极了。

走至病房门口,原本放在这里的粉白色唐菖蒲不见了,进门才发现已经躺在邻床的桌子上,对方正嗅得起劲儿。这个人好奇怪,怎么不知道是谁送的花就随便拿走了,窦淮叶默默腹诽。

叶问青敲了下门,说道:"徐姨,车就在楼下,东西收拾好了吗?"

"收拾好了，走嘛。"徐母提着一个装得鼓囊囊的大塑料袋，见到叶问青那张清俊的脸，才露了几分笑意。

徐莉特意抹上了唇彩，看上去气色也好了许多，她对着窦淮叶点了下头，算是打招呼了。

窦淮叶之前看过一些心理学的相关书籍，书上说：有类人习惯在外人面前耀武扬威，实则内心惶恐不安，生怕被人看穿自身的弱小。极度自卑过后，便是极度的自负，她觉得徐莉就是这类人。

似乎看穿了窦淮叶的心思，徐莉压了压眉头，率先走出了病房，她妈妈在后边追着骂，说她在造纸坊待久了，脑子也进水了。窦淮叶听着挺尴尬的，徐母这是在怪徐莉不应该在叶问青的造纸坊帮忙。

夜晚，处理完所有的琐事后，墙壁上悬着的时钟已经接近十二点了，沐浴后换上白T恤的青年，从冰箱里取了两罐冰过的纯生啤酒，拖着略显沉重的脚步来到了窗前。推开木窗，屋外各种鸟兽虫鸣夹杂在一块儿，远处的房屋还零散地点着灯火，更远处的山黑鸦鸦。山上边有什么？鸱鸮站在耸入云端的云杉树梢，发出一声奇怪的鸣叫，随后振开羽翅飞入寂静的林中。

之前申报的非遗项目被驳回了。那一刻信息跃入眼帘，他才真真切切地感受到了现实与理想的差距。当初执意要从北京回到四川，临别前，陈老师不舍地拍了拍他的背，眸子里有些深意："你还年轻，对于造纸坊未来的设想，实在是有些过于理想化了。"

叶问青觉得心口有些闷，仿佛一大团无以成形的东西重重地压在了身上。他点开微信，远在北京的妈妈发了一条短视频，众人手上拿着好吃的好玩的东西，哄着一个看上去三四岁大的小孩，那个小孩的模样和叶问青有几分相似，脸上还有没消减的婴儿肥。视频内所有人被小孩充满童真的举动逗得哈哈大笑。这是他同母异父的弟弟，在他考上大学那年出生。

"今天是耀耀的生日，二姨和二姨父专程来北京给他庆贺生日，你看买了好多东西，桌子上都摆不下了……"叶妈妈一条接一条的语音发了过来，"要是你也在，弟弟一定会更高兴的。放暑假了来我们家耍嘛，你叔叔也一直挂念着你，说你一个人在学校没人陪。"

叶问青轻笑了声，他早已经毕业，她却还以为他在北师读书。"我们家"，那的确是妈妈的家，却不是他的家。在父母离异后，他就没有家了，他自觉无法融入另外一个家庭，也没有那么大度看着别人如此轻易地拥有他渴望已久的亲情。叶问青难得地喝了个酩酊大醉，在夜深人静时，他甚至怀疑自己辞掉工作回到家乡的决定是否正确。

次日，阳光晒得手上发热，叶问青被屋外的吵杂声吵醒，伸展了一下手臂，发现桌子也被透过窗子照射进来的阳光晒得发烫。他居然趴在桌子上睡了一宿，于是动了动有些僵硬的脖颈。

叶问青来不及收拾桌上散乱的啤酒罐，走出房间，离造纸坊不过几百米的一块稻田，田坎上站着一个穿着老头衫的大爷，正在指挥下了田的青年抓鸭子，那个把袖子高高撸起、脸上溅了不少泥点子的人，勉强辨别得出是蒋承奕。

"哎哟，你把它往我们这里赶嘛！"头戴草帽扛着锄头的中年妇人，见蒋承奕笨手笨脚，于是放下锄头脱了鞋子加入战场。

五六月份稻谷还是绿油油的一片，水声潺潺，时不时有小虫子叫。一只额上缀着几根绿毛的鸭子，正悠然自得地浮水，啄了片稻叶细细品尝，嘴干了还浅饮几口稻田水，它吃饱喝足后就浮在水面梳理羽毛，半点儿没把蒋承奕和中年妇人放在眼里。

"简直是太放肆了！"蒋承奕攥紧了拳头，往前奋力一扑，鸭子脚掌一拨动，羽翅轻扇，几下就飞远了。他扑了个空，前襟全沾上了泥点子，就连嘴唇上都沾了些，便仰天长啸道："我去，这也太能飞了吧！问青，别站在上边干愣着，下来帮忙啊！"

　　打不过就摇人，这是蒋承奕一贯的手段。几人合力费了老半天才抓到了那只从笼子里逃跑的鸭子，叶问青身上不比蒋承奕好看，他出了些汗，身上却轻盈了许多，或许是那些愁绪随着汗水消失了。

　　蒋承奕把鸭子塞进笼子里，对着老大爷说道："老辈子，你这鸭子是家养的啊？这么能飞！"

　　"抓到了就是家养的鸭子，没抓到那就是野鸭。"老大爷吧嗒吧嗒抽着旱烟，示意叶问青把笼子拎着，问道："吃早饭没得？去我屋里吃嘛，你嬢嬢今天蒸的肉包子吃，好吃得很。"

　　"行啊，走嘛！"边走，蒋承奕边说道："我刚才下田的时候看到好多稻谷没分蘖，这可不行，都快六月了，要是再不分蘖，稻子结的穗子就不够多；还有后面那一小块稻谷颜色看起来有些发黄，是不是氮肥施少了？"

　　"晓得了，一天王八念经话多得很，我等会儿就去施肥。"老大爷被念叨得有些烦，加快了脚步。蒋承奕在后面追着喊："也别施多了，要控制好量，施多了氮肥会让稻谷上边生长过旺，但是根部来不及生长，这样结的穗子全是空壳，产量不高。"

　　来水桐乡做扶贫工作时间久了，蒋承奕对于这些庄稼事门儿清，什么季节该种什么，他全都知道。可是在不久前，他连煮饭要掺多少水都不清楚。

04

"上次来乡里，陈大哥说他家的猪圈垮了，需要有人帮忙修理一下，待会儿你跟我一块儿过去帮个忙吧。"蒋承奕见叶问青心情不佳，就拉着他一起帮助乡民。

叶问青没反对，两个人吃过早饭，去了村里的老陈家。这是村里出了名的老鳏夫，个子不高，一年四季都穿着一件麻色的呢子中衣，头发蓬得比鸡窝还乱。水泥和红砖砌成的墙塌了一边，猪圈里的猪仔瘦成了细条，可怜兮兮地拱着槽内的一点儿饲料，见有人来，猪仔发出"吭哧吭哧"的声响。

蒋承奕嘴唇嚅动了几下，硬生生地把抱怨的话全都打碎生吞下去，赶紧去堂屋找到猪饲料袋，用手掌大小的黄搪瓷碗装了几碗，又混了些旁边切好的红苕叶子。他打开水龙头放了些水进去搅拌均匀，然后一块儿倒在了猪槽内。几只小猪仔迫不及待地冲过来抢食，"啪嗒啪嗒"一会儿就吃了个精光。

"陈大哥，你这猪仔一天喂几顿啊？怎么瘦成这个样子了？"蒋承奕拍了拍手上的饲料粉屑，又探头去看塌掉的隔墙，好在红砖都没有摔断，不少都能够拿来继续用。

老陈不好意思搓手道："一天一顿。"

"那不行，一天一顿哪里行！"蒋承奕惊到下巴险些掉了，一天一顿只是将将把猪仔的命吊着，哪里养得肥。这些猪仔都是扶贫办送来的，当初几只猪仔肥胖红润有光泽，看上去就很好养活，现在眼神发灰，反应都变得迟钝了些。肯定是之前扶贫办请养猪专家过来上课，老陈在山上干活，没来得及听见。

"养猪可不简单，每个阶段喂猪饲料的次数都不一样，像这样的小猪仔一天起码要五六次才行，等再长大了些，就可以降低喂食的次数，一般每天也要喂个三次才行。不要怕费工夫，现在多吃点苦头，过上几个月猪仔就长大了，到时候就能换成钱。"蒋承奕不厌其烦地说道："我们送这些猪仔来，就是为了咱们老百姓日子过得红火，要是大家都怕懒，那日子还过得下去吗？"

"你说得对，现在国家政策好，你们都来帮助我们这些贫困户，又送米粮又送油的，我个老头子哪里好意思腆着脸偷懒。"老陈被说得老脸一红，"我说咋个一天到晚都在叫，原来是饿了。"得知是因为自己少喂了饲料，才害得这些小猪仔饿成这样，老陈心里愧疚难安，浑浊的眼内泛出泪花，撩起衣袖擦了一把，自骂道："年纪大了，就是蠢得很！"

他心疼地看着猪圈内的小猪仔，多好的猪仔啊，让他养真是糟蹋了。

"别这样说，以后按时喂猪就行了。"蒋承奕看向坏掉的墙面，说道："我这就和问青帮你把猪圈补起。"说完后，他转身去找了些之前砌墙时剩下的小半袋水泥，和叶问青合作，二人很快就将塌掉的隔墙重新砌好了。还剩了些水泥没用上，掺了水，不用也会结成块，蒋承奕索性把剩下的水泥全都抹了上去，"这回应该不会塌了。"

"来，都喝口水，歇一会儿。"老陈从屋内端了两碗水出来，见叶问青身上有些脏，忙示意他取下肩上的白帕子擦拭。他两手都端着东西，挪不出手。

蒋承奕接过碗一饮而尽，忍不住感慨道："这水真清甜。"之前他们扶贫小组的人刚到水桐村，村子里都还没通自来水，大家都是喝自家打的井水，近年来发现这个村子里的人大多短寿。后来附近有个工程组挖掘出了乌木，有人测试了水质，这才知道附近的井水都被这块乌木污染了，水污染严重，压根儿就不能食用。

他带着人去找水厂的领导商量，给水桐乡安装自来水管，起初是水厂的人不答应，说什么"不可跨区安装"。为了村民们的健康，他软磨硬泡一个月，对方好不容易答应了，村民又不同意了。"你啷哎（这样）做要不得哦！我用个愣（自己）打的井水一分钱不得花，哪个脑壳有包的要喝你那个自来水！"

蒋承奕把水污染的事情说了，又告诉村民水质影响着健康，况且现在国家补贴了一部分，就连水厂的人工安装费都让蒋承奕这张巧嘴给说成了免费，农村自来水安装到户，每家每户只需要出个三五百的材料费就好。事关健康的大事儿，可不能马虎。最后水桐乡的村民还是同意安装自来水，每家每户都安装上了自来水，那些暂时没人居住的闲置房，都留了公共管道，到时候只需要自己把水管接在公共管道即可。

忙活了大半天，两人终于有空闲工夫歇会儿，蒋承奕去搬了张凳子，坐在老陈的院子里话家常："问青，你看这里的变化好大。"

十一二点正当晒，不知道是谁栽种的一株紫红色蜀葵花瓣秾丽，经过阳光的滋润，多了层绸缎般的细腻和光泽感。叶问青用毛巾擦汗，有些迷茫地开口道："我经常在想一个问题——究竟是行为决定贫穷，还是贫穷限制行为？"

蒋承奕说道："这是一个好问题，这么多年来，我们国家一直在扶贫道路上探索，十八大以后，才确定了精准扶贫战略思想，这也为我们基层扶贫工作人员的扶贫道路指明了方向。或许很多人认为只有懒惰的人才会贫穷，其实不是，有些人即便辛苦了一辈子，还是赚不到钱，还是生活得很困难。物质决定了意识，意识反作用于物质。我们生在了好地方，才有资格去上学，去见一见更广阔的天地。"

他站起身，骄阳正好洒在身上，"我的长期目标是——为共产主义事业而奋斗终生。"

叶问青笑问道："那短期目标呢？"

"做一颗永不生锈的螺丝钉，把崇高的理想信念和道德品质融于日常生活中，加强建设社会主义新中国。所以，问青你一定要把造纸坊开办得轰轰烈烈，把我们水桐乡的名气打出去，让全中国的人都知道我们的黄麻纸古法造纸技艺。"

05

叶问青不轻不缓地捏着自己的指节，说道："正好想跟你说造纸坊的事儿——我申报县级非遗项目失败了。"

这人从不拿造纸坊的事情开玩笑，此事定然不假，蒋承奕沉默了会儿，才说道："你创业才刚起步，失败也在常理之中。"他知道叶问青为了造纸坊几乎倾尽了全部，现在遭这迎头一棒，内心还不知道怎么呕着呢。

"你不用担心我想不开。"叶问青语气轻松，继续说道："之前窦学妹找我聊如何为造纸坊增加收益，也正是那个时候，我意识到自己的想法有多单一，守护这间黄麻纸造纸坊很简单，但是想要把古法造纸技艺宣传出去，却是一件极难的事情。"

昨晚上叶问青在半梦半醒间琢磨了很久，他虽然掌握了造纸技艺，但是并没有任何的手工创业经验，如何在快节奏时代运营一间造纸坊，对于他而言是件不小的难题。他查了很多手工匠人的资料，翻看这些手工匠人的工作经历和运营模式，他得把每种模式都研究透了，然后才能根据这些人的经验和自身情况，来摸索出一条最适合自己的道路。就像是蒋承奕他们这种数年如一日坚持下乡的扶贫工作人员一样，把脑海中设想的一切都落实到实际，而不再是纸上谈兵。

谈话间，二人已经不知不觉走到了黄麻纸造纸坊。匾额上的字迹依旧清晰可辨，叶问青如今一看到这几个大字，便觉得浑身充满了力量，只待下一刻的爆发。

　　"这些材料和工具的资金投入，短时间看并不多，但日积月累也是一笔不小的费用，如果没有一个很好的盈利模式，真的很难坚持下去。"蒋承奕从池里捡起竹帘，把水面上的浮絮摊平。"手工生产的产品虽然不同于机器量产，但只要到了盈利环节，一样是把产品放在了市场和其他产品去竞争。所以，只有用商业化的思维来规划，才能真正盈利。"

　　叶问青沉声道："没错，我觉得手工产品的销售，应该先建立核心理念；其次是设定目标客群，再考量销售方式，将产品商业化。目前造纸坊的经营内容太单一了些，得先规划好产品再去考虑渠道销售等问题。"

　　把制成的黄麻纸当做产品来买卖，自然就要考虑销售的底层逻辑，这些都是叶问青之前从未深入想过的问题。

　　蒋承奕见他设想好了一切，不由兴奋道："问青，咱们一定会离目标越来越近的！"

　　"什么大目标啊？说来我听听。"门外有爽朗的女声传来，姜可曲起食指扣了扣门框，笑着道："我说你俩躲在这儿干嘛，大晴天的，多适合烧烤啊！"

　　蒋承奕把竹帘搁在架子上，说道："难得姜同学做东，我们要不去也不合适，走吧，别让人等着了。"他拍了下叶问青的肩头。

　　与蒋承奕进行一番对话后，叶问青心中的阴霾早就一扫而光，他随着这两人走了出去，才发现门前的那一块空地上，正蹲着一个白色的人影。她似乎很喜欢穿白裙子，叶问青没想到窦淮叶也来了，下意识地往她那边多看了一眼。"叶问青！"她恰好回过头，脸上沾了煤渣黑乎乎，眼神却亮得出奇。

姜可一脸嫌弃地从包里找了张湿纸巾递给窦淮叶，感慨道："天呐，一不留神你就跑山西挖煤去了，果木炭也能把脸弄黑，真是服了你。"

蒋承奕在旁笑着说道："这种体力活就交给我们男孩子来做，可别累着窦作家了。"

又来洗涮她！窦淮叶把擦完脸的湿纸巾举高，作势要往蒋承奕身上扔。

"有本事往问青身上扔！"蒋承奕往旁边灵巧一躲，拉着叶问青的胳膊，嘴角有压不住的坏笑。

窦淮叶把湿纸巾收回放在掌心捏了捏，小声道："他又没招惹我。"

"是，他没招惹你。"蒋承奕颇有深意地重复了一句，早就看穿了她的小心思。

眼看窦淮叶把耳根都憋红了，蒋承奕忙拉着叶问青去堆果木炭，把果木炭堆成三角形，再把用来引火的固体蜡放在中间，最后用打火机引燃固体蜡，等待固体蜡将果木炭燃烧即可。姜可爱吃鱿鱼和鸡翅根，带了五六斤过来，还有其他已经串好的羊肉串和牛肉串，大大小小好多包，占了不少地方。

蒋承奕蹲在地上，手上拿着几串羊肉串，说道："你们这是搬了个烧烤摊来啊。"

"嫌多就别吃。"姜可用胳膊撞了下蒋承奕，轻声道："你也是听说他申报非遗没成功，所以特意过来安慰的？"

"我不是，就是正常下乡来帮村民处理琐事的。"蒋承奕正色道："问青刚才和我聊了很多，关于造纸坊的未来，他心里有数，造纸坊以后只会越来越好，咱们不必担心这么多。"

"听你这么说，那我也放心了，你可不知道窦淮叶这个缺心眼的，没看到文旅局公示栏里有叶问青的名字，就立即来找我了……"姜可说着话，顺手就拿走了蒋承奕才烤好的羊肉串，好奇道："不过你们搞扶贫的都这么辛苦啊，周末也要来村子里帮忙。"

远处，牧根风铃草开了几十个花枝，花茎直立，每根枝条上都聚满了一簇簇的浅紫色小铃铛，随风摇曳生姿。

"你没什么话想说吗？"叶问青觉得好笑，单独将他叫到一旁，却一声不吭。

刚才是想说一些安慰他的话，但现在见到叶问青分明情绪稳定，他嘴角始终悬着一个温柔的笑，这样的人哪里需要她的安慰。窦淮叶说道："你现在应该已经接受了那个坏消息，我那些安慰的话……"

"不，"叶问青定定地注视着她，指着自己的心脏处，"这里还是会觉得很难过。"

窦淮叶细思了会儿，抬头，望着他的眼睛，道："那需要我抱抱你吗？"

第四章

心 思 难 掩

01

长风掠过鼻尖，牧根风铃草花香传来，窦淮叶话音刚落，又觉得自己唐突了些，忙道："我开玩笑的！"就在这时，一道高大的身影压了过来，她的心跳立即不受控制地乱蹦跶。

"我尊重你的意见。"叶问青俯身和窦淮叶平视，手压着她的小脑瓜，看着她面颊红如樱桃，知道她的窘迫，却不点破。

窦淮叶没想到他会这样说，好像他也很期待这个拥抱一样，可他不是不喜欢她吗？

"走吧，我们过去烤东西吃。"英俊的青年转过身，身姿颀长而瘦削，阳光在他身上镀了层温暖的杏黄色。他知道二人之间还隔着一层纱，谁也没有勇气戳穿。那日在医院昏睡，叶问青做了一场久违的梦，梦中四季变换，唯独不变的只有她一人，两人相处的许许多多、零零碎碎的片段。自那以后，他便寻思这场梦起因缘何。

当窦淮叶说出那一句话"我可以抱你吗？"时，叶问青只觉得胸腔内剧烈一震，头脑内如江海呼啸、不周山崩塌，心脏犹如一块炽烈的炭火。他浑身发热。他知道，自己的心思再难掩藏下去了。

蒋承奕这个不靠谱的，最开始烤的几串羊肉串半生不熟，姜可光顾着与他闲聊，哪里看清楚熟没熟，吃着吃着肚子犯疼了，这才指着蒋承奕臭骂一顿。"最毒不过男人心！"姜可姣好的五官都皱成了梅干菜，非得狠狠掐了蒋承奕一把，这才甘心去寻洗手间，造纸坊的洗手间被游客占了，怎么这么倒霉！姜可急得额头上冒了汗，咬了咬牙，拉着窦淮叶不作犹豫，赶紧往徐莉家奔去。

徐莉家还是 20 世纪 90 年代以页岩和煤矸石为主要材料的红砖砌成的老房子，顶上安装了蓝色的雨棚遮风避雨，这种材质的雨棚一下雨，雨水滴溅上去发出的声音特别大，会吵得人睡不着觉。姜可一手撑着大门不让徐莉关上，另一手用力捂着肚子，大声道："江湖救急！我吃坏肚子了，借你家厕所用一下！"

"大姐，你这哪里像是来借厕所的，根本就是来打劫的。"徐莉嘴角抽动，还是把门打开了。

老房子里的气温总会比外面低几度，堂屋堆了许多装饲料的蛇皮袋，右手边的地上摆着一个简陋鞋架，嵌满了泥土的杂牌运动鞋和粉色的拖鞋摆在架上，几只灰旧得像腊肠的单鞋缩在鞋架深处。

徐莉换上了帆布鞋，看样子是正准备出门，她指着最里边的一扇门，没好脸色说道："厕所在那儿，自己去吧。"

"多谢！"姜可哪里还敢耽搁，赶紧往里走。

窦淮叶朝着徐莉笑了下，好奇地打量了一下屋内的布局，堂屋内还供奉着一尊佛像，她不是信徒，所以也认不出到底是哪尊佛。角落里的插头处放着一个两米高的冰箱，下半扇冰箱门上的塑料膜还没完全扯下来，看来是刚买没多久。墙面也全都刮了一层腻子粉，或许是用的腻子粉少了，又或者是在刮粉之前没有用粉膏把水泥墙抹平，白色深一块浅一块，像刚学化妆的女孩费了半天工夫，最后还是顶着一张底妆不匀的脸出来见人。

从进入屋子里后，窦淮叶就觉得有些奇怪，起初不知道是为什么，这会儿才琢磨出来。屋内太空了，虽然摆了不少家具，但还是显得空旷，地上的杂物倒是不少，却都只能归为垃圾那一类，算不得装饰物。窦淮叶打量的目光没逃过徐莉的眼睛，她前额紧皱，眼睑动了下，问道："要喝水吗？"

"不用麻烦了，我不渴。"窦淮叶摆了摆手。

徐莉冷笑道："正好我也只是客套一下。"见窦淮叶留意到了壁上挂着的一张旧奖状，她眼角微弯，难得地露出几分柔情，"这是我初一的时候考了第一名，校长亲自在领奖台上给我颁发的奖状，好多年了。"以前读书时的教材和练习册全都拿给父母做火引子了，就这张奖状她舍不得，贴在了墙上，每天都能见到，就像是一贴慰藉心灵的良药。

窦淮叶惊讶道："没想到你小时候成绩还挺好，要是继续读下去，应该也可以上本科线的。"

徐莉摩挲着发黄的奖状，闻言从鼻腔嗤出一口气："没这个条件了，我底下还有个小弟，家里不富裕，没这么多钱供两个孩子读书。"她摇了摇头，瞬间百感交集，如果继续读下去，她会不会顺利考上大学，然后像窦淮叶她们一样度过最美好的校园生活？

可惜，这个世上从来就没有如果。

这日，窦淮叶终于收到了巴山文学院的录取通知书，欢呼雀跃着将通知书打开，一个小紫水晶坠子掉了出来。她一下子想到了那天在文学院遇到的薛凝云，心里又多了几分憧憬。将录取通知书上的报到日期看了好几遍，她才依依不舍地把纸张塞到了抽屉中。

太好了！她如愿收到了录取通知书，再也不是个"社会闲杂人员"了！

02

六月二十四日，窗外的洋槐花卷着微凉的风，青翠的叶片时不时触碰一下窗沿，时针刚指向了七点钟，窦淮叶醒了过来。她起床洗漱后，简单化了个淡妆，换上了一身简洁不落俗的白色连衣裙。

有人发来一条微信："起来了吗？之前收到通知，说文化馆和市非物质文化遗产保护中心主办的，'市非物质文化遗产代表性项目申报文本写作培训班'，在市文化馆多功能室举办，我过来学习一下怎么填写非遗项目申报表。"

叶问青敲打完这一长串文字后，看向车窗外，之前他在填写申报表时查过资料，费了不少功夫，却还是没有通过。现在看来觉得可笑，到底哪里来的自信认为自己可以成功申报非遗项目？申报非遗项目所使用的表格都是他在网上下载的，到底是不是这一年份的材料表还另说，他填写时的格式也不一定对。出了这么多差池，申报表自然无法顺利通过，是他疏忽了。

自从想清楚这件事之后，叶问青就积极咨询这方面的事情，当他得知文旅局会举办培训班，便报名参加了。本次培训班旨在提升非物质文化遗产代表性项目，申报文本写作能力和技巧，全面提升市非物质文化遗产保护工作知识水平及能力。

叶问青提前看过培训班的授课内容，文旅局邀请了专家着重讲解，申报文本填写的规范性和技术性要求，这些都是他目前最需要了解的知识。

"那很好哎，看来我们市也挺注重这一块的发展，居然专门请了专家过来培训。"窦淮叶没想到叶问青会主动发消息给她，

"等你忙完再发消息给我，我请你吃晚饭。"她要去文学院报到，中午应该会和导师们和其他学员在外面吃饭，就只有晚上才能与叶问青见面了。

文化馆？窦淮叶忽然福至心灵，问道："你刚才说的文化馆，不会是在我要去报到的那个文学院吧？"

"应该是同一个地方。"

此刻窦淮叶心中除了与导师薛凝云再度见面的期待感以外，又多了一份其他的感觉。她其实很遗憾没能考上北师，否则就能和叶问青再多相处几年了。

"不行，不能胡思乱想！"窦淮叶拍了拍脑袋，将乱七八糟的想法都挤了出去，赶紧收拾东西准备出门。

文学院内，早有工作人员在入口处等候，见窦淮叶来了，便询问是否是研修班的学员，在得到肯定的回复后，把手上的黄麻袋递给了她。"窦老师往这边左拐，再往前直行，就可以看到我们今天开会的会议室了。"

黄麻袋材质粗糙，拎在手上却有种古朴的感觉。

会议室前，窦淮叶遇到了自己的导师，忙上前打招呼："薛老师，早。"

"早上好。"薛凝云今天依旧是一袭颜色清新的直筒领款旗袍，小纹正娟布料柔软垂坠，温柔又日常。

其他学员也到了，有认识薛凝云的男作家缓步过来，见窦淮叶跟在她身后，便笑道："这位老师看着年纪挺小的，没想到也能来参加作协举办的高级研修班。"

窦淮叶不认识这个人，笑了笑，没说什么。

"她是我的学生，年纪虽然小了些，但文笔不错，不比某些作家差。"薛凝云浅笑道。

不知为何，窦淮叶觉得她这句话有些奇怪，好像在影射谁，难不成对方是薛凝云的死对头？

来人踢了块铁板，脸上的笑意挂不住，横了薛凝云一眼，耷拉着嘴角道："你还是跟以前一样，不识好歹话！"

薛凝云索性不搭理这人，直接寻找放有自己名字的位置坐下。

窦淮叶有些尴尬，不多停留，忙跟了上去。好在她们俩的位置隔得不远，窦淮叶见薛凝云坐下，便也找到自己的位置坐下，很快会议室的空位都坐满了人。

几位领导依次上台讲话，没想到有这么多"大人物"来参会，窦淮叶在台下听得津津有味，过了会儿，开始自我介绍。她这个没出息的，竟然开始紧张，脑子一片空白，就连其他人说了些什么也没听进去，等到话筒转到她手上时，才咽了口唾沫。

手心汗津津的，浑身都冒着凉意，她轻咳了声站起来，尽量用平缓的语气说道："大家好，我叫窦淮叶，毕业于川师，是名网络作家，最擅长的题材是古代言情……"

"网络作家？"从角落里轻飘飘传来一声嗤笑，"写网文的也配被称为作家？"

窦淮叶止住了话，她下意识看向那人，是刚才和薛老师对话的那位男作家，会议室的灯光都没他的秃头发亮。

"配不配似乎不由您来评价。"窦淮叶最讨厌这类人，仗着自己是写纯文学的，就批判写网文的。还没看过别人的作品，也不知道哪里来的资格评价。

秃顶的男作家嘴角一歪："谁不知道网文就是爽文，根本没有文学性可言，始终难登大雅之堂。"

"您似乎误会了什么，我不否认网文是有粗制滥造的作品，但并非全部都是您口中没有价值观的流水线作品，也有不少口碑极好的作品出现，只是您没有看到罢了。私以为网文不仅使得文学迅速突破了传统模式的局限，满足了读者们更为多元化的文化需求，还推动了文学话语权从精英向大众的传递。文学创作不应该是高高在上，而应该贴近生活，让大众有代入感才对。网络文学最大的价值在于带来了自由和民主。"

窦淮叶一口气说了许多，她紧张极了，甚至紧张到胃部绞痛，但她绝不会轻易接受对方的不正确批评。此刻，她并不是一个人，而是代表了千千万万与她相同的网络作家。

03

"诡辩！"一个晚辈也敢直面与他叫板，男作家愤然道："你说那些狗屁不通的网文是'好作品'？多读读好的文学作品罢！"

窦淮叶突然一下子理解了刚才薛老师为何会这样做，每个人都有自己的想法，即便是瞧不上网络文学，那也不该当着别人面前说出来，多不礼貌啊。现在纸媒式微，许多人都习惯在网络上看书，在网络上连载作品只是一种发表途径罢了。

薛凝云笑眯眯地拍掌道："好！这场针对网络文学和纯文学的辩论可真精彩！"

其余人一下子笑了出来，气氛缓和了许多。

窦淮叶也知道场合不对，忙向众人道歉："实在抱歉，我不该毁了诸位的好心情……"

"文学艺术百花齐放百家争鸣，也变相说明了我们国家的繁荣昌盛。"文学院的院长如是道，几句话将这件事掩了过去，随后一切照着早已定好的流程继续往下走。

没想到会和研修班的同学起了争执，窦淮叶实在是郁闷，直到散会，还有些闷闷不乐。

待其余人走了，薛凝云走至她身边道："真没看出来，你胆子不小，敢在这么多人面前与他争辩一二。"对方在圈内多年，结识的人脉都是些大佬，一句话就能让窦淮叶在文学道路上多吃些苦头。

"还是有些紧张的。"窦淮叶直言坦白自己的不安，却很坚持自己的看法，"可我觉得他不该这样一竹竿打死一船人。"可以说她写的书不好看，但不能说这个群体就是不好的。

薛凝云了然点头，并给了她一个同情的眼神，"这下你知道我有多烦这个人了吧。"

窦淮叶扑哧一下笑了出来，"是有些烦人。"

见她眼神不住地往另一间会议室张望，薛凝云觉得好笑，问道："在看什么呢？"

"一个认识的朋友今天也来培训，我想等下他。"

薛凝云体贴说道："那你待会儿直接来餐馆吃饭，或者和你的朋友一块儿吃饭，不用过来也行，反正没什么重要事儿了。"

另一会议室内，非遗保护中心研究馆员付文娟正在授课。

屏幕上的PPT上放着近年来省内申报非遗项目的数据，付文娟开口道："我们川内有许多非遗项目都很好，有些非遗传承人却不重视项目文本，这也直接导致了我市有丰富的资源，但成功申报的非遗项目屈指可数。"她选取了一段申报失败的文本，并以此为例，指出其中出现的问题，讲明了专家们在评审时的一些要求。

台下的叶问青听得认真，并把需要注意的各种事项，全都摘抄了下来。

窦淮叶回想起当年在教室门外偷看他的模样，午后的走廊，凌霄花的枝蔓自上向下舒展，光影里，花瓣的橙红色很淡，隐约掺杂着竹叶的绿色纹路。她喜欢他的心思，仿佛这株凌霄花一般，不知不觉就覆上了绿意。她想要靠近他，再多一点点。

从叶问青口中得知他这几日都会在市内，窦淮叶暗自欢喜，与他相处的机会又多了些。

这天，在家里码完字后，她闲着无聊，想起蒋承奕要去乡下走访，便去找他。蒋承奕把车停在某块空地上，一脸嫌弃道："你不是收到文学院的录取通知书了吗？怎么没去上课？"

"正式开课时间还早，况且我们薛老师说了——'文学来源于生活，生活是一切艺术创作的源泉。'我这不是特意来感受生活嘛。"窦淮叶没想到有段时间没下乡，乡间已经变换模样，一大片的稻穗让人看着心情就好。

黄麻纸造纸坊就在不远处，坐落于几块稻田之间，门前的池子里还浸泡着许多的竹子，徐莉半蹲在水池边，不断地搅动竹子。在她的身上，窦淮叶看到了自己从来不曾拥有的力量感，谁说女性做不了力气活，她们不比任何男性差。

窦淮叶忽然想到还在市区里培训的叶问青，不由道："我还是有些想不通。"

"这有什么想不通的。"蒋承奕往嘴里扔了颗润喉糖，清了清嗓子，说道："来，我帮你捋一下这件事。虽然时代发展，乡村日渐衰败，但只要人在尊重客观规律的基础上，发挥主观能动性，便可以减少甚至避免损失，问青未必不能将水桐乡的造纸坊搭建成他想要的田园综合体。实践是认识的动力，失败的实践可以促进认识的深化，在目前失败的实践中，问青以后制定的方案会不断地完善，直至完成他的梦想。"

窦淮叶觉得蒋承奕的话不无道理，于是学他的腔调，笑着说道："从唯物史观来看，人民群众是社会历史的主体，是历史的创造者，所以我们要号召大家回到这里，扎根于田野间。"

"微火虽微，生生不息；星星之火，可以燎原。"蒋承奕望着满田野的金黄稻穗，由内而生的自豪感。男生一头短发干净清爽，身形挺拔，仿佛已经长成的白杨，能够为世人遮蔽风雨。

"你们下乡做扶贫工作的，真是辛苦了。"窦淮叶走到田坎上，用指尖抚摸金色的稻谷，正处于成熟期的谷粒饱满，外壳坚硬，等褪去糠皮后，抓把新米熬成一锅白粥，该是多么的香甜啊。

"我们辛苦一点，村民们就能够早些过上幸福的生活……"蒋承奕的声音里有说不出的坚定。如果注定有人要付出，那么这个人为什么不能是他，他甘愿把生命耗费在这些事情上。

身为朋友，窦淮叶知道他天天往乡下跑有多辛苦，自然而然地流露出怜惜的神色。

"干嘛突然心疼起我来了。"他微微弯腰凑近窦淮叶，距离她的睫毛不过十几厘米的距离。这副容貌还隐约残留着少年的影子，只是晒黑了些。只听见蒋承奕疑惑地"啧"了声，皱了皱眼皮，回归到正常的模样，"你不应该是脸颊泛红、呼吸紊乱吗？"

看见她如此镇定自若，始作俑者反倒有些不好意思地摸了摸鼻梁，怀疑起了自己的魅力。

窦淮叶轻弯眼尾，笑着反问道："蒋学长，你是不是有喜欢的人了？"

04

"付老师，方便向您咨询一些问题吗？"叶问青在课程结束后，觉得收获颇多，他脑海中对于黄麻纸造纸坊的未来设想更加清晰，不再是一个模糊不可求的梦了。

"当然可以。"付文娟把手上的资料整理成一沓，笑望着他，说道："我记得你，你之前申报过非遗项目吧。"她身上没有任何架子，说话态度随和，让人如沐春风。

叶问青把在课堂上记录的笔记拿了出来，他甚至还在旁边标记了一些自己的观点。"我上次递交的申报表很遗憾没有通过审核，在听了您对于申报文本的详细分析后，这才知道制作好文本的重要性。"说实话，叶问青身为文科生，却没能注意到这一点，实在是不应该。

付文娟说道："很多人都忽视了这一点，觉得只要自己的项目足够优秀就可以了，其实并不然，你的申报文本写得不够优秀，没有将重点标识出来，评审专家就看不到你申报的非遗项目的优势，势必不会通过。你刚才的笔记已经做得足够详细，我也认为在课堂上毫无保留，你要问的问题应该跟这个没有多大关系。"

叶问青点头道："确实与制作文本这件事无关。我之前查询过关于非遗匠人的新闻，并整理出了他们的工作经历，发现有许多可借鉴的点，但并不太确定是否能落实到现实，所以想来咨询下您的意见。"他在造纸坊上投入了很多资金，现在走的每一步都必须要格外谨慎。

"谨慎是好事儿。"付文娟笑了笑，说道："你应该也看出来了，我们国家正大力扶持这些非遗项目，每年都会在这方面投入一定的资金，包括我们市区申报成功的非遗项目，只要符合条件都可以去申请政府的支持。只要自己把握住了机会，现在就是匠人最好的时期。"

付文娟经常与非遗传承人打交道，也见过许多案例，她继续说道："你有专业的技术支持，又很聪明地察觉到了那些成功者可借鉴的地方，这已经很难得了。我认为光是口头上的话和一段文字，并没有什么说服力，你应该去实地走访一下，这一点你那位作家小女朋友应该深有体会。"

见他露出疑惑的神色，付文娟提醒道："那天在外面等你的女生，不是你的女朋友？"

"不是。"叶问青有些心慌意乱，不自觉摁住了手中的钢笔，锋利的笔尖割破了他的指腹。

付文娟手机屏亮了，有人找她，她看了眼，临走前对叶问青说道："我期待下一次能够看到你的申报材料。"

待叶问青收拾好笔记，提着公文包走到楼下，天空呈现月牙白，暴风骤雨席卷而来，狠狠地抽打着地面，雨水飞溅。没一会儿工夫，他的鞋面就湿透了。现在雨太大，大巴车恐怕会延迟出发，叶问青本来想找个街边小店点个吃的，顺便躲雨，却收到了一条讯息。

"陈大哥今儿在河里钓了条十斤重的草鱼，我拿一百块跟他换了，你带一件啤酒，来我这儿吃水煮鱼，等雨停了我开车送你回去。"

叶问青看着逐渐被雨珠打湿的屏幕，抿了下唇，打了个车去蒋承奕家。越往楼上走，他越是心不在焉，说实话，他并不喜欢去别人家里做客，总觉得会打扰到别人。可蒋承奕一番好意，他不好拒绝。看了眼门牌号，叶问青皱了下眉头，敲门。

"你怎么来了？"温暖的灯光从身后倾泻而出，窦淮叶雾眼朦胧地看着站在眼前的青年，他浑身湿漉漉的，碎发软塌塌地搭在额前，一张俊脸冷漠苍白。

叶问青这才骤然想起，蒋承奕和窦淮叶都住在这个小区，他把两家的单元楼和门牌号给记岔了。

见他久不说话，窦淮叶主动打破尴尬的气氛："是来找蒋承奕的吧，他家在隔壁二单元，602，早上我见他拎着一条大鱼回来，还炫耀似的在小区里转了好几圈……"

看她絮絮叨叨，叶问青勾了下嘴角，他的眸色越来越幽深，有什么看不懂的东西一点点蔓延。

窦淮叶被盯得有几分不好意思，让开一步，说道："要不来我家坐会儿吧，你身上都打湿了。"上次她在黄麻纸造纸坊落水，多亏了叶问青帮忙，这次就权当她还回去了。

叶问青浅笑着摇头，"不了，我待会儿还要回去，下次有空再来找你玩。"她家中没有其他人在，孤男寡女，他不想坏了她的名声。

"也行，那我送你去蒋承奕那里，他应该要回水桐，你可以搭他的车。"怕他再次拒绝，窦淮叶赶紧转身去取雨伞和钥匙，还没走几步，就听见身后传来重物栽倒的声音。入户处的那盆一人高的美人蕉被碰倒，瓷瓶碎成并不规则的几大块，黑土散得到处都是。

她怔松了片刻，手忙脚乱地过去扶叶问青，平时见他清瘦，但到底是个一米八的高个子，加上这段时间他都在乡间砍竹子，身上都是紧实的肌肉。窦淮叶不爱锻炼，十几步的距离，她足足耗了好几分钟，用尽全力才勉强将他搀扶到了沙发边。他浑身发烫，一沾到沙发，便跌了下去，连带着她也跟着扑倒，吓得她发出一声惊呼，抬眼只看见了一双漆黑的眼眸。

距离近得两人都能感受到对方喷洒在彼此脸颊上潮热的气息，叶问青的呼吸明显乱了，趴在他身上的窦淮叶清晰地听见了剧烈的心跳，一时之间也分不清是自己的心跳，还是他的。

"砰——"狂风将门吹上，本就神经紧绷的窦淮叶身子瑟缩了一下，下意识地往他怀里钻，夏季炎热，她在家中衣着轻薄，刚才的动作使衣领的扣子松开，暴露出雪白的一片肌肤和饱满的轮廓。

他全身肌肉紧绷，整个人热得像火烧。

"你没事儿吧？"窦淮叶的心跳如擂鼓，她不知该往哪儿看，才能减轻这一刻的尴尬，偏偏这时懒人沙发支撑不住两人的重量，说散架就散架，叶问青抱着她摔在地上，没忍住发出极轻的闷哼。

他强忍不适，说道："我没事儿，你先起来吧。"

窦淮叶僵硬着手脚爬了起来，脸上有抹可疑的红潮。"沙发坏了，我扶你去房间里躺着吧。"说完这句话，窦淮叶脸颊更红，她哪里想过会有这么尴尬的一幕发生。

叶问青淋了雨，身上的衣服仍然在淌水，怕他这么躺着会加重病情，窦淮叶索性让他脱了上衣，反正抱也抱了，再尴尬的局面她也能接受。

她低下头，耳边传来了脱衣服的窸窣声。

叶问青将脱下的白T恤丢在椅子上，他看见窦淮叶抓着睡裙的手指收紧用力，骨节十分明显，脑海中忽而想起了高三那年，从蒋承奕抽屉里翻找到的一本画工精美的图册。画页上，拔步床旁一双男鞋，一双红三寸金莲混在其中，红罗帐似遮未遮，青丝披散的女子黛眉紧蹙，口唇微张，白玉般的一截儿藕臂伸出床帐，五指紧攥着锦被，惹人浮想联翩。

"好看吗？喜欢就送你了。"图册原主人带着满身暑气从室外走来，眼里有促狭的笑意。这可是他好不容易才找来的"嫁妆画"，绝非学校外面的小摊贩私卖的常见货色。

叶问青当然明白这是什么，一时震惊他如此大胆，竟然敢把这种画册带到学校里来，又十分气愤，他怕这种描绘床笫之欢的图册，会出现在喜欢黏着自己的窦淮叶面前。

可如今，他防了许久的画面，活生生地出现在脑海，迟迟不肯消散。叶问青的额上、脖颈处都爬满了细密的汗，黏稠，他呼出一口浊气，早知如此，就不该来这一趟。他用指甲狠剐着受伤的指腹，意识这才稍微清明了些。

窦淮叶等了许久，见叶问青背对着她，于是更加疑惑了，她刚才除了嗅到男性独有的荷尔蒙味道外，还嗅到了一股很淡的血腥味。不是自己的，自然是从叶问青身上传来。观察了会儿，她才留意到叶问青的指尖受伤了，赶紧取来家庭医药箱给他处理伤口，"你先把退烧药吃了。"

把药丸放在他掌心，窦淮叶又去给他端来温水。这一来一去，难免会看到男人精壮的身体，肩膀很宽，至腰部逐渐收窄，呈现出一个标准的倒三角，腹肌随着呼吸时隐时现，令他少了几分书卷气，却多了几分野性。

"我给蒋承奕发了消息，他待会儿就过来。"窦淮叶强装镇定地把被子盖在他身上，关切地看着他吃了药，又用手背试了试体温，依旧发烫。

叶问青嗓音有些低哑："药效没有那么快。"

"也是。"窦淮叶答了一句，她帮忙处理完手指的伤，就乖巧地坐在了床尾。等蒋承奕赶来将人接走，她才松了口气。

05

周末，叶问青的身体也好了，由蒋承奕开车，带上他和窦淮叶以及姜可，四人去一个叫做"小草垛"的农场实地走访。"小草垛"农场位于开江县，离市区大概一个小时的距离，也是一位大学生返乡的产物。

原以为开江这边的道路会崎岖些，哪里知道反而更加开阔，蒋承奕一边开车，一边摇头道："看看人家这县城发展得多好！"

"行了，闭嘴吧你。"姜可塞了颗梅子糖在他嘴里，嘟嘴道："难得有空出来玩，你就别惦记这些大事儿了。"

窦淮叶在后面恍然大悟，她好像知道蒋承奕喜欢的人是谁了。

车辆在路上疾驰一个小时之后，终于到达了此行的目的地，不知从何处传来"啾啾"鸟鸣，极轻，极远。山壁上的山苍子花闪着米黄色的淡光，却因隔着许远，嗅不到其独特的甘凉气息，漫山遍野的花开繁了，云蒸霞蔚，美不胜收。

姜可不由感叹道："这里真的好美！"

听到了车子的响动后，种花基地旁边的大棚里钻出一个人，叶问青在敞开的大棚入口看到了好多个扎紧口袋的编织袋，袋子上印着墨字氮肥、磷肥、钾肥……都是些比较常见的肥料，旁边还有一台用来处理杂草用的机器。

"'小草垛'农场欢迎你们的到来。"那个工作人员十分热情地走过来，她是个很年轻的女生，头上戴着一顶草帽，脸上被太阳晒得通红，身上还染了一股草腥味。这是待在农场里的独特味道，哪怕是用了香水，也依旧无法掩盖。"尾号4803的用户，是你们提前预约的吧？"

叶问青道："是。"

秦溱核对了身份后，便热情地邀请叶问青等人去房间里先歇一会儿，顺便给他们倒杯水喝。小草垛农场用来招待客人的房舍，虽然有些简陋，但收拾得比较干净，窦淮叶坐在铺了软垫的木凳上，等着秦溱去找用来采摘花朵的工具。

左边的那面墙上悬挂了许多枝干花，都是秦溱从花丛中一一剪下来的，品种繁多。窦淮叶心中好奇，索性凑近了去看。花枝上面闪烁着微光，她用手指一揩，指腹上瞬时黑漆漆的，原来是灰尘。窦淮叶搓了搓手上的灰，又嫌不够干净，偷摸着在裤缝蹭了蹭。

"你可真够懒的，那里不是有纸巾吗？"蒋承奕一脸嫌弃。

叶问青对于窦淮叶的懒毛病似乎已经习以为常了，平静地抽了一张纸巾递给她。

蒋承奕见状，无奈道："真受不了你们……"

这时秦溱回来了，手中提着一个黑箱子，肩头上搭着白毛巾，淳朴至极。她递给窦淮叶他们一人一双白手套，说道："我看你们预约的体验修剪花枝，这是工具，先把手套换上吧，有些花刺比较扎人。"

农场主似乎特别喜欢香豌豆，专门辟了一块地方出来栽种，这种蔓生草本可生长两三米高，所以要搭支架供其向上攀援。盛夏时节，香豌豆正好开花，花丛中红飞翠舞，翡绿的枝蔓萦萦袅袅，顶上盛放着的花团格外轻，像是大片大片在空中游移聚散的云。

"你们农场里还有小耗子吗？！"窦淮叶走在最前头，发现叶片上有啮齿动物留下的痕迹。姜可吓得一蹦而起，搂着蒋承奕的脖子，惊恐万分，"有耗子？！"

"有耗子也被你一脚踩死了，你知不知羞，快放开我！"蒋承奕从未与她如此亲昵，被晒成棕色的脸皮瞬间变得通红，他抓住姜可的手腕，将她推开一些。

姜可腮帮子气得鼓鼓，揉着自己的腕子，没好气道："你又不是什么黄花大闺女，至于么。"

"怎么不至于。"蒋承奕见她手腕一圈红印，没想到女生的皮肤这么娇贵，只是轻轻一碰就红了，心里有些担心。

好在姜可没跟他计较什么，转头找上了窦淮叶。

"农场里出现一些小动物是很正常的，不用担心，它们不咬人。"秦溱剪了满满一箱子的香豌豆花，马丁靴踩在碎石子路上发出"沙沙"的声音，特别治愈人心。她将箱子搁在了木椅上，靠边的是一束淡紫色条纹香豌豆；另一束则颜色浓烈，这种的香豌豆像是水萝卜开出的花，又像是醋栗、红酒，和刚削出的铅笔屑……层层叠叠地卷曲、迸溅在香豌豆花瓣上，使得花瓣呈现出锈红色。

"香豌豆只可以用来观赏，不可以食用，如果小动物误食的话会发狂，因为毒素会令它们的神经系统处于一种亢奋的状态。"

吹来一阵长长的风，草茎微不可见地动了一下，窦淮叶的思绪如墨入水中般地开始发散。一只喜欢饮花蜜的小耗子，借天光堂堂多饮了几杯蜜，便醉得脸颊红红，兴尽晚回不知归路，误入花丛深处。夜色浓稠，它试探性地拱身边的草茎，以草茎作秋千，一悠一悠地来回荡。小耗子也有少女情怀，无忧无虑，一派天真烂漫。

　　窦淮叶想象着它举一朵比脑壳还大半径的香豌豆回到家时的场景，在被妈妈揪着耳朵斥问"今天又去哪里野了"时，它咧着嘴呵呵傻笑，今天的种种见闻在腹中蠕动翻滚，却一字半句也吐不出来。只好酣畅淋漓地打个饱嗝，随后跌跌撞撞地爬上床铺，抱着那朵香豌豆陷入了沉睡，梦中依旧是那片香气四溢怎么也不愿走出来的花丛。

　　天上的云又轻又薄，炽烈的阳光晒得人脊背有些发烫，身体里的血液细胞砰砰作响，热气在头顶飘，像一艘老式蒸汽船。窦淮叶捧着脸，晕晕乎乎地笑，仿佛刚喝多了蜜的人是她一样。

第五章

别人种小麦，你俩种玫瑰

01

一场阵雨遽然降临，雨敲瓦檐发出了清脆的响声，房里的窦淮叶头沉沉，不好意思道："我好像有些晕花。"

"怎么从来没听你说过？"姜可接过秦溙递来的一碗蜂蜜水，之前见窦淮叶双颊绯红，还以为她是中暑了，众人吓得不轻。

窦淮叶自个儿也纳闷："或许是我从来没有接触过这么多花，所以才晕得严重了些。"她在床上躺了会儿后，精神状态好了许多。

"你要是还难受，不妨在我房里多待一会儿。"秦溙不知从何处找了个口罩，让窦淮叶戴上，免得她闻到太多花香，又难受起来。

窦淮叶觉得自己已经没什么事儿了，于是婉拒了她的好意。

无垠水顺着屋檐往下滴溅，走出房间后，见到廊下站着两个青年，他们并肩而站。离得近的叶问青肩宽腿长，五官轮廓利落分明，气质温和。听见开门声，蒋承奕忙把指尖的烟蒂摁灭，他拍了拍身上沾染的气息。

叶问青问道："感觉身体好些了？"

"没什么大碍。"窦淮叶说道，她眼尖地看到了蒋承奕的小动作，只是不知道他什么时候染上的这个坏毛病，回想起之前搭乘蒋承奕的车时，前座摆放的那一小瓶清新剂和糖果，看来一切倒也有迹可循。

秦溙探出手，任由雨水亲吻着掌心，遗憾道："今天是狐狸大人娶亲日，看来没办法出去剪花了。"

"狐狸娶亲？是黑泽明导演的奇幻电影《梦》吗？"窦淮叶反问道。

姜可解释道："晴天落下急促而又短暂的雨，被人们叫做太阳雨，也被称之为狐狸雨。也有一说狐狸会在晴天下雨时娶亲。"

蒋承奕低咳了声，笑道："子不语怪力乱神。"

"在科技不发达的年达，人们常把不可知的事件以神话解析，并赋予其善恶美丑。"叶问青在旁道。

姜可和窦淮叶对视一眼，二人纷纷摇头，道："你俩真是文科生吗？怎么一点儿浪漫细胞都没有……"

"谁规定学文就一定要浪漫了？"蒋承奕顺手捡起架子上烘干的一朵玫瑰把玩，笑着道："别人种小麦，你俩种玫瑰，这是要浪漫不要命。"

秦溙在一边看着他们打闹，并没有因落雨被困在这里而感到无聊，她索性去找来直播设备，准备在室内进行直播，"你们不介意我做直播吧？"

窦淮叶眼前一亮，正打算见识一下他们"小草垛"农场的运营方式，哪里会介意。不知从何处走来了一个微胖的男生，手上抱着一个编织筐，筐内装着零散许多种植物和花枝，还有一些包装精美的产品。窦淮叶拉了一下叶问青的衣角，轻声道："走，咱俩过去看看。"

秦溙让那个微胖的男生把编织筐带着，两人往前走，拐入一个房间。经过长时间的尝试，他们已经具有专业的直播经验和技术，秦溙将直播用的设备架好，然后就在灯光前给自己补妆。在她面前摆放着数十个手机，可是她神色自若地拿起花枝，给屏幕背后的观众们做介绍。

窦淮叶好奇地打开手机，找到了农场的直播号。

有人发着弹幕："很喜欢看你的作品，有个小建议，每个品种能够简单描述一下，比如名字、种子形成过程，有哪些特别的功能等等，会更引人入胜，来看你直播的观众也一定会更多。"

窦淮叶却看到下一条弹幕持相反的意见。

"我觉得现在这样简单介绍一下挺快捷的，要是对某种植物有兴趣，可以自己再去搜索呀。"

秦溙没有被这些评论留言干扰，依旧保持着自己的节奏去介绍。待介绍完编织筐内的所有植物的品种和衍生产品后，她突然对着镜头外的叶问青笑了下，问道："你要来试一试吗？你是叶问青，对吧？"

她笑容灿烂，并没有让人感觉到任何冒犯，就连窦淮叶都忍不住想点头应下，看来对方早就猜到了他们此行的目的。

叶问青依旧挂着浅浅的笑容，说道："是，你是从付老师那里得知我的事情的吧？"

"这么轻易就猜中了，看来我妈真的没看错人。"秦溙有些失望，看样子是没有瞒住自己的身份，她问道："我就好奇了，你怎么看出来付文娟跟我是母女的，明明长得一点儿也不像。"

听见这句话后，窦淮叶才知道，原来秦溙是之前非遗专家付文娟的女儿。

"我妈说你最近在调查其他非遗项目，我就猜到你可能会来我这儿，没想到你们真的来了。"秦溙见直播间的围观群众已经到达三万人数了，她忙问叶问青："你方便出镜吗？"若说之前是故意试探他，现在秦溱则是真诚邀请，毕竟她直播间的人数挺多，要是叶问青愿意出镜，没准儿还会吸引更多观众。

叶问青问道："不会影响到你直播吗？"

"怎么会，要是你愿意搞直播，肯定会有很多人来围观，毕竟谁不爱看帅哥。"秦溱从话中得知叶问青并不反感直播，于是把手机稍微调整了一下角度，露出他的小半张脸，霎时直播间内闹翻了天，她的粉丝都在疯狂刷屏，希望让叶问青全脸出镜。

"给大家介绍一个新的小伙伴——水桐乡黄麻纸造纸坊的非遗传承人。"秦溱说道："以后你们有需要的话，可以去找他购买黄麻纸。黄麻纸可以吃吗？"她皱着眉头念出一句弹幕，险些笑出声来，"虽然我不是做古法造纸的，但我可以肯定地告诉你，黄麻纸不能吃。同城包邮吗？可以上门安装吗？"秦溱又念了几句弹幕，越发无语，说道："你们就这么想让这位帅哥出镜吗？"

要是让叶问青给观众科普一下黄麻纸的作用和用途，也挺不错的，但很显然现在不是一个最佳时机。简单说了几句后，秦溱就和观众说自己要下播了。

小助理跑过来告诉她："秦姐，一共五千瓶玫瑰纯露，全都卖出去了。"

"那还行，证明我的口水没白费。"秦溱饮了口水。

窦淮叶和叶问青知道现在有些人喜欢在直播间买东西，但没有想到会这么快就卖出五千份产品。要是黄麻纸也能通过直播卖出这么多份，一定不用担心资金的问题了！

02

在小草垛农场游玩过后，秦溱和叶问青聊了很久："我也没有想到自己会从一个文艺女青年，到成为乡村振兴项目的操盘手。"提起这件事，秦溱仍然佩服自己的一腔孤勇，要是年纪再大一些，被现实折磨过后，她或许就没了勇气回来。

"叶问青，你为什么要回来？"

"想回来，便回来了。"这个问题，不止一个人问过他，除了和窦淮叶那一次对话，其余的问答他都掩饰了过去。

"乡村振兴将会是未来5至10年都非常重要的议题，也将会成为新的时代浪潮，这个政策影响巨大，不只是与你我有关，而与城市、农村的每个人都至关重要。这个议题对于中国社会的影响，将不亚于几十年前那一波解放农村劳动力的改革开放。"

一聊到这个话题，秦溱难免想到了自己的母亲，虽然不愿意承认，但母亲的确帮助了自己许多。

"我妈也说乡村振兴会是中国城镇化2.0时代非常重要的一件战略性议题，目前最需要解决的是让农村重新焕发生机，重新吸引到一批批年轻有活力的人才，当然最重要的是吸引到社会资金和关注。好的资源真的太重要了！你看我们团队搞的这个小草垛农场项目，如果没有社会和政府的双重支持，光是靠我们自己，肯定也无法创办下去。我们身为第一批率先回到家乡的大学生，有义务担负起这个重任。"

秦溱想到了自己在直播间卖掉的产品，狡黠一笑，说道："没准，我们也可以吃上这个时代赠与归乡青年的红利。"她在大学读的是电子商务，回到家乡不会觉得大材小用。

临走前，秦溱给每个人赠送了一包植物的种子，她送给叶问青的是一包像是蝉翼一样的植物。"这是糖槭树的种子，有些植物会模仿成蝉和蝴蝶的样子，欺骗鸟儿来吃掉它，然后带着它的种子飞去远方落地生根。但它不用，糖槭树科植物自己会飞，遇上风展开翅膀就能飘远。希望你也能像糖槭树的种子一样，飞得远远的。"

叶问青从秦溱这儿学到了很多关于电商运营的知识，认真吸收了别人的经验后，他更确定了自己的方案的可行性。在市区内的申报文本培训班结束后，叶问青回到了水桐乡。

窦淮叶在巴山文学院上了一段时间课程后，觉得自己的文学理论基础实在是太差了，根本不像是学汉语言文学出身的。课堂上，导师薛凝云让所有学员把最近时间写的一篇文章交上来，她给一一进行批注，却在见到窦淮叶的文章后，蹙紧了眉头，久久没有松开。窦淮叶一直小心留意着她的脸色，见她如此，便知道自己今天又得挨顿骂了。不过出乎意料的是，薛凝云并没有说些严厉的话。"你现在写出的文字还是飘浮在半空落不着根，看起来有些假太空，或许是缺少了实地考察的经历，才写不出好的作品来。"

研修班入学时会签订一份合同，约定每年的发表数量和创作题材，为了达到这个目标，窦淮叶必须要在今年发表一篇现实题材的作品，可她所写的作品还是不达标，根本就无法刊登。若是换成其他导师，没准儿就让她过了，可薛凝云是个极其严谨认真的人，她在生活中就不容闪失，更何况是在文字上。

"你最近还在写网文吗？"薛凝云突然问道。

窦淮叶不知其意，却还是老实回答："有段时间没写了，最近都在忙着写现实题材的文章，可能是平时观察生活的时间不多，所以写得很慢。"

薛凝云建议她深入基层，真正地去看，去体验现实生活。"只有真实体验过的，才会写得出来。你现在的状态就是有文笔，但'假大空'，等你认真体验过生活后，肯定会有不一样的感触。"

窦淮叶想到了叶问青的造纸坊，或许这是个突破口，打着创作的旗号，她时不时下乡去找叶问青。这段时间叶问青为了黄麻纸造纸坊的未来，正忙得焦头烂额，维系一间造纸坊需要大量资金，他之前攒下的积蓄都快耗尽了，为此他甚至想过要把父母在城内留给他的一套房子卖了，然后把钱用来满足造纸坊的日常所需。

姜可在得知此事后，和窦淮叶交谈道："我早就料到了这一天，想要把黄麻纸制作技艺发扬出去，就必须要和市场扯上关系，必须要扩大自己的影响力。但这都需要动用商业头脑，很显然叶问青只是一个单纯的手艺人，他并不是一个合格的'商人'。"

如果想要造纸坊真正地保留下来，就必须要考虑到市场的因素，只有让更多的人听说了黄麻纸，才会有更多人愿意过来。

"不，我觉得他心中已经想好了要怎么做，我们应该相信他才对。"窦淮叶有心帮叶问青，于是联系了自己认识的一个记者陈锋。陈锋是一个坚持记录非遗项目很多年的特殊摄影人，他从2008年开始记录非遗，拍摄了上百个非遗项目与传承人，被熟悉他的人调侃为"疯子"。

他来到水桐乡，对叶问青关于非遗的传承与保护提出的"在地活态保护"这一概念，十分认同。陈锋在十几年的时间里走遍了大半个中国，看过太多展览，他认为只有在当地进行保护，才是最佳的决定。对方认为叶问青身为非遗传承人，除了有担当外，还需要其他的策略才行。"你首先要做的就是申报上非遗项目，否则未来的一切都是空谈。"

陈锋的到来给足了叶问青信心，这一次做足了充分的准备，叶问青利用非遗法成功申报了黄麻纸制作技艺。当文化厅公示结果后，叶问青热泪盈眶，他终于正式迈出了第一步。

03

这日，陈锋见天色不错，蓝天中一团团的云朵笼聚，他背上相机准备去山上拍些照片，之前是搭乘蒋承奕的车去水桐乡，现在蒋承奕不在没有免费车可以蹭了，他便去车站准备买大巴车票。

才走到车站入口处，就有摩的司机来拉客："师傅，去哪儿么。"

陈锋啄了口指缝中的烟，吐出一个白圈，将摩的司机上下打量了一下。

"水桐乡去不去？"

摩的司机把车推了下来，载上陈锋，一路疾驰，他还不忘问陈锋的身份："你是电视台的记者？"

陈锋没否认，只是用手护住了相机。

司机好奇问道："那你是来拍啥子的？水桐乡又没得啥子好东西，穷得很，要不是国家的扶贫小组去了，可能现在还有人吃不饱饭。"

"我去看看水桐乡的黄麻纸造纸坊。"陈锋想起了叶问青的造纸坊，这个青年沉默寡言，但拥有一手超高的造纸技艺。

摩的司机恍然大悟道："喔！你不说我还真没想起来呢！水桐乡的黄麻纸确实出名，你要是有空就多拍一会儿。"

陈锋笑道："古法造纸多用人工，但是现在好多环节都可以用机器来代替，失传也在意料之中。"

"机器没得感情，怎么可能会做得比人工好。"摩的司机反驳道，又说自己曾经去买过叶问青家的黄麻纸，纸张颜色漂亮，摸起来手感不错，最适合用来抄写经书奉菩萨。到了水桐乡，摩的司机操着一口蹩脚的川普说："到了，你自个儿过去嘛。"

陈锋特意没跟叶问青说起自己要过来的事儿，上一次过来，叶问青早就有所准备，他觉得只有在对方没有提防的情况下，拍摄出来的影像才足够真实，镜头最能清晰地反映一个人的真实面貌。

还未走近黄麻纸造纸坊，便听见了哗哗的水流声，陈锋没有止住脚步，而是小心翼翼地绕开了池子，往里走去。室内只有一个瘦削的背影对着他，这人手脚麻利地挤压湿纸张，做事干脆，半点儿不含糊。天气闷热，叶问青的身上冒了层细密的汗，T恤都被打得濡湿，活像是刚从水里打捞上来的一样，他所有的注意力都在纸张上，丝毫没有留意到身后有人。

陈锋的镜头中，叶问青神态认真，在他的身上生动演绎了什么叫作匠人之心。待把所有的纸张都挤压过后，准备进入下一道工序，叶问青站起身，动了下僵硬的胳膊和肩膀，眼角却瞥见了一道黑影。这人注意到惊动叶问青后，便飞速地收起东西往外跑。

叶问青脑子一炸，不好，有小偷进来找东西了！他忙捡起地上的一根竹竿，朝着那人追了出去，等到了室外的空地，他才发现那个鬼鬼祟祟的人，正是摄影师陈锋。

"陈记者，你这是？"叶问青十分不解，要说陈锋是贼的话，他肯定不会相信。假若陈锋不是个贼，又为何鬼头鬼脑地躲在造纸坊内，还一见到他就撒开了腿跑？要不是叶问青跑得快，没准儿还真让他给逃了。

留意到了叶问青怀疑的视线后，陈锋反而哈哈大笑，嘴角叼着的烟头直颤抖，燃透了的烟灰四处飘散。"他么的，偷拍习惯了，还以为又被人放狗追呢！吓得我鞋都快跑掉了！"陈锋把相机放在背后，弯下腰系紧鞋带，大喇喇地说道："没事儿，我就是来给你拍几张照片，没什么恶意。"

这一句话，叶问青倒是没怀疑，毕竟陈锋是窦淮叶介绍过来的人，肯定不会是什么坏人，只是这个人为何要偷拍？搞得像是见不得光一样。虽然心中有些愠怒，叶问青仍旧没对人撒火，把所有的情绪都压了下来。他给陈锋倒了杯水，"喝杯水休息一会儿吧。"

陈锋把喝剩下的水杯放在了一旁，低头认真翻看自己相机里的作品。

恰好这时，窦淮叶闲着无聊，也来找叶问青玩儿。自从她决定要创作一本关于黄麻纸的现实题材作品后，便找了个借口住在水桐乡，本来居无定所，叶问青为了她的安危，便和徐莉商量，让窦淮叶暂住在她家。窦淮叶每个月再额外给徐莉一点儿租房钱就行了。

陈锋搭野摩托来得早，现在窦淮叶和徐莉才吃了早饭，匆匆来造纸坊帮忙。

"早。"窦淮叶没想到陈锋也来了，于是问道："是上次拍摄的素材不能用吗？"

上次在她的陪伴下，陈锋拍了好多条素材，还以为他会留在市区修图、剪片子，或者已经走了呢。哪里知道，在水桐乡还能看到他的身影。

"那倒不是，之前拍的素材都好好的。"陈锋没掩盖自己来此真正目的，说道："原本是手痒痒，想来山里拍植物的，可是走到造纸坊的时候，见问青做事认真，便起了拍上一段的心思。"

徐莉自然地走到叶问青身边，把白毛巾递给他擦汗，问道："陈记者，你拍的视频会发在网上吗？"

"可能会发网上，也有可能会放在电视节目中。"视频还未剪辑，陈锋还没有究竟想放到哪个平台的想法，所以他没有将话说得太满，而是简单回答了一句，他不喜欢在事情没有尘埃落定之前，将所有的后路都挡死了。

04

徐莉听了陈锋的话后，兴奋地一拍掌，道："那这样做，会不会让叶哥涨很多粉丝，然后让大家都注意到咱们的黄麻纸造纸坊！"

"或许吧。"陈锋见一旁的窦淮叶脸色发黑，没忍住发笑，问道："我待会儿要去上山，你要一块儿吗？"

窦淮叶看了眼叶问青，反问他："你要一块儿去吗？"

"叶哥，昨个儿接到了一笔大买卖，对方说一共要五万块的黄麻纸，现在是不是挪不出时间来……"徐莉极为聪明，她不想让叶问青跟随他们二人上山，但又怕惹恼了叶问青，招来反感。

叶问青把手上的水擦干净，说道："那行，正好池子里的竹子没了，我上山砍些拿下来。"

"这……"徐莉欲言又止，最后只好作罢。

推门而出，烈阳滚滚，刺得眼睛有些发黑，稍过片刻，这才感觉视线回归于正常。叶问青换上一件耐磨的外套，抓紧了中长靴子的绳带，拎着一把锋利的砍刀，率先往前走。

"瞧人家这身装备，这叫一个专业！"陈锋迫不及待地跟了上去。

窦淮叶在后，亦步亦趋。

这次并没有沿着去祭拜叶问青奶奶的那条路，而是选择了另外一条生长了许多竹子的小径，树叶青翠嫩绿，满眼的清净和柔情，沙沙作响的叶片总能洗慰人心。窦淮叶伸出手与风相握，夏天的风中带着一股干燥的气息，她觉得眼前的这幕就像是电影中的画面。许多青春片都喜欢拍摄这类空镜头，她想起了一句话——"不是风动，亦不是叶动，是心动。"

多么美好的场景，如果再也没人回到乡村，再没人看见这一幕，那该多么遗憾。

"竹子开花，可惜了。"随着叶问青的视线看去，飘散了许多落叶的地上有许多竹节，藤编似的竹节上冒出絮状的小花，看起来颇为稀奇。

"竹子也会开花？"窦淮叶还是第一次见到竹子开花，她往常从未见过，只知道竹子会生出竹笋，却不知道还会开花。

陈锋把相机对准了那些花，说道："竹子怎么不会开花了，你这是见识少了。"

竹子开的花呈絮状，细细长长，还有黄白色的花丝和米粒大小的颗粒。叶问青摘了一些颗粒放在了窦淮叶的手心，并解释道："这些是竹米，竹子开花后的产物，是竹子的种子，内含丰富的淀粉和微量元素，可以煲粥食用。古人言：'非梧桐不栖，非竹实不食。'"

竹米比一般的米粒更显细长，整体呈黄褐色，放在鼻尖可以嗅到淡淡的清香。往前走了几步，叶问青把砍刀高甩，再狠狠地砍在竹子的根部，顿时竹叶震动，许多叶子飘落下来。

"早在古时的《山海经》便记录了这种情况——'竹六十一移根，而生根必开花，开花必结实，结实必枯死，实落又复生。'后《晋书》中也有类似记载：晋惠帝元康二年，草、竹皆结子如麦，又二年春巴西群竹生花。"

陈锋也取了一些竹米仔细研究，说道："得趁早把这片竹子都砍了。"

"为什么？"窦淮叶问道，这么多的竹子，全都砍了？

叶问青解释道："竹子一旦开花，不等多久，这片竹林就会出现大面积死竹，为了保证原材料的质量，必须要在竹子活着时砍下。"

"原来如此。"窦淮叶折了一片竹叶摩挲，竹叶一面较为光滑，而另外一面则毛乎乎的。

叶问青埋头砍竹子，不一会儿功夫，就将竹子砍薄了，他控制好方向，只听见"轰隆"一声，一根高大的竹子就顺着他调整好的方向倒了下去。藏在竹林中的鸟雀惊飞，一时间竹林嘈杂，下一刻却又变得很安静。

陈锋的摄像头一直没离开叶问青，他总是习惯性地记录。

窦淮叶觉得自己在陈锋和姜可身上都看到了明显的职业病，那么……她扭过头，看向叶问青，他的职业病是什么？似乎还没有发现，或许是自己观察得还不够仔细。

"你们想吃点儿水果吗？"陈锋忽然高喊一声，从音调的起伏可以辨出他此刻的兴奋。

窦淮叶突然感觉有人往自己脖子上套了个东西，沉甸甸的，低头一看，才发现是个相机。"帮我看好了，这可是我谋生的饭碗。"陈锋交代好，就朝着远处山坡的一棵杏子树跑去，树叶间夹杂着黄红色的婴孩拳头大小的杏子，隔着很远也能感受到杏子的香甜。

于是竹林里只剩下叶问青和窦淮叶两个人。窦淮叶闲着没事儿，想用相机帮正在爬树的陈锋拍张照片，不知按到了哪个键，点了半天也退不出来。她只好顺着照片往前翻，看见相机中的叶问青埋头沉醉于造纸中。他的头发在阳光底下金光熠熠，脖颈线条流畅地延到了 T 恤下，冒着尖儿的喉结微滚。

她默默地想："果真是秀色可餐……"

费了老半天劲儿，陈锋终于伸手勾到了一根树枝，顺着树枝摘了几个金黄的杏子，他回来慷慨地分享给窦淮叶和叶问青。"来，都尝一个试下口味。"

窦淮叶搓了下杏子上面的细绒毛，说道："这棵杏子树看上去不像是野生的。"

"我亲自施肥、捉虫，精心伺候了大半年的杏子树，当然不是野生的。"蒋承奕手上拿着一个麻袋，这几天天色好，他想着后山的杏子熟了，就带着麻袋上来摘杏子，哪里知道正好撞见了有人"偷"杏子。

"这么多杏子，又不能当饭吃，就给我们尝两个呗，别这么小气。"窦淮叶咬了口杏子，起先是微酸的杏子味儿，随后缓慢回甘，让人口齿生香。

蒋承奕光是看着牙齿就发酸，好笑道："合着你们摘了我的杏子，我一句话没说，还得挨你一顿批评。公不公平啊？"

窦淮叶笑道："十分公平。"

"嘚，我才不跟你说了，摘杏子去了。趁着天色好，还能摘了拿去换钱。"蒋承奕吆喝着让陈锋跟着他一块儿，两人正好互帮互助，勉强够得着树枝上的杏子。

窦淮叶把另外一个杏子用纸巾擦了擦，递给叶问青，说道："你尝尝，味道还不错。"

叶问青轻轻地笑，"谢了。"

窦淮叶用剩余的纸巾把手上残留的杏子汁液细细擦拭，忽然想起了临走前徐莉说的话，于是问道："你们接到海外的单子了？"

"嗯，对方是海外侨胞，年轻的时候就出国了，说想念家乡的黄麻纸，让我们帮忙做一些发到国外。"

窦淮叶了然地点头，道："年纪大了的人更容易思乡。"

见地上的竹子已经堆了很多，窦淮叶忙上去帮忙，把砍下的竹子堆到一块儿，再用绳子捆扎起来，好方便拖下山。

叶问青皱了下眉头，阻止道："你别动。"

"没关系的，我能做好。"窦淮叶逞强，搬个竹子有什么大不了的。她抬起一根竹子往另一方向拖动，却忽略了竹子的一角，锋利的竹片将她手划破了，鲜血霎时流了下来。窦淮叶有些懵，手上并不觉得疼，只是豁口大，看上去有些吓人。又或者是她被流出的鲜血吓傻了，所以麻痹了脑神经。

叶问青几乎是立刻冲了过去，把竹子踹到一边，连忙用手摁住了她划破的手掌，这才勉强止住了流出的血液。他脸色黑沉，不说话的时候让人心里发怵。

05

明明之前被叮嘱过不许搬竹子，自己还是没听劝告去搬了，窦淮叶心虚得不行，压根儿不敢抬头和叶问青对视，生怕看到了他眼神中的失望和愤怒。见叶问青一直紧握着她的掌心，窦淮叶吸了口气，鼓足勇气问道："你生气了？"

面前的人抬头，与她四目相对，借着她的清透的眼眸，可以看到她内心的惴惴不安。叶问青意识到自己的情绪有些失控，于是道："对，我生气了。"

闻言，窦淮叶正准备道歉，谁知他话锋一转："我生气是因为我没有及时阻止你的危险举动，而不是与你生气，你不要多想。"

"所以，只是针对事件本身，而并非任何一个人，对吗？"窦淮叶抬了下眉头，她嘴唇嗫嚅了一下。叶问青又看了她一眼，点头，浓浓的无奈，"走吧，下山了，你这伤口必须要处理才行。"

流了这么多血，血液滴溅在了青翠的竹叶上，就像是一只坠入了陷阱的野兽，被那些尖利的刺给扎得遍体鳞伤。"蒋承奕！窦学妹受伤了，我先送她下山，你们待会儿自己顺着山路回来。"他朝着山坡那头高喊了一句。

正在树杈上摘杏子的蒋承奕停顿了一下，等听清了话，才回应道："她没事儿吧？严不严重？"本来是想爬下树的，谁知上来容易，下来反倒犯了难。陈锋攀在树下，他一时卡在那儿了，没办法下来，只好放弃。"你们先回去吧，我和陈锋待会儿就回来！"

"好！"

窦淮叶也喊道："你们小心，问青说山上有野兽，要是天黑了就下山找食物吃，可别羊入虎口了。"

"放心吧，蒋承奕他心中有数，不会乱来的。"相比较担心这两人的安危，叶问青更加担心窦淮叶的手，竹片锐利无比，划下去无异于刀片，这么长的一条口子，没准儿还得去缝上几针才行。

窦淮叶受了伤的那只手一直被叶问青小心摁住，避免血液流失，她小心翼翼地踩着来时的路，往山下走去。起先人影挺清晰的，随着二人的脚步加快，影子就变得越来越小，小至米粒大小，最后彻底消失在了视线范围内。陈锋索性斜坐在一根粗壮的枝干上，把才摘的杏子放在衣服袖口上擦了一下，便往嘴里喂，边嚼动边道："站在这儿看山下的风景可真美啊。"

"那是自然的。"提及这个，蒋承奕便骄傲地挺起了胸脯，他们扶贫小组可费了不少心思在乡村上头。陈锋把吃光的杏核往远处一砸，道："来年再长成杏子树！"

"就这么一棵杏子核，等长成杏树得花多少年。"蒋承奕取笑他，"每隔一段时间政府就往村子里送些果树，只需往地里栽上几年就可以结果，有些果树当年就能吃上果子。"

"看来我是落伍了，对这些一点儿也不了解，还停留在自己种树吃瓜的年份。"陈锋从裤兜摸出一盒利群，点了根，风一吹，他指尖冒着红色的小点。深吸一口气后，他餍足地把烟盒递给蒋承奕，说道："要来根吗？"

"来个屁，爬个树还有心思抽，你这一天不得来个十几盒……"蒋承奕没好气道，脚下踩稳了树枝，两只手并用，飞快地把熟了的杏子摘到腰间挂着的口袋里。

陈锋继续道："十几盒？那不至于，一天一两盒就够了。我说，你待会儿摘了杏子还干嘛去？"

"要是村子里没什么事儿，我就该回去了。"蒋承奕还堆了一些报告没写，等会儿就把摘下的杏子给老陈头，顺带再询问一下村民们有没有什么需要帮忙的地方。

陈锋微眯着眼睛，从缝内睃着他，"给你说个加业绩的事儿，干不干？"看上去倒是一副高深莫测的模样，如果不是烟灰掉了一身的话，蒋承奕没准儿还真会信他几分。

"这加业绩的活儿，您还是自个儿干吧！"蒋承奕抬头，见树梢尖儿上还有几个红透了的杏子，原是想伸手去够，但无奈树枝纤细，要是一个不小心就容易摔下去了，便作罢了。"算了，已经摘了不少，先下山了。"蒋承奕颠了一下腰间的麻袋，念叨了一句。

陈锋看着他小心往下爬，抻着脖子，不甘心道："跟你说正经事儿呢！你可别不当真！"

"什么正经事儿，您说吧，我听着呢。"蒋承奕从叶问青口中知道此人是窦淮叶请来的，听说是个摄影师，拍摄非遗项目很多年了。但是蒋承奕从这人身上并未看出有任何的记者气质，反而猥琐得像个街头痴汉。他摇头，下意识看了下自己的手指头，幸亏没什么瘾儿，不像陈锋手指头都被烟草染成黄色了。

"犯烟瘾了？我这儿有的是……"陈锋也跟着爬下树，站在树下，作势要去打开烟盒。

蒋承奕忙摇头："不用了，我赶明儿就戒了。"他拎着大半袋子的杏子，尽量动作轻慢，省得把这些好不容易才摘下来的杏子给摔坏了。市面上的杏子早就熟透了，山上气温低，所以这颗杏子树成熟得晚，现在再拿去卖的话，虽然比不上早市的价格，但肯定也不会差了。

见他即将走远，陈锋忙喊住他："你个憨瓜！我专程跑这么远来水桐乡，不就是想拍点照片嘛！"叶问青不在，这儿就蒋承奕一个熟悉路的，自然是要抱住这个大腿了。

"你们不是想招商引资嘛，一点儿不会宣传，还怎么招商！"陈锋骂骂咧咧地追了上去，一把夺过他手上的麻袋。

蒋承奕上下打量他，问道："你这是什么意思？"

"愚蠢至极！"陈锋懒得与他再说，四处查看了一番，见不远处有一丛乱蓬蓬的野草，便把杏子给拎过去，藏在了野草后面。"我除了是个记者之外，还是一个非著名摄影师，现在好不容易来乡里一趟，还不得帮你们拍上几张照片。"

这话让蒋承奕眼前一亮，是啊！陈锋是个摄影师，他要是愿意给村子拍摄照片和视频的话，就可以拿出去宣传了，免得让他去市电视台借用人手过来，还帮村子里省了不少资金。想通了这一层后，蒋承奕哪里还敢耽误，忙问道："你想拍哪里？"

"你不是还有其他事儿吗？"陈锋故意这样说，可到底是没难为蒋承奕，毕竟大家都是为了扶贫工作，才会在这里见面。虽然他并不是扶贫办的工作人员，可是他做的每一件事都与振兴乡村息息相关，他拍了很多张乡村的照片，也尽量帮每个需要宣传的村落去扩大影响力。

说话间，陈锋指尖的烟头已经到了顶端，他用唾沫把烟头熄灭，再小心用纸巾包裹起来，揣进了兜里。这一路上他的行为举止都透着一种洒脱、放浪不羁的感觉，倒是没看出来，他居然还会这般细致。

"山上的神灵最怕火了，我在这半山腰抽个火还行，可千万不能带到山头去，否则就会触犯了神灵。"陈锋老神在在，他见蒋承奕露出一脸"你又在瞎说了"的表情，忙指了下之前叶问青和窦淮叶所待的竹林。"你刚才没看到竹子开花了吗？"

蒋承奕顺着视线看去，果真如此，他刚才从这片竹林走过，竟然还没注意到。

"竹子开花，说明天下即将大旱，肯定是有人得罪了山神，这就是山神给予人类的惩罚。"

蒋承奕熟读马哲，哪里会信这种言论，忙反驳道："竹子开花虽然罕见，却并非是异象，你别再说什么神不神了。"他没有任何宗教信仰，非得要说一个信仰，那必定是中国红。

"争论这些干甚，一点儿意义也没有。"蒋承奕无奈地耸肩，见不远处的竹叶上洒了不少的血珠，心中一紧，道："看样子窦淮叶伤得不轻啊，流了这么多的血。"

"你紧张个球，刚才那小子心都挂在小丫头片子身上了，还需得着你去担心。"陈锋咧嘴，拉着蒋承奕往山上走，"带路，万一我走丢了可怎么办。"

蒋承奕一时不备，险些被拉了个趔趄，站稳了身子，问他："你非得往山上走，拍底下的乡土风情不是挺好的？"

"你懂什么，我这是要拍独家素材，自然是不能和其他摄影师拍的内容一样了，就得往山上走。"

第六章

槿麻与黄麻

01

下山后，叶问青用清水和碘酒清洗了下窦淮叶的手，伤口并不长，却有点儿深。嘱咐徐莉把造纸坊看好后，叶问青开着蒋承奕的车带窦淮叶去镇上缝针。车上有些无聊，他怕窦淮叶的手疼，所以一直疯狂想话题，试图转移她的注意力。

"给你推荐一本 BE（Bad Ending）美学天花板小说，看吗？"

"说说呗。"窦淮叶手疼，只是怕叶问青担心，所以一直咬牙强忍。

"古代的，男女主是表兄妹关系，最后因为一些原因，导致男主娶错了人，女主也含泪去世。"

结局这么惨，依照男女主这么亲近的表兄妹关系来看，要想得到这么悲剧的一个结局，过程一定极其复杂。窦淮叶被吊起了胃口，忙问道："叫什么名儿？"

"《红楼梦》。"

窦淮叶一时语塞，过了会儿才说道："我也给你推荐一本书，双男主，一个男主娇柔小白花，另一个男主天生保护欲极强，对他特别好，一直护着他，上头得很。"

"是《西游记》吧。"叶问青没忍住笑意，说道："我记得你好像写过类似的小说，对吗？"

他怎么知道自己写过类似的？叶问青怎么会去看双男主的小说？难不成他是个弯的？！"没有哎，你是不是记错了。"窦淮叶强装镇定，内心已经在吐血，应该不会这么巧吧……

道路上车少，叶问青飞快回头看她一眼，又转过头，"或许是我记错了吧。"

"肯定是你记错了。"窦淮叶自然不能让他知道她写过哪些小说，不是那些小说见不得光，只是她总觉得让认识的好友看自己写的小说，有一种莫名的羞耻感。窦淮叶怕他又想起了具体的内容，忙恶人先告状："你是不是把发生在别的女生身上的事情记成我了？张冠李戴，可真让人难过死了。"她还故作委屈地捂着心口，假装眨巴眼，"学长可真狠心。"

"不会……"叶问青皱着眉头，似乎有话想说。

窦淮叶难得抓到他的把柄，甚至趴着座椅，靠近他的耳边，道："怎么不会了，我又没写过这个类型的书，你却说有，肯定是你把其他女生记成我了。"

呼出的气息吹得他耳朵发痒，叶问青抿了下唇，正好车子已经开到了镇上的门诊处，他用指腹解开手机，点开微信，把简单的好友通讯录给窦淮叶看。

"不用了吧……"没想到叶问青这样豁得出去，居然把手机都给她看了，窦淮叶本来不想看的，奈何好奇心害死猫，她还是看了。叶问青的好友不多，或许是压根儿就没打算加什么人，翻来翻去，结果就一个粉色的兔子头像看来可疑。但那个兔子头像的账号主人是她。

窦淮叶用没受伤的那只手托着下巴，这真叫人为难，要是一开始就没看他手机还能解释得通，或者是她发现了其他的可疑好友。

"如何？有发现什么吗？"叶问青熄灭火，静静地等着她。

窦淮叶觉得头顶压力巨大，她只好指着一个白色背景中由简单蓝色线条组成的小卡车，说道："我觉得这个就挺可疑的，你肯定是把她记成我了。"

"这是我妈的微信。"叶问青神情稍变，眼睫往下垂了一下，随后把安全带解开。

窦淮叶如遭雷劈，天呐，她竟然把罪名指到了叶问青的妈妈头上……

下车，再过来为窦淮叶打开车门，叶问青伸出手，窦淮叶以为是来取手机的，忙把手机递了过去。

叶问青摇头，道："还没找出你说的那个女生呢，手机你就先拿着吧。"他示意窦淮叶把受伤的手搭在他的手心。窦淮叶有些粗神经，大大咧咧的，他怕她不小心把伤口给拉扯开了，到时候又受疼。

听见他说的话，窦淮叶吐了下舌头，没想到叶问青还会拿话来怼她。拿着就拿着，反正是他自己开了口的。

另一方，茂密的云杉树树成荫，几乎遮蔽了天空，脚下踩着的泥土上铺满了云杉落叶，人一踩下去就会发出脆响，沙沙沙，像是有人躲在暗处吃脆香米。

陈锋调整了一下镜头焦距，对准了一处景物，按下了快门，虽然他外表看上去是有些不太靠谱，特别是那头乱蓬蓬的头发，和经常刮不干净的胡髭，但这种人一旦认真工作起来，身上就会平白冒出一种特殊的气质。这种气质让他充满了人格魅力，那些想与他争论的话，也就忘之脑后了。

蒋承奕摸了下后脑勺，想着自己工作时，会不会也是充满了魅力，但他脑海中冒出了撸起袖子、穿着半截短裤在田里插秧的场景，算了，不想了……知道陈锋是在为水桐乡拍摄可以用来宣传的照片，蒋承奕不敢打扰他，生怕将他脑中的灵感给吓跑了。至于他自个儿，也在用眼睛去观察和记录，他回去还得写几份报告呢。

"哐当"一声，陈锋拍完照片，抬了下头，"什么声音？"

蒋承奕刚才也听见了，但他不太确定，"山下有人挖东西？"

"或许吧。"陈锋凑近了一棵云杉，正准备再拍几张照片，却听见蒋承奕高喝一声："什么人？！"

不远处的树林间，一个棕色衣裳的男人正在偷窥他们，听见声响后，那人拔腿就跑。蒋承奕听闻最近有人上山盗猎，只当是住在村子里的这些老大爷和大娘年纪大了，所以眼花看错了，误把树影看成了人影。哪里知道山上真的有其他人，还是一个形迹可疑的人。

蒋承奕怕他是逃犯躲上山，赶紧打了个电话报警，又联系上林业局的人，上山一块儿来抓犯人。

没在镇上多停留，叶问青等窦淮叶包扎好伤口，准备送她回家，"这几天就先别洗澡了，你的手不能沾水。"窦淮叶的手缝了四五针，重新给包扎好，沾了水也麻烦。

"知道了。"

倒是回答得挺快，叶问青见她头发有些乱，脑后的发圈松了，几缕长发调皮地溜了出来，搭在肩上，就说："头发散了。"

窦淮叶下意识用受伤的手去摸头，却疼得她蹙了下眉。

"你别动，我帮你扎起来吧。"他伸出手绕过她的耳后，发丝蹭过脖颈，痒乎乎的，莫名开始紧张，炽热的视线仿佛黏在她身上一般，肌肤下的每个细胞都开始沸腾。

窦淮叶只觉得这人怎么越靠越近了，却不知对方压抑着的平静下，暗藏着多少的风起云涌。沉默了许久，窦淮叶感觉放在膝盖上的手机震动了一下，她僵硬地挪开脸，把手机递给他。

"什么事？"他的嗓音似乎更低了些。

窦淮叶假装对准窗户，却是借着窗户上的倒影在看他。

"好……我马上回来！"叶问青立即拉过窦淮叶身旁的安全带，利落地帮她扣上，又坐直了身子，道："我先送你回去，村子里出事儿了。"

窦淮叶也跟着紧张，忙问："要不要紧？"

"应该没事儿，你回去后把房门锁好，自己小心些。"叶问青发动汽车，从停车场驶向道路上。

依照窦淮叶对他的了解，要是没什么大事儿，叶问青肯定不会特意嘱咐一句让她把门锁好，会不会是其他什么大事儿？"我不想回去。"窦淮叶赶紧道。

叶问青为水桐乡的事着急，于是道："乖，听话。"他的语气像极了幼儿园教师在安慰不想午睡的小朋友。

窦淮叶只好道："不行，你又不告诉我发生了什么，就这么送我回去，我一个人在家会更加害怕的。"

这句话也提醒了叶问青，窦淮叶的父母常年在外忙生意，基本上只有过年才回来，她家现在就她一个人住，万一出个什么事儿。

"我的行李还在乡下，你就带我一块儿回去吧。"

叶问青最终心软了，答应下来，他在路口处掉头，转了回去。

窦淮叶松了口气，这家伙一向是吃软不吃硬，"到底出了什么事儿？"了解一下现况，她也好有个心理准备。

02

"赵局,是这二位发现了山上有形迹诡异的人。"一个身着警服的民警同志指着蒋承奕和陈锋说道。

没想到才拨打电话没多久,镇上派出所的民警就赶了过来。蒋承奕先在外套上擦了下手上的灰,然后迎上去,热情道:"赵叔。"

"看样子你俩老熟人啊。"陈锋也给赵局打了声招呼。

蒋承奕脸上的笑黯淡了一下,随后才道:"赵叔跟我爸同一届警校毕业,又在同一个警局搭档好多年,你说是不是老熟人。"

"什么情况?"林业局的人也赶了过来,带着好些设备。

蒋承奕说道:"我刚才上山,发现林中有个形迹可疑的男人,他一见到我就跑,肯定是心里有鬼。"

林业局的工作人员看了下自己带的设备,为难道:"那我带的这些东西没用啊。"

"你们熟悉地形,负责配合我们所里的民警同志就好,其他的不用担心。"赵局很快就部署好了一切,他面容沉稳,光是站在这里,就足够稳定军心。林业局的工作人员点头,道:"赵局放心,我一定尽全力配合你们。"

"好!"赵局满意地点头,"咱们齐心协力,一定要将此人找到,要将一切罪恶扼杀于摇篮之中。保护好人民群众的安危和财产,才是最重要的。"

蒋承奕忽然道:"赵叔,注意安全。"

站在他对面的青年已经高出他一个头,身强体壮,皮肤呈健康的小麦色,和记忆中的小男孩完全不一样了。赵局回忆起多年前的葬礼上,还是个幼童的蒋承奕。

"赵叔叔，爸爸说他会平安回来的，他还答应了我和妈妈要一块儿去旅游，他怎么说话不算数了？"带着哭腔的小男孩拽住他的裤脚。

他心脏揪在一块儿似的疼，此刻躺在墓中的人，就是他的搭档蒋沂水。两人合作多年，办了许多案子。在基层工作，处理的案件大多是些鸡毛蒜皮的琐事，但蒋沂水从来不抱怨，反而是以十二分的耐心去解决。他尽到了一个基层民警的职责，将所有的一切都献给了祖国，献给了人民。

赵局在蒋承奕的肩头拍了一下，道："放心，赵叔叔和所里的其他人都会安全回来的，晚上咱们一块儿吃羊肉格格（蒸羊肉）……"

"安全回来就行，别随便立 flag（立 flag：乌鸦嘴）。"蒋承奕赶紧止住了他的话头，去找了个顺手的东西，准备带上和民警一块儿上山。

上山的路被围了起来，蒋承奕带头走在最前面，他一身胆气，丝毫不怯。很快就到了他们之前看到可疑男人的地方，此刻已经人去林空，不见那人的踪迹。但赵局蹲下身子，看见地上湿了一块。不等凑近，就闻到了一股刺鼻的尿味。

"你大爷的！"陈锋低骂了一句，幸好他没踩上，真恶心人。

"再往那边找找吧，山下都有人守着，那人肯定还在山上。"赵局指着一个方向说道："你们几个人往这个方向找，我和小蒋他们走这边，分头行动。"

彼此手上都拿着东西，要是遇上了人肯定不会吃亏，蒋承奕倒不怎么担心。继续往前走，空气中飘来一股木柴燃烧后的味道，林业局的工作人员和蒋承奕脸色都是一变，大喊一声——"不好！"

吓得陈锋一哆嗦，忙问道："怎么了？看见那个人了？"他警惕地往四周看去，叶缝间有一大团红橘色，就像是有个调皮的孩子掀翻了美术生的颜料盒，颜料噼里啪啦地摔了一地。

"火！"蒋承奕着急道："林子里着火了！"

"什么！"陈锋瞪大了眼，林中失火可不是小事儿，他几乎是下意识地就去摸腰间的烟头，纸巾包着的烟蒂还在，看来不是他之前抽的烟蒂引发的火灾。

林业局工作人员急得抓脑袋："不会是那人发现我们来了，所以才放火烧山的吧？"

"那不能吧，不是有句标语——'放火烧山，牢底坐穿'嘛，要不是穷凶极恶的歹徒，谁会做出放火烧山这种事儿？"陈锋有些不敢相信，这要是一烧起来，整座山就遭殃了，没准儿还会殃及山下的住户。

还是赵局比较冷静："先去看看情况再说。"

几个人忙赶了过去，热浪扑在了脸上，让人不得不拿手遮挡，燃烧过的树木"啪"地摔下来。夏季里云杉树的水分少了很多，全都蒸发了，本来就容易引发火灾。如今再加上这颗突然出现的火星子，简直如虎添翼，猛烈地燃烧，似要把整片树木都燃成灰烬。炙热的火光灼烤着众人的脸颊，好似皮肤都开始慢慢地一寸寸缩紧。

蒋承奕的眸子中可以清晰地看到漫天的大火。

"都别愣着了，快找东西灭火！"赵局最先反应过来，一声令下。

蒋承奕忙去找树杈扑打火焰，火是从树根底下往上燃烧，下面的树根已经被烧透了，黑漆漆一片，而上面顶端还闪着火星子。这么多的云杉树，树叶全都快被烤干了，要是遇到刮风，那可就彻底完了。赵局给派出所的其他民警打了电话，将这边的情况说清楚，又叫人拨打火警电话，救火必须要赶快，否则将会危及老百姓的生命及财产安全。

陈锋用长靴踹着沙土往火上埋，可到底是杯水车薪，根本没法对付这么大的火。"不行！"他拍了拍因为离得太近而烧着了的头发，皱着眉头说道："得用水，山下的池子里有水！"

赵局也拉着正在挥打树枝的蒋承奕，着急道："小蒋，先撤一下。"

"不能撤，这里的云杉还算湿润，而不远处的油棕是一点就着，要是咱们不守住这里，等树叶一沾上火苗就全都跑不掉。"火焰张牙舞爪，疯狂地舔舐着他的头发。空气中除了树木燃烧发出的木柴味道外，还有一股难闻的蛋白质的味道，他额前的头发全被火燎了。不一会儿工夫，蒋承奕的脸上蒙了层灰，甚至是衣服上也掉了不少火星子，烫出一个个的小洞。

赵局当机立断让人先往后撤，救火十分要紧，但绝不能做无谓的牺牲，"咱们赶紧下山去！"

蒋承奕固执地继续挥动树枝，不肯往后撤一步，"你们先撤，我留在这里。"

"你留在这里有什么用，灭火靠的不是死心眼！"眼看着浓烟滚滚，几乎要将众人吞噬，陈锋也顾不得实话难听了，忙道："咱们来的时候太匆忙了，除了一人一把工兵铲外，什么也没有了，你要我们怎么灭火？"陈锋话说得又急又快，加上树木飞快燃烧产生了大量的一氧化碳，他被呛得止不住地咳嗽，只好用衣服捂住了嘴巴。气温越来越高，让人待不住了，必须要赶紧撤离。

蒋承奕虽然不甘心抛下阵地，但也知道现在不是死心眼的时刻，和其余几人赶紧离开此处。

山下，水桐乡的村民们都留意到了山上的浓烟，自发地提了一桶桶水，往山上跑。派出所民警同志拦住了一个村民："老乡，山上着火了，我们局长和林业局的工作人员正在灭火，山上危险得很，你别上去了。"

"我就是知道着火了，所以才要上去帮忙。"

"群众的安全才是最重要的，你们要相信我们能战胜这场大火！"村民被民警同志拦在山下，这个时候必须要专业的消防人员来帮忙才行，好在当地的消防来得极快。"你们小心些。"几个个子高又肌肉结实的消防队员，带着灭火器和斧头就准备上山。

"等会儿，你们把这个也带上吧。"叶问青不知从何处冒了出来，他手上拎着一大捆湿透了的黄麻袋，还在不断地往下滴水。

山上距离过远，很难打水带，如果火势不是特别大的话，一般采用的是砍断附近树木来隔开火，或者把湿透了的麻袋捆在树干上阻拦。消防队员没跟叶问青客气，直接把黄麻袋接过，赶紧上了山，叶问青又转身回造纸坊，准备再提一些过来。

刚到造纸坊把已经是半成品的黄麻袋捆好，就被人按住了手，他抬头看向对方。

"叶哥，不能再拿了。"徐莉听说山上着火，急得不行，可是再急也不能把黄麻袋全都烧了呀。她这几日为了做好这些黄麻袋，嘴唇上都冒火泡了，"再过几天就该给人家交货了，你把这些产品都拿去灭火，咱要是没法按时交货，可是要赔不少钱的！叶哥，你再想想吧……"徐莉不肯松开抓着黄麻袋的手，苦苦哀求道。

她不仅仅是为了自己这段时间的辛苦劳动，还是为了守住叶问青的钱袋子，和整个黄麻纸造纸坊的未来。做生意的人本就讲究诚信二字，要是在规定的时间内没法交货，那不就成了失信之人，他们造纸坊以后还如何开门做生意。

叶问青自然知道这么做带来的后果，但山上火势不容乐观，现在隐隐有刮风的迹象，顺风火焰燃烧蔓延的速度可达每小时八公里，再不赶紧灭火，只怕这片林子都得成为火焰的俘虏。"徐莉，救火要紧，生意的事儿等我回来再说。"叶问青态度坚定，并没有被说动，而是继续把湿透了的黄麻袋带走。

徐莉看着他的背影，心中委屈极了。可她也知道事情有轻重缓急，目前救火才是要紧事，索性也去找了把大砍刀，跟在了叶问青身后。

消防员上山没走多远，便看见了赵局等人，赶紧把带的灭火器分给了众人，几乎人手一个，然后赶紧去着火的地方。才一会儿的工夫，燃烧的面积就扩大了许多，地上燃成了一大片漆黑的洞。用灭火器将附近的火焰扑灭，其余人赶紧把带来的湿透的黄麻袋覆盖在燃烧的树干上，很快火势就小了些。众人赶紧乘胜追击，把靠近着火地的一些树木都砍断，又用树枝拼命地扑打火焰。

叶问青把手头上的黄麻袋用光了以后，准备去找树枝灭火，发现有一个身影看起来格外的熟悉，他快步走了过去，惊愕道："你怎么也来了？"

被他抓住胳膊的那人表情一滞，脸上黑乎乎，她眼睛发亮，道："上山灭火啊。"

"行吧，反正我是管不住你的。"叶问青撒开手，有几分生气。

窦淮叶也来不及与他辩解些什么，赶紧加入了灭火大队，好在人多力量大，很快就将这场火给灭了。

一行人拖着疲惫的脚步下山，山下等了许久的村民为其欢呼，将他们看作最英勇的人。赵局的头发尖儿都在滴汗，他累得嘴唇泛白，还是仔细嘱咐村民们以后一定要注意林间防火，火灾猛如虎，可不容小觑。

村民们都围上来，蒋承奕却在人群中看到了一个人的侧脸，有些眼熟。"站住！"他可算想起来了，这不就是他在林中见到的那个形迹诡异的可疑男子吗？！蒋承奕指着人群中的一个人，大吼一声道："快抓住那个人，他就是放火烧山的人！"

03

人群中那人听见这声大喊后，赶紧拔腿就跑。"你小子不是挺能跑，怎么不继续跑了？"蒋承奕灭了半天的火，心中早就憋了一肚子的火，追了上去往这个人脑袋上拍了一下。

这人瑟缩着脖子，看上去个子有个一米七八，但说话声稚嫩得很："叔叔，我不是故意放火的……"

"叔你个头，你怎么不叫我爸爸！"蒋承奕没好气地揪着还在不断挣扎的"纵火者"往赵局跟前走，憋着火气道："赵叔，这个人就是我和陈锋看见的那人，刚才他自己也说了，是他放的火。"

"不，不是这样的……"被揪着衣领的人还在挣扎，声音听起来像是还没变声一样，可看模样又是成年人的身板，要多怪异就有多怪异。他扭动着身躯，窦淮叶不合时宜地想象着他变成了一条肥胖的毛毛虫，而蒋承奕就像是一只拥有尖利爪子的老母鸡，抓着毛毛虫不肯松开。"窦淮叶，你站远些，看个热闹还凑这么近。"老母鸡，哦不，是蒋承奕，见她离得太近，怕她被这个危险的"纵火者"伤到了，赶紧驱赶她。

"纵火者"竟然呜呜地哭了起来，眼泪鼻涕很快淌了一脸，"姐姐，你帮帮我，我真不是故意的，我就是来给妈妈烧纸……"

蒋承奕一脸嫌弃，嘴角都撇到了外太空去了，"凭什么叫她姐姐，叫我却是叔叔……"

这人哭泣声停了一下，满脸无辜道："因为你看上去比较老啊。"

"因、为、你、看、上、去、比、较、老。"蒋承奕咬着后槽牙，一字一字地把这句话复述了一遍。"不行，我今儿必须要把你送进去蹲局子，你就等着把牢底坐穿吧！"

"哎，先别急。"窦淮叶听见他说是去烧纸的，莫名想起了之前陪叶问青上山去给叶奶奶烧纸，这山上的确有不少墓地，万一别人是不小心烧着了，那也不是故意的。

赵局走过来，耐心道："先听听他怎么说吧。"

既然赵局都发话了，蒋承奕总不好不给他面子，更何况这种事情本就该民警来解决，他又没有任何的执法权。没想到撒开手以后，"纵火者"立即往窦淮叶的方向冲去，蒋承奕和叶问青同时一惊，没犹豫就冲上前，准备摁住这个"纵火者"。

他抱着窦淮叶的胳膊，怯生生地看着突然扑上来的蒋承奕和叶问青问："叔叔，你要干嘛？"

这小子没打算伤人……"没什么，头皮痒。"蒋承奕尴尬地把伸出的手转向了后脑勺，狠搓了几下烧焦的头发。叶问青不动声色地把手横亘在"纵火者"前，将他和窦淮叶分开。

"小朋友，你把为什么要上山，在山上发生了什么，整件事的原委说明白就好。"叶问青浅笑着说道。

此言一出，莫说是蒋承奕了，就连窦淮叶也明显有些吃惊，这个一米七八以上的男子竟然被他称为小朋友？

赵局在旁边打量了他很久，问道："你叫什么名字？"

"警察叔叔，我叫胡图图……"

这人话头刚一打开，就被蒋承奕给截了胡，讽刺道："你家是不是住在翻斗乐园，你妈妈是不是叫张美丽，爸爸叫胡英俊？拜托，这么多人因为你乱点火忙活了老半天，就不能说句老实话吗！"

"小蒋。"赵局安抚有些情绪失控的蒋承奕，知道他是为了所有人的安全才会如此着急，"你刚才灭火辛苦了，先去歇一会儿吧，我来问就好。"赵局笑着问这人，"你叫胡图图，身份证带了吗？"

"我没有身份证，但是我记得户口本上的号码，以前在学校填资料的时候背过。"胡图图很快就把身份证号背了出来。

赵局把胡图图的身份证号重复了一遍，通过年份发现这个人才13岁，"你今年13岁？"

胡图图点了点头，"是啊，警察叔叔你不相信吗？"

任由谁看见一个个子极高的男人站在你面前，说自己才13岁未成年，都会有几分钟的恍惚吧。赵局压下心底的怀疑，在带来的设备上搜索胡图图的信息，没一会儿就查出来了，还真是个未成年人。

"那你为什么要一个人上山烧纸？"赵局满脑子疑惑，虽然这个胡图图个子高大，但看他说话做事的样子，明显心智并不成熟。

胡图图的声音低了些，"我爸爸要娶阿姨了，我不答应，他就打我，我想来看看妈妈，给她烧些纸。"

"你个背时（倒霉）的！"从人群中挤出来一个老年妇女，她一上来就往胡图图宽厚的背上招呼了一巴掌，骂道："哪个喊你上山的，这么大片山，到处都是坟，你不怕？！"

胡图图挨了一巴掌，痛哭流涕，满地打滚道："我才不怕，妈妈就住在那儿，我就是要去看她！"

原来胡图图的妈妈因病去世，还没满一个月他爸爸就相亲认识了一个阿姨，二人情意正浓准备再婚，胡图图不答应，他和爸爸起了争执离家出走，走了十几公里回乡里看望妈妈。他妈妈是水桐乡人，早些年嫁出去了，死后落叶归根。

老年妇女左右看，没看到自己想看的东西，又问道："你养的小狗呢？"

"舍了（丢了），找不到了。"胡图图离家出走不打算再回去，临走前带上了自己养的小狗，没想到天气太热，小狗一路上没喝水，最后从他怀里跳出去跑远了。他一路追赶，追上山后彻底迷路了，就在山上住了几天。

等他说完后，众人都沉默了，没有想到事情的原委竟然是这样残忍，爸爸要娶新人了，受了委屈的他第一时间是去找已逝的妈妈诉苦。

窦淮叶心生不忍，眼神都多了几分怜爱，问道："那你在山上吃什么？"

"我自己烤的松子吃。"胡图图说道，他在山上捡到了许多新鲜的松果，直接把松果放在火上炙烤，没一会儿就可以听见噼里啪啦的声响，松子全都崩了出来。

"没想到你还挺聪明的，知道烤松子吃。"窦淮叶也不知该露出什么表情，幸好是在农村长大的小孩，知道什么东西能吃，不然还真没法在山上待这么长时间。

赵局伸出手在胡图图的背上轻拍了几下，说道："你看望妈妈是好样的，但你这个行为还是有些不妥当，山上用火必须要小心谨慎才行，否则就会像今天一样烧了很多树木，还麻烦了消防员叔叔过来灭火。幸亏我们及时灭了火。万一遇上了刮风，这片林子都会烧光，到时候我们全都要葬身火海。"

赵局的话让胡图图羞愧地垂下头，抱歉道："对不起叔叔，我真不是故意的，我就是饿了，当时没有想那么多。"

"好，我接受你的道歉，这一次就算了，下不为例。"因为胡图图是未成年人，又念在他是初犯，加上失火造成的损失并不算严重，所以赵局决定对他只是口头教育，让其家人带回去好好管教。

胡图图在他外婆的陪同下，跟大家伙赔礼道歉，到了蒋承奕跟前说道："叔叔，对不起，我不该放火，请你原谅我。"

"叫哥哥就好了，叫什么叔叔……"蒋承奕听了胡图图的故事后，有些感动，却还是嘴硬，他从自己兜里掏了一张红票子，塞在了胡图图的手里。"这几天在山上吃松子都吃上火了吧，拿回去买点儿水果吃，别噎着了。"

"谢谢哥哥！"胡图图第一次感受到了其他人的关爱，原来在这个世界上，除了妈妈的疼爱之外，还有许多人也在爱着他。

"哎，这是谁家养的狗，爬进我们造纸坊的水池，喝了一肚子的水了，我要不及时拦着，指不定就胀死了！"徐莉匆匆忙忙抱着一只白色的萨摩耶跑了出来。

04

等外婆带走胡图图以后，窦淮叶才摇头，感慨道："都说'纸短情长'，薄薄的一张纸，寄托了太多的情思。"刚才胡图图躺在地上打滚时，漏了几张黄表纸在地上。

人群散去后，叶问青上前捡起被踩了脚印的黄表纸，这些黄表纸做得比较精细，是价格比较贵的那一种。这傻小子走了十几公里，一路上连瓶矿泉水都没舍得买，却愿意给妈妈买最贵的黄表纸，他对于妈妈的爱意远超过了对于未知世界的恐惧。

叶问青把那几张黄表纸小心对折，再在手心翻转了几下，左右折动，不一会儿就变成了一个小爱心。

"现在市区都不允许烧黄表纸了，清明节大家都带上几枝白菊花去看望亲人。"蒋承奕走到叶问青的身边，"我上次去看我爸就带了白菊花，始终觉得少了些什么，回去后就做梦，梦见他老人家骂我没良心，连张纸都舍不得给他烧。"

话落，蒋承奕苦笑道："我哪儿敢做不孝子，这不是不允许烧了。市区不许烧，我就回乡下烧，总不能让我爸一直念叨。"

叶问青没说话，他也想起了已逝的奶奶。

"要我说，以后咱们仨谁先走了，剩下的那两人逢年过节一定帮忙烧张纸，我可不想活着没钱花，挂了也没钱花。"蒋承奕故作轻松道。

　　窦淮叶小脸一皱，赶紧拉着蒋承奕走到东方，让他朝着地上吐口唾沫，"小孩说话不懂事，土地公公、土地婆婆千万莫怪。"

　　蒋承奕道："迷信！"

　　"你不迷信，那你还让人帮忙烧纸。"窦淮叶横他一眼。

　　"我这不是未雨绸缪，再说了又不一定会走在你们俩前面。"蒋承奕指了指叶问青，说道："他年纪可我比还大一个月呢，万一……"

　　"蒋承奕！"窦淮叶气得直呼其名。

　　"好了好了，我不说你男神了。"蒋承奕做了一个闭上嘴的夸张动作。

　　在旁边看着二人打闹的叶问青嘴角轻扬，其实他一直很羡慕蒋承奕和窦淮叶之间的感情，他有时也怀疑过，窦淮叶之所以和自己玩，是否也因为蒋承奕在他身旁的缘故。可是他又不敢往深了问。有些事情模糊些才好，真相总是锐利的，一不小心就会刺破人心。

　　"问青。"蒋承奕忽然想起来之前灭火时，叶问青拎了许多湿透了的黄麻袋，那些黄麻袋都被烧得东一个洞西一个洞，根本没法再用了。"你刚才把黄麻袋都扛出来了，造纸坊内还有多余的吗？"她知道叶问青这几日接了一个单子，除了要给海外制作黄麻纸外，还要另外制作一百个黄麻袋，是市区的一个社团准备分发给参加活动人员的产品。

　　"应该不够用了，这几天还得加班加点赶制一些出来。"叶问青如实说道，他没有在这二人面前隐藏的习惯，蒋承奕和窦淮叶，这两个人算是他人生中最重要的人。

"那我和你窦学妹在这儿帮你忙几天。"蒋承奕把烧断了的碎发揉开，一股难闻的气味传来，他转头问窦淮叶："你这几天还有稿子要写吗？"

窦淮叶前几天就拟好了一个大纲，只是还没增添细节，暂时也想不出来，确实没什么事情做，便说道："太复杂的可能帮不了，但是一些简单的工序可以交给我来负责。"

蒋承奕把手臂搭在她肩头上，夸赞道："不愧是我俩的好哥们！"

"谁跟你是好哥们，你身上难闻死了。"窦淮叶想推开他，却推不开，只好拿眼睛瞪他。

"走吧，别耽误时间了，先回去洗漱一下。"叶问青一把拉过窦淮叶，头也没回，刚才那一幕着实刺眼，他有些想改变之前的想法，或许蒋承奕对他而言也没那么重要。

望着走远了的背影，蒋承奕揪着烧断的头发，笑着道："这空气中似乎还飘着一股醋味儿啊！"

造纸坊门前的池子乱成一团，原本浸泡在里边的竹竿被掀翻，东散几根西垂几根，凌乱不堪。"这是怎么了？"蒋承奕问道。

徐莉甩了下手上的水，颇为无语，"刚才那小狗跑进去了，我捉了好久才捉住。真是的，把这里全都弄乱了，明明都没有什么时间来收拾……"看了眼帮忙救火的三人，徐莉虽然心情不佳，但还是指了下里面的浴室，让他们去简单清洗。待几人全部洗漱完出来后，徐莉才把剩余的黄麻袋清点好。

"还剩下二十来个黄麻袋，离对方下的订单差七十来个。"徐莉话音落后，忍不住叹了口气，他们这是间小型造纸坊，平时以造黄麻纸为主，这黄麻袋只不过是搭着制作的产品罢了。一个工作人员一天顶多也就能做个十来个，人手不足的情况下，还得继续赶制海外侨胞的黄麻纸。光是想到这巨大的工作量，徐莉就脑袋疼，要是时间不这么赶的话，她肯定巴不得多接一些订单。

窦淮叶把手上有些松的绷带头藏了进去，安慰道："没事的，我和蒋承奕这几天也来帮忙，你看一下我们可以帮你做些什么。"

"是啊，虽然我俩都是门外汉，但能帮一点是一点，总比什么都不做的好。"

此事就这样决定了下来。蒋承奕还有些事情没处理完，准备先回市里，出门时撞上了陈锋，刚才灭了火后他就消失不见了，也不知跑到哪里去了。

"这么着急忙慌的，赶着回去写报告？"陈锋嘴里叼着根烟，险些烫着人。

蒋承奕应了声，正准备往外走，突然想起了什么，拉着陈锋道："你这几天有什么别的事情没有？"

"修照片。"陈锋举起手上的相机。

蒋承奕道："那你不如留在这里工作，闲着没事儿做的时候，还能顺便帮下问青。"

"他们造纸坊的事儿，你倒是挺上心的。"陈锋没答应，却也没拒绝。紧接着听见汽车发动，驶离了空地，一直往远处开去。

05

陈锋护着相机弯腰，接了些水池里的水把烟头熄灭。进入室内，正好看到叶问青在帮窦淮叶重新包扎伤口，她手上的绷带松了，要是不重新清理下，可能会造成伤口感染。他绕过这两人，继续往里边走，来到了一处堆放了黄麻布的地方。

戴着口罩的妇人，此刻双手正在高速运转，不停地织布，无数根麻绳按照某种规律旋转，再左右旋转，紧接着再重复之前的动作，整套动作做下来如行云流水。不一会儿的工夫，就看得人头晕眼花，陈锋用力按了几下眉心，又晃了晃脑袋，晕眩感这才减缓了许多。

　　"我们造纸坊是最近才开始接黄麻袋的单子，从最开始的浸洗黄麻，到锤炼，再到把麻丝织成布，以及后续的缝纫组装，全都需要人工制造，所以每日的产出不高。"

　　陈锋看向身后的来人，说道："只做精品就可以了，真要论量产的话，哪家作坊比得过那些大厂。"不说其他的，光是那些大厂的机器就值个几亿，更何况别人还雇了这么多的员工。所以叶问青从未想过要与这些大型工厂做比较，把自己设计好的产品做到最佳便好。

　　"我正是这样想的。"叶问青来到那名妇人跟前，为陈锋和跟着他走过来的窦淮叶介绍道："可能看上去有些让人眼花缭乱，但其实制作黄麻袋的工艺并不复杂，原材料也特别简单。一般只需要槿麻和黄麻，就可以制作出极好的麻布了。像市面上常见的产品有黄麻袋、黄麻布和黄麻地毯等物，上等的黄麻多是用来制作麻布和地毯，下等的黄麻才会用来制作麻袋。"

　　提及这一点，叶问青也觉得有些遗憾："市面上见到的黄麻袋的做工和用材都不算好，看上去甚是粗糙，所以也让人少有购买欲望，甚至连购买它的消费者也只是用来装蔬菜等物。但我们造纸坊制造的黄麻袋，使用的原材料绝对是最好的黄麻，并加入了其他一些柔软的如结香等木材纤维，这也让织出来的黄麻布除了保持麻的坚韧外，还多了几分柔软，不会那么的粗粝。"

　　陈锋听了这话后，转到妇人身边，捡起了一块已经织好的黄麻布，他将整个手掌都覆盖在了麻布上，再左右摩挲。果真如叶问青所言，这样织出来的麻布会比市面上看到的麻布要亲肤一些。

　　"我上次去文学院报到，他们也送了我一个黄麻袋，现在就放在我家里，的确没有这样柔软。"窦淮叶当时拎着黄麻袋回去，就随手放在了柜子上，因为那个黄麻袋看上去极其普通，并没有多少让人珍惜的价值。窦淮叶对自己随便放黄麻袋的行为有些羞愧，总觉得这样做浪费了许多人的心血。

她看着那名妇人灵巧地编织着黄麻布，原本想去学编织，但不过一会儿的工夫，她就知道自己绝不可能学会，还是来帮着缝纫吧。缝纫相对而言好学得多，也是她唯一能够帮得上忙的工序。

叶问青道："赵姐，这几天要辛苦你了，可能得多加几个班才行。"

"忙点才好，总比待在家里什么活计也不做的好。"忙碌的妇人抬了下头，因风吹日晒长期劳作，辨别不清年岁，却做事麻利，哪怕是在说话，手上的动作依旧没有慢下来。"我家老头还生着病，光是一个月的药钱就恼火得很，要不是你让我来帮忙，我还晓不得到哪里去找钱。"赵姐羞于在外人前多说家事，可对于叶问青的帮助实在是感激，说着就泪花直涌。

窦淮叶在旁神色微动，她最是见不得这种人间疾苦了。如果叶问青没有回乡开办这个造纸坊，那现在在这里工作的人，又飘零到了何处？怕是如同湖面最不起眼的浮萍一样，随波逐流罢了。

叶问青抽个空闲时间，把造纸坊工作人员负责的工作内容，重新安排了一下。现在他对于各种订单的进程掌握得清楚明白，海外侨胞订单的黄麻纸，只需要按照原定的计划照常实施就好。至于市里活动要的黄麻袋，他和徐莉还有窦淮叶几人都全力赶制，先把这关过了再说。接连几日的彻夜灯火通明后，叶问青的眼底又浮上了一层浅浅的黛色。

"我刚才数了一下，大概有八十九个，还差十来个，这个订单就制作完成。"叶问青走了过来，夜深了，负责编织麻布的赵姐收拾好东西已经回家，她的工序已经完成，其他的就交给了徐莉等人。

窦淮叶用粉笔和尺子在麻布上比画，精准画出一条线后，再拿起剪子沿着边缘一一剪下来。"刚才蒋承奕打电话过来询问进程，我跟他说，让他安心去培训，不用担心我们这儿，他还埋怨我嫌他唠叨。"

叶问青笑了下，原本蒋承奕做好了来造纸坊帮忙的准备，谁知他们领导临时安排他去参加一个培训，具体内容不方便透露，反正培训的结果肯定对他本人有好处。蒋承奕临走前依依不舍，又担心他走了之后造纸坊没人手，要是无法按时完成订单，那可怎么办才好。他对叶问青的造纸坊可是寄予了厚望，甚至还想过借由这间造纸坊，来达成田园综合体的愿望。

窦淮叶头也没抬，笑道："别看他这个人看上去不太正经，却从来只做正经事。他有一些现代人身上缺少的担当和责任感。"

叶问青走近，见窦淮叶之前画的粉笔已经不太清晰，于是拿起一旁的粉笔，又沿着之前的线画了起来。他道："这样的男生值得托付终身。"

窦淮叶差点儿剪歪了线，这话何意？敛了敛心神，才摇头道："我与你意见恰好相反，这种男生或许并不适合谈恋爱，你看他总在乡下忙，哪儿有时间陪女朋友呢？"

"所以你也不会喜欢这种男生，对吗？"叶问青停下画线的举动。

窦淮叶好似没听懂，惊讶道："什么？"

她脸上的吃惊就像是镜面上的细痕，飞快地一路裂了下去，将他在夜色掩映下的勇气，击打了个粉碎。

叶问青浅笑着摇头，"没什么，时候不早了，把东西收拾一下，我送你回去睡觉吧。"

窦淮叶盯着他头顶的灯光，头晕目眩，他刚才是在试探些什么吗？

手上还沾了许多的粉笔灰，走到洗手池前，叶问青将手打湿，抹了些香皂在手心揉搓，待冲洗完成后，又重新上了一遍香皂。"把手打湿。"窦淮叶不解其意，却还是依照他的话，把没有受伤的那只手伸到了水龙头前，冰凉的水淋在手背，也驱散了许多暑气。

　　叶问青把打满了香皂的手伸到她的手前，窦淮叶误认为他要冲水，赶紧让开，谁知那双手却是由上而下，将她的手拢住。他表情认真，虔诚地仿佛在清洗一件艺术品。窦淮叶曾经见过维纳斯捕蝇草，有一瞬间，她觉得自己成了那草笼中的小虫子，根本无力挣扎。也无须任何挣扎，她早就成了他的手下败将。

　　"你的手受伤了，不太方便。"叶问青简单解释了一下自己的冒犯行为。

　　窦淮叶轻"嗯"了声，由着他冲洗手上的泡沫。

　　"伤口还疼吗？"他的语气充满了心疼。

　　窦淮叶摇头，手指张握给他看，道："不疼了，就是划伤的地方还没彻底长好，等再过段时间就好了。"

　　他就那么斜靠着镜面，视线一转不转地凝视着她。从这个方向看去，她垂颈的姿态极美，宛如舞台上芭蕾演员的优雅天鹅颈，整个背部很是单薄，仿佛经不起任何的风霜。叶问青喉结不自觉上下滚动了一下。

　　如此灼热的目光，怎能叫人装作没有看见。

　　薄粉慢慢爬上了窦淮叶的脸颊，她也不知该说些什么才好，总觉得时间像是凝结了一般。

　　"咚咚——"

　　徐莉端着一碗刚煮好的滚烫面条，不耐烦地敲了敲门框。见二人目光盯了过来，才冷嘲道："我累死累活地干活，你俩倒是找了个好地方闲聊，真是谈恋爱也不挑个时候！"她把瓷碗重重地放在木架上，也没搭理他们，转身就走。

那种奇怪的感觉一下子就消失不见了。窦淮叶发现自己呼吸都变得顺畅许多，不知为何，刚才在他面前，她好像都不会喘气了。好想在知乎上提问遇到这种情况该怎么办才好……

她写过那么多言情小说，设定了很多男女主相处的高甜情节，却不知道该怎么面对叶问青。写言情小说的女作家不懂爱情，真是人生莫大的悲哀！

开门做生意，总会遇到一些难缠的客户，只要咱们东西是好的，就一定可以再销售出去。"

上车后，叶问青给窦淮叶打了个电话。

"对方毁约了，我准备去市里精品店推销一下试试看。"

电话那头的窦淮叶听出了他看似平静语气下的懊恼，帮忙想主意道："我倒是知道有个地方可以收，不过需要的量应该不多。"

她发了一个地址过来，叶问青在导航上搜索，发现是家服装店，店铺名字取得很是清雅。"竹尚轩，是不是听起来和黄麻袋有几分渊源？"窦淮叶笑道，这家店铺是她以前闲着没事儿时逛过的，店主是个喜欢汉服的美女姐姐，还会搭配着卖些荷包和配饰。叶问青设计的黄麻袋样式简单大方，与中式服饰极其搭配，没准儿喜欢穿汉服的小姑娘看了之后会有购买欲。

"好，我待会儿就去看一下。"

挂断电话以后，窦淮叶的嘴角仍然微微上扬，不知道其他人会不会是这样，但她很享受这种能帮上喜欢的人的感觉。她会努力追随他的脚步，成为站在他身边的人，与此同时，她也会努力完成自己的梦想。

叶问青去了竹尚轩，如窦淮叶在微信上给他发的消息一样，店主虽然看中了他带来的黄麻袋，但没有全部收下。

"你也看见了，我这店铺不过三十左右平方米，本来卖的东西也不多，人流量不大，全靠老主顾回购。"店主说话比较诚恳，并没有在得知叶问青被放鸽子后，故意跟他谈价，"这样吧，你先留下三十个，我卖卖看。"

叶问青见她做事果断，便主动把价格稍微降了一些，其余的黄麻袋暂时没找到销售渠道，只好先拿了回去。

几日后，蒋承奕回来了，开车来到黄麻纸造纸坊，一脸的春风得意。"来，尝尝我专门带回来的糍糕，可糯了。"

窦淮叶手上戴着手套，在帮忙沥水，索性张开嘴，示意他喂。

"看你这高兴的样子，去培训之前不是还愁眉不展的吗？"恰好叶问青拖着一捆竹子回来，接了水洗净手，捻了一块糍糕递给窦淮叶。

蒋承奕嘴角翘起，说道："反正对咱们来说是件大好事。"

"什么好事？"窦淮叶嘴角残留着一些芝麻，她赶紧用手背抹掉，嘟囔道："你就别卖关子了！"

蒋承奕把糍糕盖子一合上，咳了声，清了清嗓子，才说道："我这次去培训最主要是了解到，咱们农业农村技术技能人才可以去考一个《职业技能证书》。"

"《职业技能证书》？"叶问青回忆道："之前好像听村委说起过这件事，现在应该已经落实了吧。"

"这是自然。"蒋承奕真切感受到了国家为乡村振兴付出的努力，真正为了农村里的技术人才考虑，他说道："问青，你学习能力强，有空带着小刘他们刷下题，去考个《职业技能证书》吧。"

窦淮叶听着有些懵，她只了解过职称，却不知道什么是《职业技能证书》。"哎，这是什么证书？考了之后又有什么用？"

蒋承奕一副朽木不可雕也的表情，一只手按在她的脑瓜子上，轻点几下，说道："你不是知道怎么评职称吗？"

"是啊，我知道评职称代表了一个人的专业水平，在单位上有无职称，工资也有区别。"

"职称的全称就是《专业技术资格证书》，《职业技能证书》是和前者一样的，都是对从事某种职业必须掌握一定的学识、技术的要求，反映的是持证者对于所需知识和技术的运用能力。只是资格证书更适合像我们公务员，或者国企员工，以及其他需积分落户的人员。相比较资格证书，技能证书就比较生活化了，用处也比较多，比如说想开个门店、创业、申请其他项目之类的。"

窦淮叶把他的手推开,说道:"那问青可以去考一个技能证书哎。"

"依你的水平去考一个证书,应该不难吧。"蒋承奕心里憋着坏,他这趟出去还有个好消息,只是还没完全确定下来,所以也没就暂时没说。

叶问青笑道:"考这个跟申请乡村振兴和农业项目有关,你这次培训,有听说这方面的消息吗?"

看来瞒得住窦淮叶,却瞒不住叶问青。蒋承奕故作高深地叹气,步子却是很自觉地往停车的地方挪,见他打算溜走,窦淮叶忙追了过去。谁知这人跟猴子一样,跑得飞快,钻进车里。"这事儿现在还不能说,等过些时候,我再跟你们详细聊,先回去了!"

蒋承奕出差回来就赶到了水桐乡,他还没回家洗漱歇息,好不容易换来的休息日,可不能浪费了。

窦淮叶狠狠地咬了口糍糕,道:"这个蒋承奕,跟我们还卖什么关子……"

"可能现在还不方便说,等上一段时间也没事儿。"叶问青见她喜欢吃,就把剩下的全都收好,递给了窦淮叶。

02

路上出了车祸,比平时堵了些,前方还在疏塞车流,蒋承奕借机刷了一下手机,一一回复消息。刚点开其中一个对话框,前面的车已经发动缓缓驶出,他忙把手机放下,安心开车。

到达市区的时候天色半黑,街道两旁的灯光闪烁,让他多了几分慰藉。锁好车往小区里走,楼道里有个身影蹲坐在台阶上,看着要多落寞有多落寞,仿佛是被人遗弃的小猫玩偶。

心脏处一阵微弱的电流缓缓淌过,好像什么东西正在破壳,蒋承奕把车钥匙揣进了兜，犹豫了一秒钟后，还是上前。自动感应灯亮起，暖黄色的灯光把他的影子拉长。

姜可看着眼前突然出现了一双运动鞋，她知道有人回来了，赶紧往墙壁靠了靠，让出位置来。这人走了几步，站在她身边的台阶。

"我没挡着你。"她觉得委屈，连带着声音都有几分颤意，这么宽的台阶，她只不过坐了一小块地方，怎么就过不得了？

身边这人依旧没有动弹，姜可有些怕，不会是见色起意吧……她吓得一蹦而起，脑袋正好撞上了蒋承奕的下巴，磕得他一下子咬破了嘴唇，疼得直嘶。

"你怎么在这儿？"姜可意识到自己的形容狼狈，忙转过脸，低头道："半天不说话，吓死个人。"

蒋承奕口腔内充斥着一股铁锈味儿，看来是出血了，无奈地说道："姑奶奶，我不就是看有个人坐在这儿，这才走慢了些嘛！"摸着发疼的下巴，蒋承奕上下打量她，一向梳理整齐的头发此刻却是凌乱的，她身上甚至还穿着家居服，脚上趿拉着双拖鞋，不管怎么看都是匆忙跑出来的样子。"你们家闹耗子了？"

姜可白了他一眼，没好气道："看不出来我是离家出走吗？"

这么狼狈，自然是看出来了，只是蒋承奕想不明白姜可为什么会离家出走，她看似性格张扬，实则很听父母的话。她和窦淮叶完全是相反的人，窦淮叶看似乖巧，实则极有主意，认定的事情绝不容更改，而姜可是裹了老虎皮的小猫。

姜可问他："兜兜是不是还在乡下，我在她家门外等了好几个小时，也没见有人回应。"

"嗯，我刚从水桐回来，她忙着和问青制定方案，估计今天不会回来。"蒋承奕见她在这儿空等半天，看样子是连手机也没带。

姜可的希望彻底破灭，她其实也猜到了这一点，但走得匆忙没带手机，身上也没钱，只能守在这儿。幸好蒋承奕回来了，否则她今晚还真不知道应该在哪儿待着。

蒋承奕道："我妈旅游去了，还没回来，要是你不嫌弃，今晚就睡我妈房间，或者我直接开车送你回家。"

姜可有些犹豫："会不会打扰到你。"她能在这儿坚持好几个小时，想必这个矛盾不是一时半会儿可以化解的，蒋承奕摇头道："这么客气，还真不像你。"他打开门，房子里安静极了，漆黑一片，按下开关后，所有的光线快速占据了所有空白。蒋承奕打开鞋柜找了双一次性拖鞋，对着门外道："先进来吧。"

"谢谢。"姜可还是第一次独自跑到男生家里，对方的家人也不在，有种说不出来的奇怪感觉。

蒋承奕也敏感地察觉到了什么，走过去把窗帘全都打开，外面的霓虹灯忽闪忽灭，万家灯火，房内却只有两个晚归人。"你吃晚饭没有？"

姜可有些失魂落魄，听见蒋承奕的声音，才短暂回过神来："还没。"

"那我去煮鸡蛋面吃，你先看会儿电视吧，好了我叫你。"蒋承奕在橱柜里找到挂面和火腿肠，平时也是这样吃，今天却觉得有些拿不出手，他挠头道："要不还是点外卖吧，你头一回来我家，请你吃面也太寒酸了。"

"外卖不干净，就吃面吧。"

"那听你的。"

蒋承奕往锅里倒了点油，打两个鸡蛋进去煎，还细心地把火腿肠切成片，放在一旁待煮。姜可在室外待了好几个小时，又饿又累，如今见到这个场景，说不感动自然是假的。她知道蒋承奕的爸爸在他很小的时候就因公殉职了，虽然有各方帮忙照顾，但孤儿寡母生活上还是会比其他家庭更为困难。所以蒋承奕早早地学会了做家务事，来帮妈妈分担重担。

窦淮叶一直想不明白蒋承奕为何会回来考个安稳的公务员，但姜可觉得她应该猜了个七七八八，蒋承奕这人看似洒脱，不拘一格，实则非常重感情。他回到家乡，既有子承父业为国家为人民奉献的精神，也有想就近照顾日渐苍老的母亲的缘故。

"你不想知道我为什么要离家出走吗？"姜可抱臂靠着门框，没留意到脚底下有个毛茸茸的东西接近，一脚踩了上去。

"喵——"白色的狮子猫连滚带爬地蹿到了蒋承奕的身边。

姜可脸色煞白，赶紧道："不好意思，我刚才真没看见它，你快看看它有事没有……"

"没事，它要是被踩疼了，早就跑没影了。"蒋承奕将猫抱在怀里安慰，好笑道："你刚才打算说什么。"经这么一闹，姜可反而没那么郁闷了，她坦言道："我妈看中了一个高材生，非得逼着我去跟人相亲，要是对方人不错，我去见一见也没什么，哪里知道对方就是个凤凰男……见面前，我妈说这人有一米七八，结果见了面跟我差不多高，我都不知道自己什么时候长了个子……"

姜可一提及这个糟心的相亲对象就头疼，身高、外貌这些不达标也就罢了，关键是这人品性不行，有重男轻女的旧思想。"他有三个姐姐，当初家里顶着超生巨额的罚款也要生下他，就因为他是个儿子。我看他是个孙子才对！这么重男轻女，谁要嫁给他！"

蒋承奕轻笑了声，催婚是每个年轻人都逃不过的话题。见水沸腾了，他将煮好的面条挑了出来，平均分成两碗端到了餐桌上。"好了，过来吃面了，别再为这件事生气。"

姜可满肚子的不开心，在看见这一幕的时候，突然就消失不见了，这一刻的蒋承奕很像小时候的妈妈给她煮东西吃。他是除了家人外，第一个无条件地对她好的男人。她不明白，为什么妈妈要拼命推着她去另一个陌生的家，哪怕对方根本不会在乎她。

窗户外的天空已经变成了浓墨色，夹杂着几颗星子，远处有一轮接近满圆的月亮。再过几天就是中秋佳节了，本该是一家人团圆的节日，她却因为被逼婚离家出走，姜可低头吃面的时候，眼泪滚落进了碗内。

坐在她对面的蒋承奕拿筷子的手一停顿，眼神里满是心疼。

03

这日，叶问青去市人力资源和社会保障局咨询，关于考职业技能证书的事情。

"您说的是农业农村技术技能人才的《职业技能证书》，对吧？"人社局的工作人员态度良好，在得到叶问青的肯定后，微笑着解释道："这个证书考培等级分为一、二、三级，考培周期也不长，一般在两个月左右。考培的专业也较多，比如说——农艺师、园艺师、园艺修剪师、园艺嫁接师、园林绿化工程师……还有最近兴起的智慧农业操作师、农业品牌策划师、农业项目管理师、农村振兴人才指导师等等。"

见叶问青感兴趣，工作人员从自己手机上翻出几张证书的照片，说道："您可以看看我们的证书样本，这证书上是盖了中国农业科学院培训中心，和中国国家人事人才培训网双章的。在我们这儿申报考证，然后统一在中国国家人事人才培训网查询结果。"

叶问青来时也上网查询了一下，对此心中有数，只是有些具体的申报条件还不是很明确，所以才专程来了这一趟。"我对于申报条件还有些不太明确，能麻烦再解释一二吗？"

"这个当然没问题了。"工作人员给叶问青接了一杯温水，接着说道："职业技能证书的报考条件并不严苛，像各级农业的龙头企业、农民专业合作社，还有一些家庭规模的农场、种养大户、农业科技类创新企业，以及有志于从事农业规模经营和合作社管理的人员等均可报考。您是想报考什么专业？"

叶问青道："现在还不太清楚，我才申报成功一项非遗项目，想再考个技能证，为以后做准备。"

"您这个想法是很好的，如果有国家农业证书的话，一来是正规持证上岗，二来经过两个月多系统化的学习，申报者掌握的技术也会更专业化。现在很多家企业招聘人才都需要这个证书，是技术指导必备证书。像咱们农业品牌策划师这种需要和营销打交道的人员，也是业务推销必备的；除此之外，考了证书后就可享受国家人才培养政策；不仅提升了公司、企业的资质，还为项目申报、招投标加分。"

蒋承奕上次去培训的重点内容也与这些相关。叶问青颔首谢过，农业行业证书的确是新农人的机遇。造纸坊内除了他，还有小刘和徐莉，他们也可以按照自己感兴趣的专业去报考一个证书，这样即便以后不在造纸坊内工作，也可以到其他地方从事技术指导工作。

"在培训期间，项目经营管理者可以学到更多专业知识。您既然也是项目经营管理者，那么肯定要负责制定主管工作范围内的生产发展规划，从理论和实践上进行可行性分析论证，并对工作人员进行指导、组织他们实施；可以将自己所学知识运用到实际，在技术工作中，提出生产技术等实际生产中应该采取的技术措施，解决生产中的重大技术问题。您以后可以跟随政府、企业审定科研、推广项目，主持或参与科学技术研究，及对其制造成果进行鉴定；还可以承担公司、企业的技术培训，培训指导高级技术人员。"

叶问青知道人社局的工作人员所说的话没错，考取高级职业技能证书，是全面提升公司和企业技术实力的必要条件，也为办理生产许可证提供了必需的申报材料，还在一定程度上规避了产品销售带来的不必要负面风险和巨大损失。他的造纸坊想要参加政府采购、竞投标，申请国家帮扶基金，便可以利用这个证书，提供最具有说服力的技术人才资料，这也是帮助贷款的加分项。

回水桐乡的路上，叶问青见商铺门前摆了很多礼品盒，其中有冰皮月饼之类的。他才猛地想起，明天就是中秋节了。又拐了个弯儿，去超市里挑选了几盒月饼。他不爱吃这种甜腻的食物，但窦淮叶似乎很喜欢，于是多拿了一盒。

不过，中秋节是与家人团聚的节日，窦淮叶应该会回家和家人团聚，不会留在造纸坊，他莫名地多了一些失落。

下午，大家伙儿都忙完了手头上的活计，叶问青拎着礼品袋走了出来，刚把东西拿出来，就惹得徐莉惊呼："叶哥真大方，没想到过节还有月饼领！"

徐莉看了眼自己手上拿着的这一盒皮薄松软的广式月饼，心情愉悦。

窦淮叶凑了过来，问道："我有吗？"

"你也是造纸坊的一员，当然有了。"叶问青把专门买给她的蛋黄月饼递给她，怕她不爱吃，又问道："我多买了几盒，你看还有没有想吃的，自己拿。"

幸亏徐莉已经拿着月饼回去了，否则瞧见这一幕肯定会气得吹胡子瞪眼。窦淮叶对于叶问青的厚此薄彼十分受用，高兴地说："只要是你买的，我都喜欢吃。"

中秋节也被称之为仲秋节、月娘节，是中国传统节日之一。这天，叶问青给造纸坊的工作人员都放了一天假期，让他们与各自的家人团聚。窦淮叶闲着无聊，打电话让蒋承奕和姜可回乡下过节，反正之前买了很多吃的，足够几个人吃。

"行啊，我正好想来找你玩儿呢！"姜可一口应下，还说要搭乘蒋承奕的顺风车一块儿过来。

窦淮叶收起手机，桌子上摆着的月饼盒子上印着婵娟和月兔，还没打开包装，似乎就能闻到好吃的月饼味儿。她嘴馋很想吃，但是还没祭拜月娘，不能先动手。反正叶问青也放假了，她可以跟叶问青一块儿玩。

出门前，徐莉还在客厅内给徐妈妈分月饼，见窦淮叶走出房间，小声道："又去找叶哥了，天天都见面，好不容易放个假还缠着别人……"

窦淮叶只当没听见，谁让她这段时间都住在别人家呢。在水桐乡度过的这段日子，她格外地开心，也学会了很多农业方面的知识，除了更文有时候不太方便。徐莉家并没有安装无线网，没有 Wifi 的日子，她都是用自己的手机给电脑开热点。

从徐莉家走到造纸坊那儿并不远。

难得歇上一天，叶问青还抱着笔记本电脑在查资料，窦淮叶上前无奈地说道："你今天打算看一天的资料啊？"

"你想玩什么？我陪你。"叶问青很自觉地合上笔记本，成年后他没有单独陪女生玩的经验，之前还有其他事情做，现在一旦空闲下来，反而有些束手无措的感觉。

窦淮叶没什么想玩的，好像只要能和他待在一个地方，就觉得心安。

"这样吧，我用竹条给你编个灯笼，你晚上可以挂在廊下。"

04

叶问青虽然是学文科的，但他的动手能力极强，不仅会古法造纸技艺，还会用竹条编东西。造纸坊内不缺竹子，叶问青去找了一根竹子，用刀从中破开，再分成细细的一条。

他将竹条扭成了一个半椭圆形，再用铁丝把连接处固定，又在椭圆形上固定了一个菱形，底下分别用铁丝固定两个半圆。这个时候还看不出来制作的是什么，等他在椭圆形的一侧，固定上几个稍微大一些的椭圆，窦淮叶才看出来，原来叶问青做的是盏金鱼灯笼。

新鲜才劈成的竹条，断口比较整齐，叶问青还是怕会不小心伤到了窦淮叶，所以用600目的细砂纸仔细打磨，让断口更加光滑。新鲜的竹条可以省很多事，叶问青把所有连接处都再三固定了，就找出了一条安装电池的小灯泡，缠绕在竹条上。他往竹架上糊黄麻纸，先糊上薄薄的一层，再接着往上叠加。

"可以把玻璃纸做成金鱼的眼睛吗？"窦淮叶不知从哪儿找出来了两张亮晶晶的玻璃纸，看起来像是吃剩下的糖纸。

叶问青道："当然可以，用玻璃纸做的眼睛应该会很漂亮。"

他用剪子把之前糊好的黄麻纸抠出两个洞，又把玻璃纸塞了进去，紧接着往旁边继续糊黄麻纸，等差不多厚度了，这才停手。这个时候的纸糊金鱼灯笼已经很好看了，双眼闪着光，生动极了。

窦淮叶问道："为什么竹条在你手上就好像没了骨头，软绵绵地随便揉搓，这么细的竹条，不是应该很容易就断掉了吗？"

"干燥些的竹条的确很容易折断，这种竹条就需要放在火上炙烤。我们高中时不是学过一篇古文，说木材'煣以为轮'，便是指高温可以使材料变形。"叶问青把剩下的一根新鲜竹条拿给窦淮叶看，说道："这种才劈开的竹条，体内水分较多，纤维也比较软，可以扭成想要的形状。"可能是他劈得比较薄，所以摸起来不像想象中的那种触感，一股清新的竹子气味。胶水还没干透，叶问青便把纸糊金鱼灯笼放在架子上烘干。

"文人爱竹，情之所以，君子之行寄于物也。"窦淮叶用叶问青给她的那根竹条挽成了一个圆圈，她走到造纸坊旁边的空地上，蹲下身子寻找乡间的常见野花野草。

文人之气节如松竹。窦淮叶觉得叶问青的气质就是这样，干干净净，多好。似乎想到了些什么，她突然回头，对着叶问青显摆才做好的花环，并说道："你要是有事儿就先忙，我自己玩一会儿。"

阳光下，她皮肤白净得几近透明，笑起来的时候唇边有颗小小的梨涡，如灌满了蜜糖一般让人沉醉。叶问青浅笑，如果时间就此止步，永远停留在这一瞬间，该是多么美好。但他知道，未来还有更加美好的事物，他和她都应该奔赴。

"我可想死你了。"等车停稳，姜可立刻冲下来给了窦淮叶一个熊抱。窦淮叶搂着她傻笑，顺手把之前做好的花环戴在她的头上。

"让她俩叙叙旧，我进去喝口水，刚起床就被喊来当司机，连口水都没来得及喝。"蒋承奕嘴上埋怨，但脸上始终带笑，看样子只是说笑罢了。

叶问青跟他一块儿走进室内，见桌子上还放着几盒没开封的月饼，蒋承奕喝了水后，说道："你这个做老板的真不错，过节还给发月饼。"

"一人一盒也不算贵。"叶问青准备拆了一盒月饼给他们吃。

蒋承奕忙道："先别拆，我记得老陈头和住在村西头的那户人家里没什么人，孤零零地一个人过节怪可怜的，你这里还有几盒月饼，要不然给他们一人送几个？"

这倒提醒了叶问青，他本来就多买了几盒，于是同意了蒋承奕的提议："就拿两盒过去吧，我们自己剩一盒分着吃。"

见他们二人拎着两盒月饼出来，姜可忙上前迎接："哟，这么快就分月饼吃了，还没祭拜月娘呢。"

"屋里还有一盒月饼，你自己拆了吃，我们这是要拿去送人的。"蒋承奕躲开了她的手。

姜可和窦淮叶对视一眼，问道："送哪儿去？"

"喏，往后走。"蒋承奕对村子里的住户都十分了解，驾轻就熟地踩着小路，就往老陈头家走。他们两人都去，姜可和窦淮叶自然跟了上来。几人到的时候老陈头正坐在院子里嗦粉，见状赶紧起身，坐着的小板凳都踹翻了。院子里还有一只小狗，"汪汪"叫个不停。趁着蒋承奕和叶问青他们去送月饼，姜可跑去逗小狗："牙都还没长齐，就敢冲着姐姐汪汪叫！"

老陈头接过了月饼盒，沉甸甸，就像是他们的关怀一样，"这怎么好意思嘛！"说着老陈头已经是老泪纵横，泪花闪烁。

蒋承奕哪里还敢久待，赶紧说要去给村西头的大娘送月饼，几人这才匆匆走过，隔远了院子里的犬吠声也小了许多。住在村西头的这位大娘，年纪比老陈头还要大上许多。叶问青刚回到水桐乡的时候，除了一个被火烧过的地基之外，什么也不剩下了，他请了工程队过来帮忙重新修葺，期间还到这位大娘家吃过饭。

在空闲时候，叶问青喜欢待在她的身边，听她说起那些已经泛黄的过往，也算是参与了他们的世界。偶尔叶问青会给大娘买一些对于她而言很新鲜的东西，她每次都会说浪费了，却难以掩盖眼神中对那些东西的喜爱。

叶问青觉得她很像自己已经去世了的奶奶，每次看见大娘都是百感交集。

"大娘，今天是中秋节，我们来给你送月饼了。"

05

大娘的院子大门是两扇上了年纪的木门，门框上还贴了秦琼和尉迟恭两位门神，只是经过风吹雨淋，二位门神也少了几分神气。

叶问青等人站在大门外耐心等候，没有半点儿不耐烦。

"是小叶啊。"过了几分钟后，大娘才从屋里走到院门口，她比之前看上去更加苍老，身子早就站不直了，背几乎驼到了膝盖底下，手心下撑着的拐棍也有了年头，和她一样在这个世界上流浪了许多年。

或许没想到门外还有除了叶问青之外的其他人，大娘表情明显愣了一下，却还是热情地邀请叶问青他们往屋里走。"你们快进来，都进来坐。"

蒋承奕热情地跨步进去，还把月饼拿给大娘看："这是问青专门买给您吃的，待会儿得尝尝。"

"好，我肯定尝尝。"大娘高兴地笑了，她口中的牙齿落了大半，只剩下几颗靠近里边的大牙，平时只吃些松软的饭菜，但今儿高兴，她觉得自己吃得下。

大娘撑着拐棍，等姜可、窦淮叶也进来之后，才将院门合上。她并不着急回去，而是拉着叶问青，悄声问道："我的身上有味道吗？看起来干不干净？"人的年岁大了，行动也会跟着减缓，自己不便清洗，身上可能会有一些味道，但大娘坚持每天擦洗身体，她不想在外人面前失了体面。

窦淮叶往前走了一截，发现叶问青和大娘没跟上，于是又回过身，打算等他们一会儿，没成想看到了这一幕。她看到年事已高的大娘像个十八岁的少女一样，用担忧的口吻问叶问青——"我的脸上真的干净吗？不脏吧，不会不体面吧？"

这是窦淮叶第一次切身体会什么叫做"体面"和"大家闺秀"，大娘还在尽力维持着她的体面，于是装着没听见他俩的对话，往堂屋走去，用来会客的堂屋收拾得很干净，没有堆放杂物，只有一张八仙桌和两个木椅子。

从蒋承奕口中，窦淮叶知道这位大娘已经98岁了，一个人住，自己洗衣做饭，虽然年纪大了，但眼睛和耳朵都没有问题。"她很厉害，会认字，会唱歌，会剪纸，会给自己裁新衣服。"蒋承奕由衷地夸赞道，他也来过大娘家很多次了。

一个98岁的老人，还会认字，可见当时家境应该是不错的。难怪窦淮叶觉得她身上有大家闺秀的做派，很多像她这个年纪的老年人已经顾不上维持体面了，只是在尽力活下来而已。

"难为你们经常来看望我。"大娘走过来已经累得直喘粗气，她坐下来，指着桌子上的一盘果子，示意窦淮叶和姜可他们吃。她叹了口气，又说了些感谢党的话，如果不是国家政策好，谁还会来这里看望一个孤寡老人。

"大娘，我们绝不会放弃任何一个人的。"蒋承奕言之凿凿，他做的便是这样的工作，国家从来没有放弃普通的民众，一直在努力地让先富裕起来的人，带领着大家一块儿走向富裕的道路。

姜可听得心酸，和蒋承奕一合计，要不然就把食材拿上来到大娘这里做顿饭吃，反正他们在哪里都是吃饭，还不如大家聚在一块儿热闹一下。说做就做，在征询大娘同意后，姜可和蒋承奕回去拿食材，叶问青陪着大娘聊天，窦淮叶偶尔会搭上几句话。

大娘年纪大了，村子里的同龄人都走得差不多，平时孤独无人可以说话，过一日算一日，不知今夕是何夕。她说的很多话都是翻来覆去地说，一遍又一遍，根本没意识到已经重复了。叶问青依旧认真聆听，他眼神盯着大娘，像是要把她的容貌永远记住一样。

蒋承奕和叶问青两个人负责做饭，两个女生则帮大娘清洗了一下头发，趁着太阳好，才好做这些事。其实天气还是有些热，但老年人身体弱，不能随心所欲洗头。

餐后，叶问青等人要回去了，大娘杵着拐棍努力抻直了背，姿态僵硬地站着送他们到门口，她郑重其事地抹平衣服上的褶皱，面带微笑地挥了挥手。窦淮叶想起了网上看到的一张照片，一个头发花白满脸皱纹的老奶奶，佝偻着背靠在门边，她身上穿着人死了以后才会穿的那种寿衣，因为害怕自己死了没有后人帮忙换……

一扇门阻隔了他们，门内是她的世界，门外是这群朝气蓬勃的年轻人的世界，她的世界已经开始灰败、衰落，孤独、难过会伴随着她走完人生的最后一程。

叶问青也对着大娘挥了挥手，这一刻竟有种错觉，他有点儿害怕这是她最后的体面。

"走吧。"窦淮叶上前握住了他的手。

每个人都会变得苍老，会从身体内部器官开始一点点退化，在生命的末期甚至可以嗅到自己坏掉的味道。生命本就十分短暂。也正因为如此，所以在青春年少时，我们更应该珍惜时间；我们要用最美好的时光去为国家而奉献，为人民而奉献；我们要实现自己的伟大抱负，要成为最可爱的人。

天一黑，姜可就拉着窦淮叶去放孔明灯，孔明灯是她自己买来的，他们正好一人一个。姜可最近被家人催着结婚，脑子里乱得很，在孔明灯上写了愿望，希望那个所谓的"高材生"能遇到喜欢的人，那她也就不用掉进这个火坑了。

"愿世上所有的女子都能牢记，越是生于尘埃，越要发奋读书。"姜可将窦淮叶刚写好的字念了出来，惊讶道："这么长。"

"是有点长。"窦淮叶这个愿望是因徐莉而起,她之前在徐莉家的墙壁上见到很多奖状,不得不承认徐莉也有很多闪光点,但是很可惜她没有考上大学,没有完成自己的学业。"对于普通家境的小孩而言,只有读书才能改变阶层,才能真正改变自己的命运。"

姜可赞成地点头,并说道:"现在越是有钱人越是注重教育,只有教育投资是稳赚不亏的,你说城镇差距这么大,农村里的小孩怎么跟别人比拼。"

"比不过也要比,只有比这些人更加优秀,才有可能冲进富人圈。"窦淮叶如是道,她认为高考是最公平的了,虽然拼尽了全力也不一定能考上清北,但只要真正努力了,考个重本还是有希望的。

"不谈论这些了,放灯吧。"姜可帮她把孔明灯拎了起来,让窦淮叶在底下帮忙点火。燃放孔明灯并不复杂,只需要把蜡烛放在底下的托片上,再点燃就好。姜可带来的打火机质量不怎么好,按了没几下开关就按不下去了。

"你别省这个钱啊,没打火机还怎么放孔明灯。"窦淮叶欲哭无泪,赶紧去找蒋承奕借打火机,他身上肯定有,折腾了好一会儿,两盏孔明灯终于点燃了。

蒋承奕这才发现她们两个人偷偷放孔明灯,"放这个可不环保。"

"你爱放不放,管得真宽……"姜可正准备松手,蒋承奕忙道:"等我和问青一起。"他们俩学着她们的样子,在孔明灯上写了愿望,再点燃了蜡烛。蒋承奕让他们围着站成一个圆圈,再一起放,这样看起来会更加有仪式感,"我倒数三个数……三、二、一……放!"

四盏孔明灯寄托了他们的心愿,缓缓地飘到了半空中,其中一个看上去有些沉重,歪歪斜斜,真怕它不小心掉了下来。

姜可指着那盏歪斜的孔明灯说道："这个肯定是兜兜放的，她写了好长一段话。"

或许吧，这个愿望的确很重。但窦淮叶不愿意承认，她将话头指到了蒋承奕和叶问青身上："你怎么知道不是他们两个人的愿望比较沉重。"

"肯定不是我，我就许了一个'全面脱贫攻坚顺利收官'，这个愿望今年就能实现，毕竟我们国家努力了这么多年。"蒋承奕最先反驳，他指着叶问青道："要不然就是问青许的愿望。"

他们三个人都齐声问道："你到底许的什么愿望啊？"

"世界和平。"叶问青笑了笑，这是他最希望实现的愿望了，世界和平，国家安定，百姓安居乐业。

窦淮叶看向他的眼神格外温柔，"希求月娘保佑，我们几个人的愿望都能够实现。"

第八章

文化遗产与人文资源

01

"喂，请说。"叶问青掀开被子起身，他昨晚上熬夜写文案和编辑图片，睡觉的时候已经接近凌晨三点，起得便有些迟了。

电话那头的人听出他有些懵，说道："你先去洗把脸，我有要紧事跟你说。"

"没事，你说吧，我现在意识挺清晰的。"叶问青按了按眉心，将脑中的困意驱散，他索性站起来走到了窗户边，室外已经烈日滚烫，小路边的野花被晒得直垂腰。

姜可道："那好吧，我们周主席刚才说，他下午想去造纸坊参观一下，顺便和你谈些事情。"当时周主席过来和姜可对话时，表情松弛，甚至略带喜色。她觉得这个时候去找叶问青，肯定是喜事儿，于是又道："我估摸着是给你申请政府支持的事儿，所以先给你打个电话通通气，好让你心里有个底。"

这对于叶问青而言自然是好消息，他立即道："好的，我下午就在造纸坊待着，你们直接过来就行。"挂断电话，叶问青双手撑在窗台上，深吸了一口气，将内心的激动压了下去。

造纸坊内一切都照旧，小刘和徐莉还在忙着制作黄麻纸，窦淮叶今天要去市里开组会，所以早早地就搭车走了，现在还没回来。他一直有些心神不宁，直到姜可他们的车开到黄麻纸造纸坊前面的空地，这才定了心。叶问青知道自己实在是太期待了。

"周主席好。"叶问青主动上前打招呼，上一次文联组织文艺青年过来参观，这位周主席也跟着一块儿过。从车上下来的周主席身穿白色的短袖衬衫，头发往后梳得整齐，鼻梁上架着一副朴实无华的眼镜框，眼神却格外锐利，"你好。"

姜可在旁道："周主席这次是来参观造纸坊的，顺带着说一声我们市文化馆的一个决定。"她悄悄给叶问青使了个眼色，示意他赶紧找个地方坐下，哪儿有站着谈公事的。叶问青心领神会，带着他们二人往室内的会客厅走。会客厅不算大，和造纸坊一样都保持着原来的土墙，仔细看去用来糊墙的泥土里还残留着小虫子的残肢断臂。周主席坐下以后，照例询问了叶问青一些关于造纸坊的计划，并针对其中的不合理之处，提出了自己的看法。

"您说得也有道理，我会仔细考虑的。"上次文联的人过来参观，更多的是走马观花，来观看一个景点罢了。但是这一次，叶问青隐隐察觉出了不寻常之处，比如说周主席询问得更加详细了，甚至还问到了他对于未来的规划，加上姜可提前通风报信，看来这事儿真的有戏。

姜可在一旁坐着无聊，昂着脖子看房梁的结构，然后猜测这个部分是斗拱，位置不同又分为平身科、柱头科和角科……当她分析到斗口重昂平身科的时候，周主席和叶问青之间的谈话也即将结束，至于到底说了些什么，姜可晃神不甚明了，她觉得周主席之所以愿意带上她，没准儿也有这个原因。

"小叶啊，我们市文化馆针对每项文娱项目有专项资金，我觉得你这个古法造纸技艺项目挺不错的，听说之前还申报非遗了，现在是县级的非遗项目；我的意思是你可以填写一份这个新建项目资金专项申请表，如果我们审批通过，就会有一笔资金发放到你手中。"专项资金数额较大，周主席也格外地慎重，他来过造纸坊几次了，这一次又和叶问青聊了许久，对这个年轻人的为人有一定的了解。他和叶家的造纸坊本来就有些渊源，周主席把一份打印好的申请表从公文包中取了出来，放在桌子上。

"以前你奶奶还在世时，我每年都会来买些黄表纸祭奠母亲，后来她老人家也走了，我就没怎么过来。"人一旦年纪大了，都怕睹物思人，周主席也不外如是。"我劝说过她老人家，让她申报非遗项目，但她老人家固执，这么多年了还是没申报。不过现在你能接过她这间造纸坊，把古法造纸技艺传扬出去，她要是知道也会高兴的。"

如果不是周主席主动提及，姜可和叶问青都不知道他和造纸坊的渊源，看来是怕被有心人说闲话。

"你把填好的申请表直接交给小姜就好，她到时候带到办公室来，我们有专人负责处理这件事，我不插手之后的流程。"言外之意，他不会看在故人的面子上给叶问青开后门。

"好，谢谢周主席。"叶问青拿着那一份申请表，觉得不只是纸张的重量，还附加了很多的情感，他越发觉得自己选择的道路没有错。

周主席很欣慰地点头，说道："小叶，好好搞，别让我们大家失望。"

他能向市文化馆提出这个建议，其实已经帮了叶问青很多，叶问青自然知道周主席在他身上寄予了厚望，身上的担子更重了一些，不过也更有动力了。

市里还有其他活动需要到场，姜可便和周主席一同回去了。临走前，姜可偷偷走到叶问青的身边说："你别有太大压力，成不成到底是天意，我们自己尽了全力就好。"她就怕叶问青的压力太大，毕竟现在造纸坊合作了不少的订单，每天还是挺忙的，再加上叶问青这段时间神神秘秘，不知道又在琢磨着什么。

叶问青轻笑道："放心吧，我把申请表填好之后就拿给你。"

见他神情的确不那么紧绷，姜可也就放心了，与他说起窦淮叶会在市区待上几天。

周主席和姜可走后，徐莉才掀开珠帘从室内走了出来，她张望着已经离去人的背影问："叶哥，这个主席是来干嘛的？"

"谈事情，可能要给我们造纸坊申请专项资金，数额不算小。"叶问青拿着申请表往自己房间的方向走去，身后徐莉高兴得快合不拢嘴了，赶紧去找小刘八卦这件事。

室内空调吹得人手脚冰凉，窦淮叶双手合十搓了搓。

"有点冷吗？"薛凝云留意到了她的举动，起身把空调扇叶往上推了一下，避免直接对准了人。在她身后的讲台上牵着一条红色横幅，上面印着"首届中青年作家高级研修班学员作品改稿会"。

空调扇叶往上调整后，窦淮叶那里就吹不到冷风了，她对着薛凝云感谢地一笑，继续看手中的文章，没有想到其他学员写的作品质量还挺高。这篇文章的作者已经小有名气，作品是以原川东地委副书记李永康同志的感人事迹为素材而创。作者介绍说："我想写人性，写人心，写出一个老党员的不变初心和坚定信仰。"

窦淮叶仔细看完后，觉得这篇文章写出了李永康同志对于党的忠诚，以及对人民的一片赤诚，只是她并不擅长这个题材的作品，所以没法提出更多的建议。当然了，在场的导师比她更加专业，也对这位作家的作品后续修改，提出了很多具有建设性的意见。

改稿会结束以后，薛凝云单独将窦淮叶叫到一侧问："你的作品写得如何了？"

窦淮叶有些紧张，如实说道："还只是写了个开头。"

"那你得抓紧时间赶一赶进度了。"薛凝云闻言没忍住皱了下眉头，她问道："是在写作时遇到了其他什么问题吗？比如说素材的选择……"

"那倒不是，可能是最近没什么手感，所以才没有接着写下去。"

薛凝云只好点头，说道："我知道你写惯了网文，写作的方式可能和写传统文学不一样，但是既然和文学院签订了合同，就必须要完成约定好的内容，今年必须要发表作品出来。现在离十二月还剩两三个月，你要是不抓紧把文章写出来，等送到编辑部那边，就来不及赶上今年的审稿了。"

一般编辑部都是提前三个月确定上稿作品的，哪怕快一些的也要提前一个月，要是窦淮叶再不把作品写出来，恐怕真的得违约了。

"我拿不到优秀导师也就罢了，只是你这样做势必会违约。"薛凝云知道窦淮叶最近都在乡下，担心她光顾着玩，没有对自己的作品上心，又提点了几句。

"薛老师，我知道了，这几天就争取把初稿写出来。"窦淮叶被说得有些面红耳赤，她的确是有些松懈了。和她同一个班的学员都进入了改稿阶段，她却连初稿都没有写出来，实在是羞愧。她的拖延症实在太严重了。

在乡下用电脑码字太不方便，窦淮叶决定在市里住上几天，她忙完后给叶问青发了消息，简单说明了下情况。叶问青正在编辑一些图片，见是她发来的消息，很快就回复过去。看来姜可对窦淮叶真是了解，连这个也猜到了。

"等我写完稿子就回去。【比心】"

看着她发来的软萌表情包，叶问青没忍住笑意，他最近的心情都很舒畅，"好，我等你。"

把编辑完成的文案和图片全都发了出去,看着手机上显示的很多条未读评论,叶问青终于有了些许的成就感,他这段时间的努力没有白费。

02

专门拍摄非遗传承人的摄影师陈铎来水桐乡时,叶问青曾和他说起过"在地活态保护"这个概念。这段时间,他翻阅了很多其他匠人的资料后,发现最专业、最科学的对非物资文化遗产的保护模式,莫过于"整体性保护"这一模式。

近年来人们逐渐意识到"非遗"不是高悬于空中,而是在其本身发源之地。一旦离开了它产生的发源地和发展环境,再想要对"非遗"进行保护就更加困难了。与此同时,人们也越来越在意对"非遗"的保护,在这样的大背景环境下,"整体性保护"出现了。

叶问青认为在对非物质文化遗产进行保护时,一定要遵循它自身的发展规律,把文化生态保护区作为载体。就以他的黄麻纸造纸坊为例,之前都是对古法造纸技艺项目进行单独保护,但现在还需要对它赖以生存的环境进行保护。

这个概念不是他空想出来的,在经过多次查看资料后,叶问青也看到了其他人多年的实践证明,这种保护模式是非常科学且有效的。除了"整体性保护"之外,对非物质文化遗产还应该具有"生产性保护"。意思是在对生产性保护模式进行实践的过程中,整个工作的核心是保护"非遗"的真实性和传承性,在保护可以传承"非遗"的大前提下,利用各种销售渠道,把"非遗"包装成文化产品的形式进行保护。文化部在 2011 年公布的 41 个国家级"非遗"生产性保护示范基地，也直接说明了生产性保护对于"非遗"是有效的。

叶问青一直都想把非物质文化遗产的"遗产"变成"资源"，如何开发"非遗"也是我国一直在研究的方向。到底采用什么方法会比较好，也要结合匠人们的实践和对事物的认识不断对其进行分析与探讨。他现在对"非遗"的开发与利用仍然有一些误区，于是找了个空闲时间，约好了非遗专家付文娟，在市区的一个咖啡馆内见面。

付文娟匆匆来迟，刚一见面就赔礼道："迟到了真不好意思，我刚从秦溱的农场回来！"

"她的农场办得很不错。"叶问青笑着道。

听见有人夸赞自己女儿，付文娟心头一乐，点了杯拿铁，欣慰地说："最近来游玩的人是挺多的，她都好久没回家了，我让她过生日的时候回趟家，她还不乐意。"叶问青笑了笑。

"啊，对了，你之前说如何开发'非遗'资源，这个问题提得正中靶心，我一定要跟你好好说一下。"付文娟轻抿了口拿铁，接着说道："想要成功开发'非遗'资源，就一定要提起'人文资源'这一概念了。所谓的'人文资源'就是指人类在经过文化创造之后留下来的，可以供人类继续发展的文化基础。像那些虽然是人类从古代传下来的，只是静态不动，或者是只存在于博物馆中，与人类没有联系、没有互动的文化，就只能成为遗产。只有这些遗产与现实有牵扯，并可以为现实所用，才能被称之为资源。"

其实在一定程度上人文资源和文化遗产是画等号的，当它不与外界互动，处于封闭状态时，就变成了过去社会的遗留物，既是现在所指的"文化遗产"；当它与现实社会相关联起来，在具备了可以被文化产业开发利用的价值时，就转变成了"人文资源"。从遗产转变为人文资源，这一过程使得"非遗"的产业开发，得到了较为科学的理论根据。"非遗资源"不仅仅只具有它本身的历史价值、审美价值等等，还具备潜在的巨大经济价值。

付文娟端起拿铁，又抿了一口，才继续道："'非遗'具有的不可复制性、唯一性以及稀缺性，最大限度地体现了文化之间的差异性，这也是社会上一般资源所没有的优势。所以'非遗'背后的经济价值潜力是巨大的，这也是为什么我们文旅局会大力支持你们非遗传承人的原因。"

经过这一次的交流，叶问青终于明白了何为"人文资源"，他真正意识到了非遗背后可以带来的巨大利益，明白了蒋承奕、周主席等人为何在他身上寄予了厚望。叶问青回到水桐乡，重新把各个项目的毛利润核算了一下，收支不仅平衡了，造纸坊还有了收益。这也使得他看到了更多的希望。

月亮在不知不觉间爬到了山坡上，一片透明的灰云淡淡地遮住月光。叶问青推开窗，让晚间的凉风透过来，田野上仿佛笼起一片轻烟，徐莉家的灯光还点着，但窦淮叶之前居住的那一间房的灯光久久没有亮起。她这几天应该还在忙着写稿子，所以不会回来了。

叶问青没告诉过任何人，他每天晚上睡觉前都会看一眼那扇亮起灯光的窗子。窦淮叶怕黑，每天晚上都是点着小夜灯睡觉的，她的窗子永远是明亮的，就像是一轮永远不落的月亮。她是他的月亮，似乎触手可及，却又可望不可即。

明天预约来造纸坊体验古法造纸的人还不少，叶问青不再多想其他的，赶紧去洗漱睡觉。

次日，第一拨预约的游客已经到了，这是一家公司进行员工团建，在小红书上看到了叶问青发的博文，觉得古法造纸很有意思，便提前预约。叶问青在其中承担了导游的角色，领着这一伙人先是参观了造纸坊，一一为其讲解黄麻纸的制作工序。"这一步骤是通过挤压湿纸内的多余水分，以供后续烘干。"

这家公司的员工年纪普遍年轻，大约在二十几岁至三十几岁，于是过了会儿大家就各自分散，到处走走看看。叶问青担心他们会走丢，多叮嘱了几句。

像是主管的男人开口道："没事儿，乡下空气好，难得让他们出来玩，就别多拘着他们了。"

既然管事儿的都这样说了，加上来的都是些成年人，可以对自己的行为负责，叶问青便没再多说什么。带着剩余几人将整间造纸坊走遍了，叶问青安排他们在体验区域，试着自己制作一张黄麻纸，游客们玩得不亦乐乎。忙了一整天，送完最后一波游客，已经过了七点，徐莉累得胳膊都快抬不起来了，问："叶哥，怎么突然间来了这么多游客？"

叶问青这才说了自己隐藏了几个月的事情："之前和窦学妹他们去了小草垛农场，我见他们做直播和发博文这种营销方式挺不错的，所以也学着运营自媒体。"

"你还会这个呀！"徐莉不由为他鼓了下掌，但是手臂酸疼，只好放了下来，她道："今儿来的人挺多的，要是一直都有这么多游客，可能咱们造纸坊的人手会有些不够用。下午赵姐还出来帮忙招待了一下游客。"

叶问青也想到了这个问题，目前的分工有些不太明确，他应该再把造纸坊内的工作人员分一下具体工作内容。"这几天要再辛苦你们一下，等我调整了工作内容就会好得多。"

徐莉应了声，去收拾造纸坊内的杂物，看样子是准备下班了。

充实的一天结束了，叶问青站在造纸坊前，看着那挥斥苍穹的字迹，明明白天忙碌了一整天，体内仿佛还拥有源源不断的能量。

明天，一定会比今天更美好。

03

这段时间前来游玩的游客一直很多，这也让叶问青更加肯定了运营的重要性。黄麻纸造纸坊是一个基于乡村自然的农业文旅项目，想要让人气一直很旺，他在运营账号时要考虑很多。

秦溱在得知他也在运营自己的账号后，非但不生气，还在微信上给他推了好几个同样从事乡村振兴项目的匠人，鼓励道："你们要是有空可以多交流一下，没准儿就产生了新的化学反应。"

"谢谢。"叶问青对她很是客气。

秦溱还想说些其他什么，但见他态度略显冷淡，也就没有再发什么内容，过了很久才说："我忙去了。"正好叶问青要忙着查看资料，也没什么时间聊天，便与她道别。

"这也太直男了吧！"气得网络另一头的秦溱直抓头发，她生平第一次主动找男生交流，怎么就这么困难……

小助理在旁道："秦姐，上次他们过来不是带了两个女生嘛，没准儿人家有女朋友了。"

"没听说他有女朋友啊……"秦溱犯了难，把叶问青的头像和朋友圈翻来覆去地看。

小助理问："看出什么花来了吗？"

"没有，真没感觉出他会有女朋友。"叶问青没发过几条朋友圈，仅有的几条还是跟工作有关，且拍照的角度都很正常，根本看不出有任何的端倪。

秦溱把手机扔桌子上，脑中闪过一个长发身影，"管这么多干嘛，他没承认，那我就当他没有。"

"秦姐，撬人墙角的终将被人撬。"

一个栗子敲在了头上，小助理赶紧捂头跑远了，他本来就没有说错，哪儿有去撬人墙角这么不道德的人。

在观察了许多个博主的推文后，叶问青总结了几个规律，在他看来想要做好文旅项目的运营，最重要的是在关键的时间节点做正确的事情。就像是做新媒体编辑一样，每出一个热点后，就飞快地写稿子发文。只有紧跟热点，才能蹭上一些热度。

他在笔记本上写下："第一，记住每年每月最重要的节日，然后制定相应的主题内容策划，这样才能吸引核心的群体进行有效传播；第二，进行流量产品 IP 打造，最终实现变现。"

叶问青这一路上得到了不少人的帮助，但在一些事情上，很多时候只有他一个人。比如说如何制定相应的主题内容策划？什么才是真正有效的主题内容策划？这个在没有人可以交流的情况下，可能要等到实施过后才可以看到成效。这就无形增加了时间成本和金钱成本，所以蒋承奕和窦淮叶在这里的时候，他会轻松很多，但永远不要依靠任何人，哪怕这些人是他的挚友和热爱。依赖会让人变得脆弱，这也是叶问青最不喜欢在自己身上看到的一点。他认为一定可以通过翻看别人的成功案例，来寻找其中的可借鉴点，好在还真让他找到了。

"有效的主题内容应该包括了'造节''体验式''有效视觉表达'这三个方面，'造节'是指自己设定农耕节日、节庆节日；'体验式'是指在产品内容设计中融入主题，让场景沉浸式的体验有代入感，同时还增加教育意义的内容。"

现在很多城市的剧本杀都卖得很好，就是因为这个游戏是在线下，可以把场景布置得很写实，让玩家有沉浸式的体验。代入感强烈的话，玩家就会把自己完全代入进去，体验感强了才会觉得好玩。

"至于'有效视觉表达'，则是指在项目中有专门的内容和视觉输出，让大家进行有效产品传播。"

叶问青在读大学期间经常去逛各种展览，展览上展出的各种东西，其实就已经给游客制造了视觉上的冲击，大家觉得好看拍照发朋友圈等行为，就对产品本身进行了传播。

他去看过摄影师贝尔纳·弗孔的个人摄影展，在展厅有股淡淡的薰衣草香，而这位摄影师的家乡就位于普罗旺斯的一个栽种了许多薰衣草的小镇上。薰衣草香带领着游客进入了弗孔的个人世界。除此之外，在展厅的入口，还摆放了按照弗孔最著名的摄影作品《童年》系列的一张照片一比一复刻的玩偶，玩偶栩栩如生，颜色浓烈，只需一眼就被吸引了全部的目光。这种具有超强沉浸式的展览，让游客终生难忘。

叶问青自问自己的造纸坊并没有做到这一点，这也让他觉得可惜，如果手头上资金足够的话，他也想做到这样的程度。

每天来造纸坊的人依旧很多，叶问青还是坚持更新各大平台上的博文。

特意在中午休息时，叶问青调整了一下造纸坊内的工作内容，他们这间造纸坊主打的就是古法造纸，所以造纸坊内所有的一切都是严苛按照古法来制作的，并没有任何的机器。而这也导致了制造黄麻纸的全部流程都是用人工来负责的，小刘之前还只是负责搬抬一些重物，徐莉负责盯着各个环节，一些更加细致的活计基本上都是叶问青自己来做的。

现在他要负责运营和出去谈项目，根本没有办法做这么多事情，许多细致的活也都交给了徐莉。这也让徐莉的工作内容剧增，她每天都很辛苦。叶问青将她的付出看在了眼里，看样子必须要再招个专业的人过来才行，他搞运营也只是半吊子而已，专业的事情要交给专业的人来做。找一个专门学习运营的人，并不是目前最要紧的，要紧的是赶紧将造纸坊的内部再好好修缮一下。

他在陪同游客去参观时，曾听见游客小声抱怨——"为什么这里没有详细介绍黄麻纸的文字？"叶问青想过这个问题，但一直碍于资金短缺，之前的支出只能勉强打平，要是贸然改造的话，可能会让资金链断掉。

不过，等文化馆的那笔专项资金入账以后，他就可以把造纸坊附近的土屋修建成一个研习馆，将所有与黄麻纸有关的故事和物品全部放入展示柜内。

04

文化馆资金到账的速度快得让叶问青吃惊，他已经很久没有在自己的账户上看到这么多钱了，一共二十万的资金，足够他建立一个黄麻纸研习馆。有了钱才好办事，叶问青想去找一个工程队，帮忙把旁边的土屋都改成研习馆。

"不用把下面的土墙都推倒，只是稍微修缮一下就行。"

蒋承奕表示赞成，"这样跟你的造纸坊风格一致，看上去也更加和谐，不会太突兀。"

在原有的基础上进行改建，利用一切可以利用的资源，依附土屋之前原有的地势，不做大规模的土地整改，这样在地资源的利用，可以大大降低项目的成本。叶问青跟工程队商量了一下工期和费用。

"叶老板，这个价钱是之前的价了，你这造纸坊都开了好久了，价钱早就变了。"工程队的负责人眼神内露出老奸巨猾的精明，他从当地村民口中得知叶问青才收到了市里给的一笔资金，肯定不菲。

叶问青没想到他会坐地涨价，问道："那你们现在是什么价？"

或许是以为他松口了，工程队的负责人狮子大开口道："起码得要个二三十万吧，你这屋顶都坏了，全都要重新修，还得给你安装门窗这些……"

"好了。"叶问青抬手，止住了他的话，"我考虑一下。"

如果是要重新起一栋房屋，再加上精装修，这个价格或许差不多，但叶问青并不是要重新打掉地基修房子。他家里的这几间土屋都还有利用价值，根本没有必要全都推倒。这钱得来不易，也寄托了众人的期望，叶问青绝不会浪费了一厘一毫。

见叶问青没有一口答应，工程队的负责人又担心自己说多了价，赶紧反口，说道："你之前跟我们合作过，也算是我们的老顾客了，就给你打个折扣嘛。"

"还打什么折扣，直接说你们想从问青这儿捞走多少钱，还显得你们真诚些！"蒋承奕听了半晌，早就憋了一肚子的火气。

工程队负责人一撩袖子，怒道："你啥子意思！"

"字面意思。"蒋承奕丝毫不怵，他早就看不惯这些人了，仗着自己会门手艺就漫天要价，这个钱能到底下工人手里还好，可工程费大多是到了负责人手上，工人也只是拿个辛苦费而已，所以蒋承奕瞧不上这类人。

"你他么欠揍！"工程队负责人举起拳头，正准备动手，忽然想起他是来扶贫的工作人员，不敢与这些人扯上关系，于是愤愤道："算你小子走了狗屎运，我今儿就不揍你了。"

"哟呵，那我还得说声谢谢了。"蒋承奕故意阴阳怪气，他是生怕气不着这个工程队的负责人。

负责人的拳头紧了又松，今儿要不是看在公家的面子上，非得狠揍蒋承奕一顿不可。

待人找了个借口走了以后，叶问青才无奈地摇头道："这才过了多久，居然就涨价了。"

"都是些见利忘义的家伙，和这些人打交道最恼火了，少不得受气。"蒋承奕拍了拍袖子上的灰尘，"啧"了声，"你放心，这个工程队不行，咱们就换其他的，咱俩明个儿就去问问看，找个性价比高点儿的，总比把钱砸水里的好。"

也只能如此，修建研学馆的事情迫在眉睫，还是早些寻到合适的工程队，尽快完工为妙。

远处有个人影踌躇已久，叶问青见状，赶紧走到这人身边，询问道："陈大哥，是有什么事儿吗？"上次蒋承奕和他一块儿给老陈头家修猪圈，并告诉了他正确的养猪方法，这段时间倒是没见到老陈头来找蒋承奕。

"就是那个……"老陈头不好意思地搓手，看了看破旧的土屋，张了张嘴又没说什么。

看着他这副欲言又止的模样，蒋承奕道："怎么还跟我们客气上了，陈大哥，大家都不是什么外人，你要是有话就直说。"

老陈头布满了粗茧的手摩挲着脑门，表情扭捏得像是即将出阁的黄花大闺女，"我看你们刚才是要请工程队的人过来做工吧？"

蒋承奕点了点头，忽地想起了什么，问道："你这意思，不会是说这活儿你也能干吧？"

"可不是嘛！"终于说到了重点，老陈头浑浊的眼珠都变得亮堂起来，他期待地攥紧了手，"我年轻的时候也学过灰瓦匠，跟工程队的人到处去做工，只是年纪大了不想出去，所以就留在村子里了。"提起从前的风光无限，老陈头喝了酒一般的满面红光。"你是晓不得嘛，以前好多个女娃儿想嫁给我，就是看中了我有门手艺，就是我眼光比较挑，左挑右选的，结果一个都讨不到了。"

似乎老陈头现在晚年生活过得凄苦、孤寂，全都是因为他年轻时太挑剔了。

蒋承奕知道事实并非如此，每个人都只会提及有利于自己的一面，他从其他村民口中了解过老陈头的陈年往事，比如说他年轻时的确是跟人学过做灰瓦匠，但三天打鱼两天晒网，还经常在赶工期间去喝大酒。家里给他介绍的媳妇儿是个贤惠姑娘，他倒是看上了人家，还没等结婚，村里就传出了他和老寡妇的风言风语，人家清白人家的姑娘自然不肯答应。

看这样子，老陈头想自荐包下这个工程。

"你们把这个活路交给我就放一百个心嘛，大家都是熟人了，我未必还会曛（骗）你啊。"老陈头又带着恳求的语气，说道："现在外面啥子都不好做，我屋里表弟前不久还在说找不到活路，他都晓不得怎么办才好了，要是能包下来你们这个工程，他也好过个安生年了。"

老陈头这话说得是再诚恳不过了，蒋承奕和叶问青使了个眼神。

"陈大哥，你先回去给猪仔喂饲料嘛，这件事不着急，我们商量一下。"先不忙着拒绝，蒋承奕将老陈头劝走了以后，这才对着叶问青说道："其实要是陈大哥他们能帮忙的话，也算是一个好事儿。"

"我也考虑到了'在地资源'的利用，如果陈大哥他们可以干活的话，我们完全没有必要花高价钱去外面请工程队过来。这样不仅让当地的村民有了收入，还大大降低了我们的成本。"叶问青表示自己有想过这个问题。

蒋承奕还是对老陈头有些不太放心："这件事不是小打小闹，万一搞个一次性工程出来，反倒不好。"

叶问青想了个主意："不如先试工，让陈大哥把他们那些做活的工人全都请来，先试一下看看水平如何，如果不合格那也没办法了。"凭实力说话，这样即便最后没有把这个项目承包给他们，老陈头应该也没什么话说。

蒋承奕拍掌道："这个主意好！"

05

这个消息很快传了出去，老陈头立即通知了他的表弟陈远，和其他认识的匠人。当天一伙人便坐着一辆拖拉机，轰轰烈烈地来到了水桐乡。徐莉倚着门口看这些人，露出了怀疑的目光："叶哥，这些人靠谱吗？"

领头的那人头戴一顶黄色的安全帽，穿着件不知道什么材质，但是看上去十分耐磨的外套，衣襟前落了很多的水泥点子。

"这个就是我表弟，跟我两个长得像嘛。"老陈头热情地介绍道，他本家兄弟来了，在无形之中也给他足够的勇气。

叶问青上前，与其握手，笑着道："我们这活不是特别难，就是要做得精细些，所以要麻烦你们来试下工。"

陈远还是第一次与东家握手，头回被人这样尊重，"没得事，你们有啥子要求尽管提，只要是我们做得到的，就一定给你照着做。"他说话嗓门比老陈头敞亮许多，仿佛随身佩戴了一个扩音器。

叶问青站在他旁边有种被音波冲击到了的感觉，将自己的要求大致和陈远说了，陈远便带着自己的几个兄弟去实地勘测，看了下破烂的土屋，他也觉得这些墙面还可以保留下来，并不一定要全部推了。"这些土墙起码有个几十年的历史了，要是全都推倒了，就啥子都没得了。"

陈远是个粗人，不懂什么风花雪月的浪漫事儿，也不知道什么叫做人文历史，但他潜意识仍然认为这些东西都是值得保留下来的。至于为什么，他本人也说不清楚。陈远和其他灰土匠把要改造的土屋整个全都绕着看了一圈，他把耳朵边上夹着的香烟点燃，衔在嘴巴边上。

"你这屋后面还有几棵樟树，长得挺密的，把屋檐都给扫了一大半了，我看要不然就不砍了，把香樟树和房屋结合起来，这样最后完工了房子看起来还挺有特色的。"这一片土屋都是叶家的老宅，很多年都没人打理，他的造纸坊也只是占了一部分面积。叶问青觉得陈远的这个建议不错，继续保留着这几棵香樟树。

"你放心，只要把这个活路交给我们来做，保证给你弄得巴巴适适的。"陈远还是将话题绕到了工程上。

蒋承奕担心叶问青被画了大饼，赶紧道："那行，你们赶紧试工，要是没啥问题，我们就签订合约，这样大家都有保证。"

"嘿，试就试嘛，我还是头一回做活路前要试工的。"陈远抱怨了一嘴，但还是去拖拉机上拿家伙下来，说："我跟老陈头是表兄弟，他介绍的活路，未必我还会坑你们。"

倒也不是蒋承奕他们故意针对陈远，而是钱必须要用到刀刃上，文化馆批下来的资金可容不得随便霍霍了。

陈远找了工具，几下就把破旧的屋顶给掀开了，尘土飞扬，呛得人不断咳嗽，他干活架势足，又不怕辛苦，看起来比老陈头靠谱许多。这次改造最主要的是重新修个屋顶，再把室内的灯光接通，装一些展示柜之类的，也就差不多了。陈远的手艺的确不错，蒋承奕和叶问青一琢磨，要不把这个活交给他们好了。

"陈师傅，我们把合同签了嘛，按照合同上约定的时间保质保量完工就行，其他的也没什么了。"叶问青去房间取来他早就拟定好了的合同，毕竟也要好几万块钱。

陈远看见合同后满心欢喜，这代表了他的手艺被人认可，"好嘛，我认不到字，摁个手印行吗？"折腾了半天，终于把这项工程承包了出去。

老陈头留下陈远几个人在家里吃饭，眼看着天黑了下来，这些匠人还是没打算离开，没准儿就打算在老陈头家歇下来。这些都和叶问青没什么关系，他只需要负责检查好工程的进度和质量就好，其余的事情没必要管这么宽。

因着陈远几个人要施工，对造纸坊的游客体验感有一定的影响，叶问青觉得不能贪小失大，于是就暂歇了几日，顺便也给徐莉他们放个假。

"终于写完啦！"手机震动了下，那只粉色的兔子蹦了出来，窦淮叶接连发了好几条消息："写完这篇文后，感觉我的脑细胞都死了好几万个，太惨了。【求安慰】"她发了一个哭唧唧的兔子的表情包。

叶问青回了个抱抱的表情，他莫名觉得这只兔子像极了她，虽然她极少在他面前露出这种表情了。年少时，窦淮叶的情绪并不这样收敛着。人的性格总是会随着生活经历而改变，这是毋庸置疑的事实。叶问青看着镜中的自己，脸色有些苍白，头发有段时间没有去理发店修剪了，已经长得垂到了眼皮，气质却依旧是温润的。

窗外的月亮依旧高悬于空中，他的月亮，什么时候才可以回来？

次日，陈远等匠人大清早就开始施工了，巨大的噪音吵得叶问青没法躺在床上赖床，他索性爬起来抱着电脑听课，虽然他做的小红书账号已经累计快两万粉丝，但他觉得自己在运营这个领域还是新人。网络上有不少关于如何运营的课程，也不收费，叶问青便找了些点击率和收藏率比较高的视频学习，他听得很认真，直到外面一阵嘈杂声，将他的思绪拉扯了回来。

"叶老板！不好了！"

叶问青取下耳机，声音应该是陈远发出来的，直接击穿了他的耳机，把声音传入了他的耳蜗。放下电脑，把头发稍微整理了一下，叶问青走出房门，刚一露面就被陈远拉着往土屋方向走。叶问青忙问："怎么了？"看样子是出了事儿，总要告诉他发生

159

了什么，他才好想应对之策吧。

"你先看了再说嘛。"陈远的表情过于凝重，让一旁的叶问青也忍不住蹙紧眉头。

土屋附近已经围绕了很多人，他们对着一个地方指指点点，口中还在说些什么，叶问青和陈远走了过去，他这才听清楚那人的话。"这是屋蛇，打死了人要遭殃一辈子的……"

蛇？土屋存在的年份比较久远，再加上后面部分还与树木重叠，会爬些小动物进来也在常理之中，看样子是施工队的人发现了有蛇，但也不至于会这样大惊小怪吧。

见叶问青来了，施工队的人放低了音量，再不懂事的人也知道不应该在东家面前乱说话。众人围绕的地上躺着一条不过一米多长的蛇，头呈圆形，通体是黄色，甚至在头部有些金黄色的鳞片，看上去倒是不怎么吓人。蛇没有动弹，尾巴蜷缩在泥土上，附近有些暗红的血。

"叶老板，这条蛇是从这个老屋的房梁爬出来的，吓了我们工友一跳，没注意就踩到它了，现在不动了，估计活不成了。"施工队的人都有些迷信，讲究风水一说，这条蛇的颜色又应了传说中的黄色，就显得这件事有些玄乎。

"你说今天是不是不该动工？"陈远身上居然发了层汗，也不知是被吓得还是热得。

叶问青并不相信这些迷信之说，这条蛇看着像是白锦蛇，只不过因为其他原因变异了，所以鳞片颜色才会变成金黄色。他去附近找了根棍子，将蛇挑到个挖好的坑埋了，然后才说道："乡下房子里出现一条蛇，很正常的事情，大家不要把普通的事情想得过于复杂。"

既然东家都这样发话了，施工队的人也不好再说些什么。

人群中一个人怨恨地盯着清俊的青年。

思想上的改变

01

叶问青原以为这件事就这样过去了，谁知会在日后引起了更大的风波，那条颜色变异的白锦蛇被人挑了出来，悬在了黄麻纸造纸坊的门口，路过的人看见后吓得险些晕厥过去。

他沉着脸把白锦蛇重新埋入土坑里，用铲子将土压了压，微眯着眼琢磨着自己到底得罪了哪些人。这肯定不会是灵异事件，而是有心人在得知此事后，又偷摸着半夜把白锦蛇翻找出来，故意吓人的。

只是叶问青自认为平时做事从未招惹别人，又怎么会平白遇到这种事。

徐莉在听说此事后，领着徐母站在田坎上把村子里的人骂了个遍，这么个穷乡僻壤的地方，除了当地村民还会有谁专程跑来陷害人。

出了这档子事，陈远的工程队也停了下来，陈远抽烟抽得牙都变得焦黄，身上也一股子烟臭味，连连摇头，道："叶老板，不是我们不给你干活，你也看到了，这件事怪得很，哪个敢到那个房子里去嘛。"

叶问青紧抿着唇，表情严肃到不行，没接他这个话。

"好了嘛，你也少说几句，本来这件事就怪得很……"老陈头拉着他兄弟往一边走，不去打扰叶问青的思考。

造纸坊出事儿的消息很快也传到了蒋承奕的耳中，他和扶贫小组的另一个女生，在忙着为贫困户送些日常生活用品，等处理完自己的工作后，这才匆忙赶了过来。他下意识地抬头看了眼造纸坊的匾额，上面湿漉漉的还有没干透的水渍，看样子是叶问青嫌膈应，把匾额重新擦洗了一遍，这才留下了水渍。

蒋承奕在烘干室内看到了叶问青，他正在把烘干的黄麻纸取下来，叠成一摞。"肯定是有人在背后搞鬼！"蒋承奕熟读马哲，内心一片红艳艳，哪里会信这些神鬼之说，这些事件唬得了别人，却唬不了在红旗下长大的新青年。

叶问青道:"我打算来个将计就计，把背后的始作俑者找出来。"和蒋承奕一样，叶问青也不相信这些，他自问从未做过对不住人的事情，如今被人在暗地里设计陷害，自然是想抓出凶手的。

"要是早些安装了监控，也不至于抓不到人了。"蒋承奕叹了口气，帮他把黄麻纸往储存室搬。

叶问青笑了笑，说道:"等有空了就去买个摄像头回来。"以前他不觉得有安装监控的必要，但是经过了这件事后，还是防人之心不可无，装个摄像头以防万一。

见他心里有数，蒋承奕也没多说什么，心里也在琢磨到底是得罪了谁。叶问青申请到市里的专项资金，才过了没几天，就闹了这件事，很有可能对方是冲着这笔资金来的。想了好久，蒋承奕还是想不出到底是谁做的，索性把这件事发在了他们四个人的小群内，让姜可和窦淮叶也来琢磨一下。

"半夜起来挖蛇的尸体，这个人也太变态了吧！"姜可抽空回了条消息，她正在准备发市文艺网的报道。窦淮叶倒是有空闲工夫，感慨道："这位挖蛇的大哥心里得多阴暗啊。"

"你俩想想，问青这是得罪谁了，我脑袋都想破了，也没想出是谁。"蒋承奕抓了抓乱蓬蓬的头发，与其说他想不出是谁，还不如说他不愿意把这个"犯罪者"的身份按在任何一个村民头上。他与这些村民接触了这么长时间，早就与他们有了深厚的情意，哪里会怀疑他们故意惹事。

姜可道："会不会是其他准备申报非遗的人，看见问青拿到政府资助，所以一时眼红？"

不是没有这个可能性，毕竟这次周主席给叶问青申请到的资金数额不小。市文化馆申报的每一笔专项资金都会公布在网上，只要有心去查，就可以查看到，所以其他非遗传承人知道叶问青得到资助也很正常。

可是窦淮叶觉得这些人既然肯守着古老的技艺生活，那自然不会做这么掉价的事情。她反驳了姜可的猜测："不是我有歧视，而是这些非遗传承人从其他地方专程跑到水桐乡，再利用偶然发现的一条蛇，来报复问青获得资金，并且在此期间他没有被任何人发现，还趁着夜色逃走了。你们自己想一想，这个可能性有多大。"

姜可道："本来我觉得这个可能性不小，但是经你这么一说，好像的确是太巧合了。"就算是有人想要去报复叶问青，那怎么确定老屋里一定会有条蛇死了呢？除非这个人就在现场，他亲眼见到叶问青埋蛇，然后专程挖出来挂在匾额上来恶心人。

"太吓人了！"姜可这么一想，忽然觉得浑身发凉，毛骨悚然，好像一个灰色的身影站在叶问青他们附近，不吭一声地看着他埋蛇，再等到夜深人静时，一个人默默地把蛇挖了出来。"这个人的心计未免太深了，我们一定要把他揪出来。"

窦淮叶道:"未必是外来的人,我倒是有个不太成熟的想法——这件事或许并不是有人眼红问青申请到了资金,而是在用另外一种方式为自己谋利。"

"你这个猜测也不是没有道理。"蒋承奕对她的想法一下子明了,的确是有这个可能性,而且在经过细思之后,这个可能性是目前嫌疑最大的。蒋承奕道:"好了,这件事我和问青会解决的,你们俩也别再想了。"

由于他们三个人是在群内聊天,所以叶问青那边也自动接收到了消息,他在看后也表示窦淮叶的猜测具有很大的可能性。

蒋承奕给叶问青发消息,问道:"那你打算怎么办?"

"将计就计,闹大事情。"叶问青在手机屏幕上打了几个字,反倒浑身轻松了,随后锁屏,准备入睡。

02

夜晚的小山村,瘸了只腿的田园犬吃饱喝足后,打了个哈欠,将脑袋伏在前爪上昏昏欲睡。靠近院子的那扇窗户亮着略显灰黄的灯光,透过玻璃的人影或站或蹲坐。

"咳——"陈远掸了掸指尖的烟灰,说道:"就按我的意思来做,大家都能多赚些钱……老孙,你屋里细娃儿(小孩)一年的书学费那么贵,婆娘(妻子)又在家里照顾老人,一家人的吃喝拉撒全靠你出来做活路,要是不多赚点,万一有个啥子……"

蹲在地上的那个男人,快把脑袋都埋进裤裆里了。其他几个工友不安地互相张望,他们知道这样做不好,损阴德,但是又说不出阻止的话,毕竟陈远所说的句句是事实,一家人都靠着他们赚钱,谁不想多赚点钱。

陈远见这些人都被说动了，满脸得意道："你们放心，只要跟着我陈远混的，还没得哪个吃不上饭。"工友们此刻正在遭受良心和金钱的互相拉锯的折磨，不知该怎么回话。

"哐当"一声，房门被人直接从外部强力撞开。

"你个砍脑壳的！"老陈头举着一把锄头冲了进来，怒火冲天，眼睛涨红，骂道："陈远你是不是疯了？！"他最初听说叶问青的老屋里爬了条白锦蛇出来，没怎么多想，老房子没人住，没有人气，野生动物自然就会来占窝。谁知后来又听说死了的白锦蛇，突然悬在了叶问青的黄麻纸造纸坊上，老陈头便知道有人在故意搞鬼。

村子里的人他都熟悉，最喜欢闹事的人是徐老婆子，可徐莉还在造纸坊帮忙，一个月能往家里拿不少钱，那老婆子哪里舍得丢了这个"香饽饽"。再加上今天徐家人在田坎上都快骂了一天，不像是贼喊捉贼。怀疑这怀疑那，老陈头把头都快想破了，还是没敢把心思放在自家人身上，但除了他们还有谁？

他也不想把自家亲兄弟看得这样不堪，所以没敢当面说，只想着趁夜深了过来偷听一下。万一是他误会了，这样也免得破坏了兄弟情义。谁曾想这事儿还真是陈远一伙人搞出来的！

老陈头双手紧握着锄头，咬牙切齿道："远儿，你说人家哪里亏待了你嘛，你们一来就给你散烟，中午饭还给你补贴了饭钱的。你们这样做昧不昧良心？"

看着那明晃晃的锄头，陈远指尖颤抖了下，他也没想到这事儿还能被老陈头晓得。"哥老倌，你先把锄头放到，听我给你摆（说）嘛。"陈远忙把烟头摁灭，他上前几步，准备帮着老陈头把锄头放在地上。

老陈头往半空挥舞着锄头，险些打到陈远。

见他当真生气了，陈远哪里敢再靠近，只好站在原地，"唉，

165

这件事我也是被逼无奈啊。"被人撞破了他们的诡计，工友们都羞愧万分，不敢直视老陈头。

老陈头恨铁不成钢地说道："别个外面的工程队都没用，就是听了我的介绍才答应你来做活路，你们不想着把活路做好些，反而整些阴谋诡计。"

"你是待在村里太久了，晓得不哈数了。"陈远一脸不屑，既然已经说穿了，他也懒得跟老陈头虚与委蛇，索性摊牌道："外面工程队要是包下来这个活，起码都得是十几万打底，我来的时候就打听过，说上一个工程队开的三十来万，还不是他们嫌贵了，所以才让我们来的。别人做个活路三十万，我们才几万块钱，傻子都晓得他们捡了多大的便宜。我也不拗个高价，他要是给我们开个十万块钱，我保证把房子给他修好，十万和三十万，哪个更便宜嘛。"

老陈头被自家兄弟这副丑恶的嘴脸气得不行，"外面工程队拗高价，那是他们没得良心，他们又不是我们村子的人，我管不着，但你是我屋里兄弟，你还愣哎（这样）做……"心中悲愤交加，老陈头举高了锄头，对准陈远挥下。

"哥老倌！"锄头猛地砸在了身旁的桌子上，陈远惊魂未定，脸色煞白，差点儿以为自己的这条小命要交代在这儿了。

"你莫喊我，以后我就当没得你这个兄弟！"老陈头口中喘着粗气，他并不清澈的眼睛里洒满了泪花，原本是想介绍自家兄弟来帮忙的，顺便也让其他工友挣点儿钱，可谁知道会闹出这场笑话。老陈头这一年来，受了叶问青和蒋承奕多少恩惠，中秋节送来的那盒月饼，他一直舍不得吃光。这叫个什么事儿……老陈头像是一下子老了十来岁，连背影都佝偻了，拖着锄头走了出去。

见他回自己房间，陈远在后面想说些什么，但一想到刚才那一锄头，又咽了口唾沫，决定让老陈头自个儿想一想。有工友道：

"陈哥，我们要不然就算了嘛……"

"你倒是好心。"陈远一扭头，眼神狠毒地盯着那位工友，被尼古丁熏黄的牙齿一张一合，"你是不是想出卖我们？"

工友恍惚起来，一时分不清站在眼前的是陈远，还是那条无辜的白锦蛇。他浑身开始颤栗，一紧张竟然昏厥了过去，即将失去意识前还看到陈远走了过来。

次日天明，老陈头在床榻上辗转反侧，眼泪几乎将枕套打湿透了，他实在是羞愧啊，自家怎么出了这么个东西！穷不可耻，可耻的是利用别人的善意牟利。

他年轻时就不沾好，天天出去喝大酒，白白浪费了好手艺，大半辈子都过去了。眼看着别人起高楼，住新宅，家家欢声笑语。老陈头羡慕啊。可他年纪大了，手上又没有积蓄，家里穷得没有鸡鸭养，出去也找不到事情做，一年种些庄稼勉强养活自己。要不是扶贫小组下来调查后，对他进行精准扶贫，给他想主意赚钱，他哪里有现在的滋润日子过。

老陈头早上起来把昨天打的猪草给砍碎了，叮叮喤喤声音很大。不过几个月的时间，猪圈里的小猪仔已经长成了大肥猪，用不了多久就可以出栏了，到时候又是一笔钱。他可以拿这笔钱给自己添置些新衣服，再买些烟酒，多余的钱就存着做棺材本。往年这个时候哪里敢想这些，村子里的扶贫资金给了他，他也是一口气全花了，哪里会想着靠自己再去赚钱。

不得不承认，自从扶贫小组对他进行精准扶贫后，他的思想上改变了很多，老陈头叹了口气，对陈远的恶劣行为，更是恨入骨髓。

房间内陈远也听见了剁猪草的声音，总觉得老陈头这是在故意拿猪草撒气，哪里是在剁猪草，分明是在想剁他了。他眼神瞟了眼还在沉睡的工友，脑中又在谋算些什么。做大生意的人，就

167

是要耍得起计谋，不然怎么赚得到钱，老陈头就是迂腐，所以才受了大半辈子的穷。

看看这屋里还只是薄薄地刮了层腻子粉，啥子家具都没得，床垫也硬得不行，哪里像他屋里装修的一样，那看上去才叫一个气派！

03

老陈头弯腰剁猪草，听见大门被人从里面推开，一见是陈远，他赶紧把头扭到一侧，装没看见他。"哥老倌今天起得有点儿早喔，这天都没大亮……"话还没说完，老陈头把猪草全都装到盆里，转身去舀猪饲料，根本不搭理陈远。

陈远热脸贴了冷屁股，啐了口，道："神气啥子嘛，要钱没钱的破落户，要不是国家政策好，还晓不得饿死没有哎……"

在院子里转悠了一会儿，见天色差不多了，他忙去屋里叫醒了其他人，生怕其他工友露馅，陈远刻意叮嘱道："你们就负责装样子，我来说话，免得到时候被人看穿了。"

"要得，你来说嘛。"此刻大家都是被绑在一条绳上的蚂蚱了，哪里还逃得出去。

众人出门前，老陈头还在猪圈里忙活，浑身的臭味，几只大肥猪吭哧吭哧地吃着猪饲料和猪草。

"哥老倌，我们走了哦。"陈远特意和他打了声招呼，姿态高高在上，就像是即将去打胜仗的将军一样。

老陈头舀了一勺猪饲料在槽内，头也没抬，恨恨地想："一群没得良心的，老天爷都看在眼里咧，总会遭到报应的。"

一大早就有人来砸造纸坊的门，叶问青耐着性子在里面多等了会儿。见他不肯出来，陈远捡起地上的一个干透了的泥巴团，对准了窗户砸了过去，玻璃应声而碎。陈远得逞地笑了，看他出不出来！

听见有动静传出来后，陈远赶紧狠狠掐了下大腿，腿上肉最是受不得疼，他立即冒了眼泪花出来，昂着头对天空哀嚎了一声："我可怜的兄弟，你一辈子没做过恶事，咋个就不好了……"

叶问青刚推门而出，就见到空地上躺着一个人，生死未知，旁边站着陈远的工程队的工友，只有陈远本人趴在躺着的那个人身边，哭得正是起劲儿。一大早上就来哭丧了，他压根儿没想让这件事轻易了结。见陈远出招了，叶问青只是淡然接招，问道："你们这是在做什么？"

"叶老板，你这项目接不得啊，有邪门的事情！"陈远擤了下鼻涕，用袖口随意一抹，又道："我兄弟白天还好好的，结果晚上一回去休息，就犯病了，口里咿咿呀呀地在唱曲儿，他哪里会这个……"

叶问青眉头稍动，对陈远的意图明了，于是道："他这个症状是才出现，还是之前就有的？"

听见自家可能有其他邪门事儿，怎么还这么冷静，陈远没猜到叶问青的态度，只能继续装下去："之前从来没见他这样，就是挖出了白锦蛇后，才出现的，可能是你屋里'不干净'。"

"哦。"叶问青简单应了一句。

等了会儿，陈远还是没见叶问青开口，难道就这样过去了？他接着试探道："叶老板，你这个活路，怕是做不得了……"陈远猜测不透叶问青的态度。

叶问青点了点头，平静道："我家里肯定什么事儿也没有，但是既然你们这么说了，那不如请个人过来帮忙看看，也免得有人说我这儿'不干净'。"

听他说要去请人过来"看看"，陈远反倒是松了口气，看来这位大学生也相信这一说，否则不会去请大师过来。只要他掌握了舆论，他就能把十万块钱挣到手。

叶问青看了眼地上躺着的那位工友，如果刚才他没有看错的话，原本已经昏迷过去的人，突然睁开眼看了他一下，随后又慌慌张张地闭上眼。谁不是为了三两碎银而成天忙碌，可是有些人守得住道德底线，有些人则是在违法的边缘疯狂试探。叶问青不知该如何评论这件事。即便他是当事人，他也不想去评价和说教。

把今天早上陈远带着人来闹事这件事告诉了蒋承奕，果不其然蒋承奕气得火冒三丈，原以为是充分利用了在地资源，既让当地村民有了工作收入，他们也能少支出一些。这本来是互利互惠的双赢结局，谁知道因为一方的贪婪作祟，就演变成了现在的局面。"你放心，我保准儿把人给你带来。"

蒋承奕一想到接下来即将开唱的好戏，就十分期待。

听说叶家的黄麻纸造纸坊出了事儿，还请了个"大师"过来看风水，村民们都聚了过来，纷纷站在高处，准备来凑个热闹。

徐母也听说了这事儿，问徐莉："你天天在造纸坊，听没听说过这些？"

"哪里吹得歪门邪风！"徐莉一口否认，她在造纸坊待了这么多天，要是真有个什么，第一个遭殃的不就是她，可她一直好端端的，哪里有什么"不干净的东西"。

"你莫听这些人胡说八道，我看搞鬼的人就是那些工程队的，怕是来拗高价钱的！"徐莉担忧着造纸坊，说不了几句，就冲到了人群里，打算看一看叶问青准备怎么应对这场突如其来的意外。

人群中，一个穿着百彩条外衫的男人，厚而黑密的胡髯糊了一脸，偏生脸上还抹了些颜料，除了眼睛之外看不出模样。他左手端着一碗烈酒，右手高举燃烧着的火把，一口烈酒喷洒在火把上，火焰高涨，大有一飞冲天的架势，滚烫的火星子散落在半空。

众人手心发汗，看着这个所谓的"大师"在土屋前跳着傩堂舞。陈远谨慎地留意着"大师"的一举一动，没想到叶问青还真找了一个"大师"过来，原本以为是些江湖骗子，但是见这人跳的舞蹈不像是胡编乱造的，一时还真猜测不透。

过了许久，"大师"把碗中的烈酒随意往外一泼洒，终于停了下来。陈远他们的运气不太好，站的位置恰好是"大师"洒酒的地方，被淋个正着，头发全都湿漉漉的。

"你干嘛呢！"陈远没好气地说道，他抹了下脸上的酒，酒水混合着他衣服上的泥点子，看上去要多狼狈就有多狼狈。

"大师"似乎这才留意到，忙用不太标准的普通话，说道："真是不好意思，我刚才没有看到，你说你们也不站远些，又不是来坐席，凑这么近干嘛。"

陈远被怼了一顿，火气上涨，正想要与其争辩一二，又想着这个人是叶问青请来的，暂时先别动他。万一再去找个有道行的人过来，反倒不好了。

叶问青递了个干净的毛巾过来示意陈远擦擦，又扭头问："大师，情况如何了？"

这也是陈远想知道的，白锦蛇是他找出来的，他倒是想听听这个"大师"是如何坑骗别人钱的。"大师"两条浓眉都快黏在一块儿了，掐了掐指头，绕着土屋左右来回走，就是不肯说话。不过好在叶问青并不着急，就等着"大师"开口。

众人看猴戏一样，都想知道这位"大师"到底看出了什么。

"你这房子地处凹陷，是块煞地，特别容易招来阴气，活人住着不太妙啊。""大师"看向叶问青的表情多了些怜悯，高深莫测道："要是继续坐视不管，不仅会影响到人的运势，严重的会损人寿命。"

171

一听这番说辞，陈远便放宽了心，看样子又是个过来坑蒙拐骗的家伙。

叶问青不反驳什么，反而问道："那依大师的意思，该如何做？"

"这个好说，我处理过很多种类似的事件，改风水对于我而言不过小事一桩，只不过……""大师"似有些为难，他将脑后挂着的傩堂面具取了下来，青面獠牙的面具在手心，他道："就是可能需要破费了。"

看吧，他就知道是来骗钱的！陈远摆出一副我早就知道的样子。

叶问青有些犹豫，对方很显然要价不菲，就说："这样吧，您先说一下价格，我考虑一下……"

04

"叶哥！"徐莉听见后，从人群中钻了出来，这人摆明了是个骗子，她可不能让叶问青上当受骗！

"大师"把身上的彩条往徐莉身上撩，用蹩脚的普通话问她："你想干嘛？"

"我找叶哥说点儿事。"徐莉拉着叶问青就往一旁走，"大师"阻拦她，两人站成了对立面。

"大师"淡然一笑，道："什么事儿，当着我面还说不得了？"

这个装神弄鬼的骗子，徐莉用眼神狠狠剐了他一眼。

"先把土屋的事情解决了，你的事情往后放一放。"叶问青竟然很相信这个"大师"，像是没有看见徐莉给他的暗示一样，问道："大师，不知道你的价格如何？"

"大师"晃了晃凌乱的长发，两只手的食指交叉搭在一块儿，比画了个数字："就这个数，多余的钱你给我，我也不想要。"

他好大的口气，一张嘴就要十万块钱。

徐莉在旁道："十万？你怎么不去抢劫，这样来钱更快！"

"你个瓜女子，我不跟你一般见识。""大师"端着架子，理了理自己的百彩袍子，高深莫测道："这个价格都是按照规矩来的，钱不是光我一个人拿了……唉，跟你们这些凡夫俗子说了也没用。"

徐莉想不出有什么法子可以反驳，毕竟她也没见过那些东西，她一脸严肃地对叶问青说道："叶哥，咱们造纸坊的生意才好了些，钱可不能胡乱花了。"叶问青点了点头，表示自己听进去了。

徐莉还想说些什么，就听见远处似乎传来了警鸣声，这个声音还是上一次发生山火时才听见的。"是警察来了！"徐莉兴奋道，她劝不住叶问青，警察肯定能劝住，不仅要劝住他，还要把这个骗子抓走！

其他村民也没有想到会招惹到警察。来的人是赵局，表情严肃，脚下蹬着一双锃亮的皮鞋，肩头的肩章和胸前的标识，让他看上去更显威严。

没想到赵局真的来了！徐莉高兴地跟赵局打招呼，高声道："赵局，快来我们这儿。"她是生怕再迟上一些，叶问青的钱就被骗走了。

人群中戴着黄色安全帽的陈远，往里挤了挤，想听一听这个警察来这儿做什么。那位"大师"一见状况不太对，找了个机会就往外溜，可惜赵局眼尖如鹰隼，立即让人把他给逮住了。一见到人民警察，"大师"就漏了馅儿，哪里还像之前一样神气。

"警察叔叔，我是无辜的好人啊！""大师"抱着赵局的胳膊，哀求道："真的，我没骗人，就是过来帮人看下风水，现在也没规定说不准帮人看风水啊。"

赵局让他站直身子，这样大庭广众之下拉拉扯扯的成何体统，"是没规定说不准看风水，可是我听说你现在涉嫌诈骗，到底怎么回事儿？"

"哎哟喂，我这么小的胆子，哪里敢诈骗别人……""大师"急得鼻头上都冒了汗，急急地推卸责任，道："真不是诈骗，要说诈骗，那您不如查查他们造纸坊的白锦蛇，也不知道是谁眼红了，找了条白锦蛇故意吓唬人。"

赵局眉头一皱，询问叶问青："是像他说的这样吗？"

"是！"徐莉抢先一步回答，她眼疾手快，飞快跑过去拉住即将逃走的陈远，说道："赵局，我怀疑是工程队的人在故意搞事儿，要不然您把他们都带回去查一查？"

"这个人表面上看上去憨厚老实，但是一脸横肉，这种人最是阴险狡诈了，肯定是他们搞的鬼。""大师"也在旁边鼓动道。

陈远被徐莉揪着衣裳，想跑又跑不掉，眼皮子一耷拉，喊道："我哪里得罪你们了，你们非得要来搞我？！"

"到底是怎么回事儿你自己心里清楚。"叶问青收敛了脸上的全部表情，他快步走到陈远跟前，直视对方的眼睛，说道："不如趁着大家伙都在，我把你在背地里做的事情，全都说出来？"

这……不是在准备抓装神弄鬼的骗子吗？怎么扯到自己身上了，陈远慌里慌张地与那位"大师"对视了一眼，却发现这个人的眼睛很独特，他脸上涂抹了颜料，只看得清眼睛。双眼皮的眼睛很常见，但这个人的眼皮尾端往上翘，看上去比女生还显得风情，是那个来造纸坊的摄影师陈锋！

陈远一下子想了起来，他之前见过这个人，陈锋还来土屋帮他和工友们拍了几张照片，哪里想到这根本就是一个"局"！

他突然内心变得惶恐不安，没想到叶问青他们早就知道自己的计谋了。就像是看电视剧一样，原本只是缩在角落里的一个小配角，连句台词都没有，可忽然之间就变成了主角。

赵局眉头一皱，道："诈骗金额上了三千便可以立案。"

陈远浑身瘫软无力，跌坐在地上，"我、我没有骗人……"他只是想要个高价而已，其他的一概没有想过，"我真的没意识到这已经触犯法律了！"

"怎么回事儿？陈远不是老陈头的亲表弟，叶家的活路还是他给介绍的吧，这么近的关系，还故意搞鬼，良心都被狗吃了。"

"可不是嘛，陈远也是好意思，简直把他哥的脸面都丢尽了！"

围观的村民们当即看明白了，原来整件事都是陈远在背后搞鬼，纷纷哄闹着上前，要替老陈头教训一下这个丢人现眼的家伙。老陈头本来不想站出来的，但是见陈远脸上挨了一拳，可怜兮兮的样子，又实在是不忍心。

赵局让大家伙都别冲动，好半天才稳住村民们的情绪，最后实在是没法子，把陈远带到了局里，因为没有实际的敲诈和勒索行为，再加上他也是初犯，赵局还是采取了最宽容的处理。

在局子里坐了一下午，陈远脑中的那些不该有的念头全都烟消云散了，他羞愧地垂下头，不敢去看蹲在外面等他的老陈头。真是应了其他人的话，他把大家的脸面都丢尽了，为了这点儿钱闹了这一出戏。

造纸坊内，蒋承奕帮着陈锋把头套摘了，又借用了窦淮叶放在这儿的卸妆油，把他脸上糊得到处都是的颜料给卸了。

"呸！"陈锋吐了口唾沫，"卸妆油进嘴里了，吃起来咋还是苦的……"

蒋承奕笑道："今天你辛苦了，等有空了，我和问青请你吃饭去，想吃什么自己随便点。"要不是借着这场戏把村民们都聚在一块儿，让大家伙亲眼戳穿陈远的计谋，可能造纸坊以后会传些不好听的话，不过今天已经把事情了结，再也不会有人来借题发挥。

05

"什么东西，吓我一跳！"门外走进来一个人，逆着光，陈锋眯着眼睛还没看清楚是谁，但他觉得声音听起来很熟悉，就像是认识很久一样。

窦淮叶没想到这三人躲在房间里，还被陈锋穿的那件百彩衣外袍给吓了一跳，她见一旁的洗手台上放着一盒化妆品，外包装看上去十分眼熟。

蒋承奕有些心虚，赶紧道："他脸上抹了颜料光用水洗不掉，我就叫徐莉去你睡觉的房间拿了卸妆油出来，先借我们用用，以后再买一盒送给你。"

"没关系，我又不是那么小气的人。"窦淮叶走近了，把那盒化妆品拿在手里，怀疑地看了一下，说："你们好像用错了，这不是卸妆油……"

"嗯？"陈锋正搓着脸上的颜料，问道："那是什么？！"

"凡士林……"她嫌脚上的皮肤有些粗糙，所以晚上睡觉前用凡士林涂抹一遍，再换上干净的袜子入睡，隔天起来皮肤就会变得柔软。

"我感觉这不是什么好东西。"

窦淮叶没忍住笑，解释道："凡士林用处挺多的，只不过应该卸不干净颜料，我待会儿去找下卸妆水给你。"

陈锋瞪了蒋承奕一眼，一点儿也不靠谱。

"对了，你稿子写完了？"蒋承奕摸了摸鼻子，赶紧转移了话题。

叶问青知道窦淮叶已经把稿子交了上去，道："她之前跟我说过，今天可能会回来。"

蒋承奕看了看叶问青，又看了看窦淮叶，心中有些吃味。

窦淮叶问道："不是说有人来闹事嘛，全都解决了？"

"那是，有我出马，还能让人欺负了问青。"陈锋原本是洗脸的，谁知抹着抹着就越来越往上，索性把头发也给洗了，不过确实如窦淮叶所言，这个凡士林摸起来滑溜溜的，像是猪油膏一样，根本洗不干净。他用毛巾擦了擦脸上的水，依旧是东一块西一块的黑斑。

"人心难测啊。"蒋承奕示意众人出去晒会儿太阳，他和问青都是为了大家好，谁知道会被人算计，不过这下也好，赵叔来了一趟，也恐吓住那些心思不正的人，让他们不敢再生其他想法。

窦淮叶跨出门槛，想抬头去看匾额，但是眼睛被人遮住了，手指细长，掌心有些粗糙，是叶问青的手。他之前给她做纸糊金鱼灯笼的时候，她有留意到他手的大小。

"别看。"他虽然不信那些，却也有些避讳，不愿意让窦淮叶看。

不看就不看吧，窦淮叶将他的手扒拉下来，没舍得松开，就牵着他的一根手指头，像是小孩一样和他的指尖轻轻地碰了一下。她玩得不亦乐乎，没留意到其他两个人的表情。

蒋承奕一副难以言说的表情，最后没忍住上前，将窦淮叶和叶问青分开，他站在二人中间，痛心疾首道："我俩还在这儿呢，你们能不能不秀恩爱？！"

"哪儿有！"窦淮叶被说得有些脸红，她摆了摆手，道："那闹事的人被带走了，你们的合同怎么办？不是签订了项目合同嘛，他要是不继续搞完，是不是要赔偿？"

"合同倒是签了，但我估计对方即便是违背了约定，也不会赔一分钱的。"蒋承奕看向叶问青，询问他的意见，"出了这档子事儿，咱们得换人吧？"要是不换人，对方也不一定会来继续施工，再加上他心里也有些膈应，还不如早些换了的好。

"陈大哥还没回来，看他回来怎么说吧。"叶问青考虑得更加周全，毕竟人是老陈头介绍的，他总要给他们一个交代，要是对方主动提出来解约倒还好，免得大家以后见了面难堪。

蒋承奕道："你说这些人是怎么想的，大家都住在一个村子里，低头不见抬头见，非得惹出这些祸事。"

"你要真想通了，那就说明你和这些人是一丘之貉。"陈锋借着阳光把头发晒得差不多快干了，就是脸上依旧糊成一团，看上去不太美观。

窦淮叶回来时就带了个行李箱，此刻正放在空地。

"行了，我们这儿也没什么事情，问青你帮着她把行李扛到徐莉家吧，放在这里也有碍观瞻。"蒋承奕还有话要和陈锋说，就先把叶问青和窦淮叶赶走了。

窦淮叶没好气道："又背着我俩商量什么大事儿。"

"真没事儿。"蒋承奕推了推叶问青，让他赶紧把人带走。

待人走后，陈锋把毛巾搭在背上，那双桃花眼都微微眯起，语气有些躁："天气这么好，真不想理会那些糟心事。"

"谁想沾这些糟心事，但事情总得有人解决，我们不可能就由着他们乱搞吧。"蒋承奕是真心不想让陈远继续修葺土屋，他宁愿自己再出一笔钱，都想把人换了，绝不可能再给这人机会。"偷奸耍滑惯了，要让他继续修，没准儿以后落场大雨房子就塌了。"

陈锋用胳膊肘撞了他一下，道："那我待会儿去和老陈头说一声，反正我不是当地人，就算是得罪了他们也没什么，免得你和问青夹在中间难做人。"

"倒也不用这么避嫌，我俩一块儿去就行。"就算是陈锋一个人去，老陈头肯定也猜得出是蒋承奕和叶问青的意思，毕竟造纸坊的决策人是他俩，况且叶问青还没真正做决定要换人。

陈锋道："问青就是心软。"

"心软才适合学文。他要不是这样性格的人，也不会回到这里了。我先回趟市里，你等我回来，再一块儿去找老陈头。"蒋承奕想起还有些其他杂事，便先离开了。

入了夜，叶问青推开窗，可以看见徐莉家的一扇窗户正亮着灯，他的月亮回来了。

"笃笃——"有人敲响了门，叶问青警觉地往门口方向看去，倒也不着急先去开门，白天闹了事，不能不多想一下。"谁？"

门外传来老陈头的声音："小叶，是我，我领着陈远来给你赔不是了。"隔着门板都能察觉到老陈头话语中的羞愧，叶问青只是犹豫了几秒钟，还是打开了大门，他不是没有警惕心，但他选择了相信老陈头。

门外月亮清冷无双，映照着人的影子也变得冷冷如霜。老陈头身边还站着一个身影，垂着头，用余光瞥了一下叶问青，下一瞬把头垂得更加低了，像是被捆在了大腿上。

"你莫怪他，他是一时迷了心窍，才做出这种丢人的事情。"老陈头把一盒香烟递给叶问青，为自家兄弟说着好话，他也不会说什么话，只是一个劲儿地强调陈远不是坏人。

陈远脸皮早就丢在了九霄云外，他只想着赶紧把事情办好，让其他几个被殃及的工友有活儿干。"叶老板，我在这儿正式给你道歉了，这件事是我先对不起你的，我也不要你的工钱。就是这个活能不能不转出去，还是交给我那几个兄弟来做……"陈远见叶问青没吭声，一咬牙，身子歪斜，竟要给他跪下。

老陈头吓了一跳，赶紧去拉他，但一想到什么，又硬生生地止住了手。

"你快起来！"叶问青哪里受得住，忙把人拉扯了起来。

陈远哀求道："他们都是被我逼着去做的，这件事你要怪只能怪我，跟他们没有啥子关系。"他现在只想要叶问青再给他们工程队一个机会，也不要什么高价钱了。"大家都是乡里乡亲的，你就再给我们一次机会吧！"陈远说到激动处，甚至落了泪，一把眼泪一把鼻涕。

可这种态反而让叶问青不喜，又不是他存心刁难，做出这副受害者的姿态，真让人不知道该如何说起。"陈大哥，我当初也是看在你的面子，想让大家都能实现共赢，但现在闹成这样，我确实是不敢再相信他们了……"

老陈头越发愧疚，叶问青说的话他又何尝不知道，"我知道这样做让你很为难，但……"他有些说不下去了，是自家兄弟对不住叶问青，到底没有那么厚的脸皮继续求人。老陈头在后面拉了下陈远，用低不可闻的声音说道："远儿，要不咱们把东西放下，回去吧……"

"可他还没答应……"陈远不肯死心，还打算再求上一会儿，都说年轻人心软，没准儿过一会儿叶问青就会同意了。老陈头臊得压根儿不敢抬头看叶问青，哪里还打算再留下，"你不走，我走！"陈远忙去拉老陈头，谁知这人铁了心要走，给叶问青弯了弯腰，像是被鬼撵似的，一溜烟的工夫就跑出很远。

"这叫个什么事儿啊！"陈远一拍大腿气得不行，本来在家里说好了的，让老陈头来中间说和，谁知他竟如此不靠谱，早知道就不带着他一块儿来了。

叶问青把他们带来的香烟还了回去，语气平静，道："东西我就不收了，至于土屋剩下的活儿，我会再考虑一下。"

倒也没有一口气回绝，陈远便看见了希望，忙哈腰点头："您大人不计小人过，那些活路就交给兄弟我来做嘛。"

叶问青被劝说得有些烦了，本来就说好了要再考虑一下，这样步步紧逼，不就是想让他松口。"我说了，会考虑一下的。"待话落，叶问青猛地将大门关闭，他转身回到了自己的房间里，继续之前的工作。

屋外的陈远愣了一会儿，看着之前自己亲手砸烂的玻璃窗，不知道什么时候又重新安装了一块新玻璃，好像是有些过意不去了。听老陈头说，这个年轻人是名校毕业的，读了十几年书，却还是愿意回到乡下。他花了一大笔钱重新修整了造纸坊，又去找人合作谈生意，虽然很艰难，但始终一步步往前走。

叶问青不只是为了自己一个人，他的造纸坊内有好几个工人，这也给村子里的村民提供了一些就业岗位，让他们在家门口就能赚钱，不必再拎着大包小包跑出去打工了，如果在家里就能赚到钱，谁还愿意背井离乡？

陈远胳肢窝底下还夹着一条香烟，他舌尖顶了顶熏黄的牙齿，心头百感交集。

提心吊胆地过了几天，直到老陈头让几个工友继续拿家伙去干活，陈远一颗心才终于落地，不再高高悬起。

"要我说，人家小叶是真心为了咱们村子，他打算把这一片区域全都改造了，到时候吸引游客过来，咱们在这儿开个小店做生意，随便卖些东西也够生活了。"老陈头敲着铜勺上的猪饲料，认真地说道："你们就别再琢磨那些歪点子了，想要把日子过得好，打歪主意是绝对不行的，只有靠着自己勤劳的双手去劳作，才能真正让自己过上好日子。"

"哥老倌，你说得对，以前是我目光狭隘了，尽做些不长脑壳的事情。"陈远搬了张小板凳坐在院子里逗狗，他看着其他几个工友，说道："我还说你们各个是憨包，不晓得为自己谋利，但现在我晓得了偷奸耍滑是要不得的，还是得诚信做人。"

工友道："老大你不跟我们一起去做活路了啊？"

"不去了。"陈远摇头，叮嘱道："人家还愿意用我们，说明人家心善，但你们不能把他们当作什么都不懂得，给别人乱做活路。"

　　"晓得了！"工友痛快地答道。

第十章

清凉山木绣球花

01

过了中秋以后，空气中就多了许多凉意，晨起时甚至还觉得微寒。

窦淮叶起来在徐莉家吃了早饭，便上楼码字，她有时候灵感来了，就写个随笔，发在一些报纸的副刊上。刚把校对完的一篇稿子发到了编辑的邮箱，手机上就显示有一笔银行转账记录。

"个，十，百，千，万！"窦淮叶对数字不算敏感，看着那一串数字挨个数了一下，才算出来是多少，"一万九千多，今晚吃泡面可以往里边加根火腿肠和鸡蛋了。"

"不行，我得为造纸坊做些什么。"窦淮叶把手机抵在下巴，自己来乡下也有一段时间了，几乎把叶问青的这间造纸坊，看作是自己的创业成果，她也希望造纸坊可以走得越来越远。现在她能够帮得上的忙并不多，但能帮一点，就是一点。解决完所有工作后，窦淮叶去找到了叶问青。

阳光下的青年正在劈砍竹子，这段时间附近的土屋在施工，没有什么游客过来，趁着这个空闲工夫，叶问青又去山上砍了很多竹子。他看上去精力充沛，永远都不会感到疲倦一样。

"问青，你待会儿有其他事情吗？"窦淮叶注意到，叶问青是赤手拿着砍刀，这样在砍竹子的过程中，一不小心就很可能会划伤手。她知道以前叶问青的手是特别好看的，指甲修剪得恰到好处的圆弧形，皮肤细腻没有疤痕。但是现在他的手上因为长期浸泡水和做粗活，多了几条疤痕，还有茧子。

这些都是英雄的功勋章，但窦淮叶还是会心疼，心疼他原本握紧笔杆子的手，变得这样触目惊心。或许见到美丽消逝，本来就会感到难过。

"我想去市里买点儿东西，你要是有空的话，可以陪我一块儿吗？"这是窦淮叶第一次邀请叶问青陪她出去购物。她一向表现得比较独立，在大学四年期间，她远离亲人、小伙伴，早就把性子改了又改，虽然偶尔会表现出需要依赖别人的一面，但她已经不再是那个跟在他身后的小学妹了。

叶问青有些吃惊，把砍刀放下，"我……没什么事儿。"

看着他手足无措的样子，窦淮嘴角上弯，不知道为什么，他好像误认为她这是在邀请他去约会。"那我回去换身衣服，你也准备一下吧。"窦淮叶给他留出来充足的时间去消化，她走了几步，忽然冲着他挥手，"不见不散。"

从水桐乡到市里一个多小时，或许是他们运气好，今天搭乘的这辆大巴车比较新，也没有多少乘客。叶问青一路上都留意着窦淮叶，见她睡着了，轻叹了口气，看着自己喜欢的女生受罪，内心会生出很多很多的愧疚，这比让他自己吃苦受累更加难受。他暂时没办法给她提供更好的生活条件，甚至于，如果不是因为他，或许她也不必吃这些苦头。

阳光穿过道路旁边的树缝，照在人脸上像是蚂蚁爬，很不舒服，叶问青小心地拉了下窗帘，帘子卡住了。他索性张开手掌，挡住她脸上的阳光。

大巴车到站后，窦淮叶目标明确，一来就直奔卖家具的地方，卖东西的员工还坐在躺椅上呼呼大睡。"我想买玻璃柜，你这里有吗？"

员工瞌睡虫被赶跑了，起身道："有啊，你想买哪种的？多少尺寸？"

这倒是问住了窦淮叶，她只是临时起意，想来买些展厅用的玻璃柜，倒也没考虑这一层，更何况她数学不好，真让她记一串数字，她也记不住。"就是普通展厅用的那种玻璃柜，至于尺寸……"窦淮叶把求助的目光望向了叶问青，看来只有让他出马了，她怎么会知道要用多大的玻璃柜。

还以为她是来买些自己需要的东西，没想到是来买研学馆用的玻璃柜，叶问青压下内心翻涌的情绪，说道："你不妨先带我们看一下，我估量得也不准，只知道个大概尺寸。"

"可以。"这个员工倒是好说话，直接将二人带到了一联排的玻璃柜前，介绍道："这个是金橡木的边框，那边还有红胡桃、花木纹，也有寻常的白色、黑色、银色。"这人蹲下身子，将玻璃柜底部的一个小抽屉拉开，给他们看。"像这种的展示用玻璃柜，底下就带了个小抽屉，相当于一个收纳柜，你要是有什么零散的小物件，平时就可以放在里边，也不用担心丢了。"

叶问青上前摸了下边框，确实如这人所言是金橡木，他问道："像这种的是多大的尺寸？"

"一般是长 100 厘米，侧宽 35 厘米，高 200 厘米，你要是有具体尺寸，也可以自己报，我们记录下来定做就行。"玻璃柜里还安装了灯，店员把灯的开关打开了，玻璃柜的玻璃都在发光，"我们都用的是高透钢化玻璃，也不容易碎，不像有些劣质玻璃，可

185

能关房间门声音大了些，就把玻璃给震下来了。不过我们这个钢化玻璃就不会，除非你用榔头去使劲儿敲。"员工也示范性地用自己的手指敲了敲玻璃，"像这种力度去敲，玻璃一点儿事也没有。"

金橡木的玻璃柜被木制边框分为了两部分，但实际里边是用玻璃隔成了五个区域，每一层的区域都很大，可以摆放不少展品。叶问青想到之前在博物馆看到的那种比较低矮却很长的玻璃展柜，于是问道："像博物馆那种玻璃展柜有吗？"

"你说的这种展柜，一般都是定制的，可能需要一段时间，而且尺寸要事先量好了，才能开始制作。"员工耐心解释道："毕竟博物馆那种展柜讲求美观，尺寸都掐得比较准，不像我们这种已经制作好了，要是没有什么特殊要求的话，可以直接买回去使用。"他见叶问青和窦淮叶比较年轻，试探性问道："不知道您二位是想买回去做什么用的？"

"我们在乡下有间造纸坊，想再搞一个研习馆，专门放些东西作陈设。"

"那你们来对地方了，我们这里的玻璃柜的质量绝对是数一数二的！"知道叶问青确实有这方面的需求后，员工的态度一下子变得更加热情，要是做成了这笔买卖，他也能抽个提成。员工一一给叶问青和窦淮叶介绍每种木材的区别，当然更多的话题还是跟叶问青在聊，窦淮叶只是负责在一旁听，她不是很懂这些知识。

走到一个沙发前，窦淮叶举手，道："我申请坐一会儿歇息下。"她走了一圈，脚都走疼了，这两人倒是聊得热火朝天。

"那您坐，我再带着您男朋友往那边转一转，再看看其他柜子。"员工把他柜台上放的一盘瓜子端了过来，热络地抓了一把，"别客气，就当是自己家一样。"

窦淮叶看向被误认为是她男朋友的叶问青，把瓜子分了一些给他，笑着道："那你们再看看呗，可别看太贵的，我要买不起咱俩就丢人了。"

叶问青接过瓜子，三两下就剥出来，又示意她伸出手，把剥好的瓜子还给她，"你就在这儿等一会儿吧，我看看就过来。"窦淮叶看着手心多出来的瓜子仁，疑惑地看了眼叶问青。

"怎么了吗？"

"没事。"窦淮叶摇头，她也没有想到叶问青会给她剥瓜子吃。

叶问青和员工走了没多远，迎面而来的两个打扮看上去比较森系的女孩，一个捂着嘴小声和同伴说话，另一个表情比较羞赧，不断地把叶问青和手机比较。

这是在做什么呢？难不成是冤家路窄，情人久别重逢？可叶问青不像是这种人，况且这两个女孩的表现也不像，真论起来，蒋承奕才比较像那种薄情寡义之徒。窦淮叶嗑着瓜子看着这两个女孩掏出手机和叶问青合影，不像是寻仇的，倒有几分她小时候追星的模样。叶问青什么时候出道的？她觉得好笑。

等了没多久，看完所有展柜的叶问青回来了，他仿佛知道窦淮叶瞧见了刚才那一幕，所以有些脸热，"你看见了？"

窦淮叶取笑道："我还以为你会装作什么也不知道呢。"

"我不想瞒你。"叶问青揉了下她的头发，坐在她身边，解释道："那两个女孩是看见我之前在小红书上分享的非遗知识，可能是附近的人，听说过关于我的事情，刚才认出我了就来打个招呼。"

"你也和秦溱一样开始做自媒体了？"难怪她觉得造纸坊的生意好了许多，看来还是得利用网络去宣传自己才行，就像她写小说一样，提高自己的知名度和影响力，才能带来更多的收益。

"嗯，学着做了一段时间，但粉丝增长速度不算快。"

"这事儿急不得，毕竟不算是正儿八经搞运营的，但你出来还能被粉丝认出来，就说明目前做得还是挺不错的。"窦淮叶想起之前刷小红书时，在首页看到过类似的推文，没准儿还是叶问青发的呢。她想了想道："要是有空可以找秦溱聊聊天，她应该会很乐意帮助你的。"

秦溱自然是乐意的，那天去小草垛庄园，临走前她说的那番话，如此直白热情，简直就是在阐明自己的心意。

"之前有聊过一些关于运营的话题。"叶问青明显看见窦淮叶的表情变了一下，虽然她很快就掩饰了过去。

"你们私底下还聊过天啊。"似乎空气中飘来一股酸溜溜的味道。窦淮叶还真没想到叶问青和秦溱之前聊过天，不过想来也正常，秦溱懂得运营和直播，有这样具有丰富经验的人不去咨询，简直就是浪费资源。

叶问青不想让她误解，虽然看她吃味的样子会有一些开心，"只是聊了几句关于运营非遗的事，其他的就没有聊了。"

窦淮叶暗暗松了口气，却装着大方的样子，说道："噢，这样啊，我不是说你不可以跟她聊天，你们聊聊天也没什么的。"明明不希望他和别的女生聊天，窦淮叶真想把自己嘴巴缝上。

02

由于尺寸的问题还没确定，窦淮叶和叶问青跟店员商量好了，对方自己下乡来量尺寸，再拿回去定做。工人们依旧每天都在忙着施工，叶问青时不时过去看一眼，留意着各种细节。

窦淮叶留在乡下也没什么事情做，码完字后就和姜可闲聊。

"要命，我妈让我这周去相亲……"

窦淮叶瞳孔放大，在床上翻了个身，手指飞快地打字："不是说那个'高材生'不靠谱吗？怎么还去相啊？"

"不是那个人了，我以离家出走来威胁我妈，她还真不逼我嫁给那个凤凰男了，结果歇了没几天，又跟我说隔壁家的张叔叔介绍了他的小舅子。"

"所以是换了一个人去相亲？"

"是……"

姜可恨得直捶桌子，她怎么就摊上了这样的父母，非得逼着她跳入火坑。她年纪又不大，难道是嫁不出去了吗？或许在父母眼中，她即便是嫁错了人离了婚，也比单身未嫁要强上许多，也不知道这种思想是从哪里传下来的，难不成当初解放的时候没有通知他们？

"小姜，谁惹你生气了，这都气得砸桌子了？"办公室内有同事从旁边走过，随口调侃道。姜可不太想把自己的私事说出来，便道："没什么，就是手酸了，我活动活动。"

"哟，那你可得当心别得腱鞘炎了。"敲键盘的人都容易得这个毛病，一得上就疼得要命。姜可匆匆应付了几句，赶紧给窦淮叶发消息说自己先忙工作了，她一想到周末要去相亲，就头疼欲裂。

等到了周末这日，天气晴朗，她家楼下的花店新进了一大桶红玫瑰，还没完全开，正浸泡在水桶内醒花。姜可盯着玫瑰看了一会儿，要说不觉得遗憾，那是假的……

她这么些年一直认真读书，考上大学后想谈个恋爱，家里人不允许，就耽搁了，直到毕业工作，父母开始催促起来。她对于爱情也有美好的憧憬，也想过自己喜欢的人手持漂亮的花束，站在她家楼下等候着她。想象总是美好的，而现实就是用来负责打破一切美好。

上次相亲的那个"高材生"莫说是给她送花了，就连两个人出去见面吃个饭都想要她掏钱，姜可最讨厌抠抠搜搜的男人了，不是说不能节约，节约是自古以来就有的美德，但抠搜不是。特别是一个只对别人抠搜，但对自己格外大方的男人。

姜可觉得自己是倒了八辈子的霉，才会遇见这类人，希望这一次的相亲对象不再像这样抠搜，没准儿她还能和他多接触一会儿。姜可以一种视死如归的心态打了个车去赴约。

见面的地方是间西餐厅，看样子至少在人均消费三百块以上。推开门，就见柜台边站着一个西装笔挺的男人。他戴着金丝眼镜框，梳着整齐的油头，窄脸，嘴唇极薄，有种精致漫画男的感觉。姜可和他对上视线，不会这个人就是她的相亲对象吧？

"你好，请问你是迟衡吗？"她试探性地问了一句。

没想到那人用食指推了下眼镜框，道："是我，你是姜可？"

"那我没认错人了。"姜可没想到张叔介绍的人会是这个类型的，一时间之前想好的话，全都说不出口了。毕竟这人年轻又爱干净，还懂得打扮自己，不像有些男的邋里邋遢，隔老远都能闻到一股头油味。

"请坐。"西装男迟衡帮忙拉开椅子，看上去温柔又体贴。

姜可对其好感度往上加了几分，道了声谢。等餐期间，姜可想问一下对方是什么想法，万一也是被迫过来相亲，正好可以说清楚。

"我觉得我们在一起以后，你能从我这里 learn（学习）到很多东西的，毕竟我比你 old（年长）几岁。"

对方猝不及防地开口，让姜可陷入了一秒钟的迷茫，中文夹杂英文？她喝了口免费的白开水，尴尬道："那个，你平时也这样讲话吗？"

"对的，在生活中都这样，以后中国要 go（走）向国际化，English（英语）必须掌握。"迟衡稍微整理了下领结，露出一个笑容来。

姜可头有些大，迟疑道："我英语不太好，也不喜欢这样讲话，可能我们不太适合……"

"我都说了，你和我在一起我会 teach（教）你很多事情的。"迟衡直接握住姜可放在桌子上的手，"包括你 work（工作）中、

learn 中、life（生活）中，有不 understand（理解）的事情都可以 ask（问）我。不耻下问也是一个 good（美好）品德。really（对吧）？"

"yes（是）……"姜可抽出手，微笑着点头。

"你 learn 得很快。"迟衡毫不吝啬自己的赞美，"其实如果你 world（世界）用得好，我甚至可以把你招来做我的 assistsnt（助理）。"

"什么意思？"

迟衡道："怎么了，你有什么 trouble（困难）吗？"

姜可道："大 trouble 没有，小 question（疑问）倒有一个。"

"但说无妨。"

姜可反问道："怎么才能把 world 用好呢？我的 world 我做主吗？ world 天 world 地 world 世界真美丽？"

"你这是什么意思？"迟衡没有想到姜可会用这种语气反问他，强调道："我是说 world 是一个文职人员必须要掌握的工具。"

"笨蛋，是 Word（办公软件）！"姜可忍无可忍，这个装蒜精，国内可不许这样放洋屁，"我还有事情要忙，不说了。"姜可起身，作势要走。

"你真的那么 busy（忙碌）吗？一个小职员能 busy 到哪里去？"迟衡也站起身，拉着姜可的手腕，稍微使劲儿，"tell me（告诉我）你的主管是谁，我在你们那里高层 friend（朋友）很多，可以不让你那么 busy。"

一瓶红酒从姜可和迟衡中间划过，让二人被迫分开，迟衡看着眼前这个同样西装革履，但是面上表情桀骜不驯的男人。蒋承奕不屑道："你这 English 说得我 one（一）愣 one 愣的。"

又一次被撞见自己狼狈的样子，姜可都想找块豆腐一头撞死了。太丢人了！

迟衡由头至尾上下打量着蒋承奕，见他衣着不凡，又觉得奇怪，问道："你和姜可认识？"

191

"是啊，我俩认识好多年了。"蒋承奕把红酒放下，一只手攀在姜可的脖颈处，撩着她鬓边的碎发，动作暧昧，"怎么，你想追她？"

迟衡不可思议地看着姜可，"我 think（认为）出来相亲的都是单身。"

说得好像谁不是一样，但此刻姜可并不想解释什么，只是抱歉的表情看着迟衡，就像是默认了蒋承奕的话。

"old（老）天爷！你太伤我心了！"迟衡愤怒地推开椅子，拢了拢西装外套，随后头也没回地走了。

"哈哈哈哈！"下一刻，蒋承奕捧腹大笑，哪里还有之前英俊潇洒的模样，不过这样子的他才是姜可最为熟悉。"不行了，我笑得肚子都疼了，go 向国际化……"

姜可一脸黑线，没忍住拍了下他的背，嗔怪道："你刚才全都听见了啊？"

"我刚才就坐在你们后面那桌，可能是有盆栽挡住视线了，所以你没有看到我。"蒋承奕点了点头，眼角都笑出了泪花。"但凡他 say（说）得不好笑一点，我也不至于要 laugh（笑）抽了！"

"不要笑 die（死），好好地 live（活）。"姜可放弃治疗了，她也觉得这个叫做迟衡的男人太好笑了，不知道是不是故意为之，简直就是来搞笑的嘛。她坐下来，看着犹豫是否要上菜的服务员，道："送过来吧，正好我俩一块儿吃了。"看样子她今天又得破费了，真是倒霉！

"我就恭敬不如从命了。"蒋承奕坐在了迟衡之前坐的位置，刚坐下，就笑着道："你生日快到了，我送你一份礼物。"

原本姜可不太开心，闻言有些不敢置信："啊？你居然记得我生日啊。"

"一直记得啊。"蒋承奕从自己西装内掏出一个包装精美的首饰盒子，"给你，你自己打开看看吧。"

姜可也不忸怩，依言把盒子打开，里边装着一条圆润的珍珠串成的项链，蓝水晶的坠子仿佛美人鱼落下来的眼泪，晶莹剔透。她从中取出项链放在手心，这个颜色很显白。

"谢谢，我很喜欢。"姜可情绪有些激动，这还是第一次被别人赠送如此珍贵的礼物，她好像感受到了对方的用心。

蒋承奕愣了下，端起手边的水杯，喝了一口，掩饰道："你喜欢就好。"

03

送姜可回家后，蒋承奕才开车回自己家，推开门，蒋母坐在客厅看电视剧，问道："喝了酒？"

"一点点。"

蒋母起身给他倒了杯温开水，"待会儿去洗漱了就早些睡，看你最近好像挺忙的样子。"

"嗯……"蒋承奕紧握着水杯，抱歉道："妈，我忘了给你买生日礼物了，对不起。"

"又不是以后不过生日了，下次记得就行了。"蒋母哈哈一笑，并没有将这件事放在心上，反而心疼自己儿子工作辛苦。

蒋承奕却十分愧疚，他不仅没有送给母亲生日礼物，还在这件事上撒谎了，但他又不知道该如何跟蒋母说这件事。停顿了一会儿，蒋承奕开口问道："要是我给一个女孩送礼物，您会生气吗？"

蒋母是过来人，见这情况，便知道自己儿子动了其他心思，但他现在还在事业上升期，最好不着急谈恋爱，即便是要谈恋爱，也应该带到家里来让她过目才行。

"我怎么会生气，你要是有了喜欢的女孩，抽空带到家里让我看看。"蒋母一时有些难以接受自己儿子有了喜欢的女孩，想到今天还是第一次没有给她带生日礼物回来，不由得更加失望了。会不会是把原本属于她的礼物，送给了那个女孩？蒋母心头稍微有些不愉快，说了几句话后，就借口困了，回房间睡觉去了。

蒋承奕看着紧闭的房门，不合时宜地想到了上次姜可过来借住的场景。有时候就不得不感慨缘分二字，他本来也是约了人过去谈事，仔细打扮了一番，谁知道还是被人放了鸽子，不过还好，英雄救美了。他笑了下，应该算是英雄救美吧。改明儿得去首饰店再给妈妈买一条项链作为补偿才行。

"天气预报，十月二十四日，霜降，晴，气温 20 摄氏度……"

叶问青将床头的手机关上，起身揉了揉头发，最近气温很适合睡觉，连他都产生了很多的惰性。推开窗户后，带着竹叶清新的风直灌而入。这几天施工队已经顺利完工，定做展柜的工作人员也上门测量了一下尺寸，眼下需要做的事情就是等待。

他快速洗漱完，准备去和一个早就约定好了的人见面，时间不过两三天，叶问青简单收拾了几件换洗衣裳，并没有带太多行李。他给窦淮叶发了条消息，说明了要去趟外地的事情。

"你要去哪个地方？"幸亏窦淮叶也在乡下，不过几分钟的时间就赶了过来，她的长发有些乱，甚至有几缕头发打结了，她也顾不上梳理。

叶问青拿了梳子，示意她过来坐在床边，他不轻不重地为其梳理长发。"南京，对方手里有六页保存得很好的唐代黄麻纸，我想过去看看。"

窦淮叶有些懵，这里距离南京几千公里，不算近，既然他想去看看，说明那几页黄麻纸保存得很好，而且具有一定的收藏价值，"我陪你一块儿，可以吗？"窦淮叶反手握住了他拿着梳子的手。她的眼神温柔如水，一点点浸润下去，他就像那些被砍伐的竹子，逐渐溶解、分散，与水化为一体。

"好。"

"六朝金粉地，金陵帝王州"。南京古称金陵，中国四大古城之一，是一个钟灵毓秀、虎踞龙盘的好地方。窦淮叶心情激动，她还没有来过南京，要不是这次陪叶问青过来，可能还不知道要什么时候才会过来。

"我们先回民宿，把东西放下吧。"叶问青提前订好了民宿，位于君子兰花园，他们从三号线大明路地铁站出来，步行了大概10～15分钟，小区门口栽种了一排黄澄澄的银杏树。

这是老小区了，大部分都是两三层楼的小独栋，房间五十几平的样子，带有单独的卫生间。两人按照房东发来的信息，顺利找到房间，输入密码后，打开门是很典型的中式装修风格，还折了一枝花插在瓶内。窦淮叶住在另外一间房，从她房间的窗户可以看见小区外的银杏树。

中午去外面的餐馆吃了点当地特色食物，窦淮叶用瓷勺舀着酒酿豆花冻，问道："那人说在什么地方见面呀？"

"清凉山。"叶问青觉得这人挺有情怀，转卖黄麻纸还专门找了个风景区，"等把黄麻纸买了回来，我们就出去逛一逛。"

清凉山曾经被叫做石头城，有"六朝胜迹"之称，诸葛亮曾说金陵的地势是虎踞龙盘，其中的虎踞，便是指的现在的清凉山。来到清凉山，游客众多，叶问青和窦淮叶一边欣赏着路上的风景，一边往和对方约定好的地方走。进入崇正书院，两株木绣球长在殿前石台上。此刻木绣球居然还有花瓣，白花绿叶掩映着充满古意的窗枢和廊下挂着的灯笼。

窦淮叶没忍住掏出手机，对准木绣球拍照，大片的白色绣球花，在镜头下有些过曝，要是阴天来或许效果会更好。待她收起手机，一只牛奶猫从花枝后伸了下爪子，懒懒散散地打了个哈欠，向前伸展前肢。"问青，你看有只猫哎！"窦淮叶惊讶出声，她很喜欢小动物，特别是这种软萌又毛乎乎的猫咪了。

叶问青注意到从走廊的另一头走来一个穿着中式短袖的中年人，这人手腕上佩着一串珠子，走近了便可以嗅到从他身上传来的檀香味。这种檀香不是临时喷洒上去的，而是经过长年累月的熏染，才会散发出来。突然有种奇异的感觉，他知道这个人就是和自己约定好了要在这里交付黄麻纸的人。

"你可以跟它玩一会儿，它很喜欢跟人类一块儿玩。"来人弯下腰在牛奶猫的脑袋上摸了一下，猫咪舒服地眯着眼，很享受这一刻的状态。

窦淮叶好奇地看着这个人，问道："您是我们要找的人吗？"

"是，或者不是。"他见小猫去咬食绣球花，却不阻拦，而是邀请叶问青和窦淮叶往里走。在一个石桌上放着一个雕刻了繁花的木盒子，上面的红漆都斑驳了，看得出来已经上了年份，在收藏里边东西的同时，木盒子也在慢慢地变成值得被收藏的物件。

这个人心真大，居然把黄麻纸放在这儿，然后独自去找猫去了。

似乎读出了窦淮叶的心声，这个人笑道："东西本来不值钱，只是我们赋予了它价值，所以它才变得值钱。其他人偷了这个也没什么用处，一拿出去就烂了，还没现在市面上最便宜的手纸做得好，谁偷这个呀。"

话虽如此，但唐代的黄麻纸拿出去贩卖，至少也在一万块左右。这人把木盒子上的小锁打开，并不直接上手拿，而是示意叶问青过来看。"我知道你有家造纸坊，是行家，所以也不骗你什么，你自己看看，要是看中了，就带走吧。"

几张薄薄的被药汁染透的黄麻纸静静地躺在盒子里，纸上还写了一些字。"及早诚心把功做，莫把银钱太认真。虚空地母把号挂，脱凡成圣登天庭。大忠大孝大结果，大慈大人仁永长生……"黄麻纸上写的字窦淮叶居然看得懂，还一口气念了出来。

叶问青笑看着她，道："如果我没有记错的话，应该是《地母真经》。"地母观念始于史前时期，影响较深。

　　"看来你我二人还真是有缘。"卖家把木盒子连钥匙带锁全都交给了叶问青，他道："我收藏东西向来讲究一个缘分，现在看来它与我的缘分已尽，该是时候送走它了。"

　　见叶问青要拿手机给他转钱，这人连忙阻止："不谈钱，你既然诚心过来了，我又怎么好意思收你的钱。你把它带回去，好好放在你的展柜里，让来玩的游客都能看到这几张黄麻纸，就是给我最好的报酬了。"

　　叶问青在网络上发布了要购入一些黄麻纸的消息，没有想到就被这个卖家看到了，说到底还是他们两个人的缘分，否则怎么就在茫茫人海中，看到了这条消息。

　　解决完这件事后，时间还早，叶问青看了眼时间，才三点多一些，"去音乐台喂鸽子吧？"他主动伸出手。窦淮叶毫不犹豫地与他相握，"好啊。"他去哪儿，她就去哪儿，天涯海角，她都愿意去。

　　南京的音乐台是个著名景点，过来游玩的外地游客依旧不少，无数只白色的鸽子在天空盘旋，一圈圈地飞翔不知疲倦，观看台依照半圆形摆放，一列列往下，有游客发出了惊呼声，许多人举着手机拍照录像。

　　播放的钢琴曲，窦淮叶听来觉得耳熟，浑身的鸡皮疙瘩都冒出来，她记起来了，这是读高中时，学校晚自习之前广播站经常放的配乐。窦淮叶想起两人在高中时期相遇，那种美好又朦胧的感觉，让人一辈子都刻骨铭心。

　　此刻她喜欢的人就在身侧，窦淮叶握紧了与叶问青纠缠的手。从高中到大学，再到如今，人生又有多少个七年可以去等待。她喜欢叶问青，她不想再和他错过了。

"问青。"窦淮叶低声唤他的名字。他听见了，却又听不太清晰，于是垂下头，在她面前，问道："怎么了？"窦淮叶猝不及防地浅吻了下他的唇角。

叶问青浑身僵硬，全身血液都往脑中灌入，目光落在了她娇憨的脸上，如月牙般弯弯的眉眼，对于他有着致命的吸引力。他觉得自己一向沉稳冷静，此刻却失控般的扶住她纤细的腰身，带着那些未说出口的情意，吻上了让他思慕已久的柔软上。

他吻得很轻，很温柔，像是在品尝一片最矜贵的花瓣。

窦淮叶脑子一片空白，嗅着他身上让人迷醉的竹叶清冽香气，不由自主地将手放在他的腰间，她明显感觉到对方的呼吸浓重了些，大手硬生生挤进指缝，与她十指相缠。

人不可能对自己的身体撒谎，他渴望得到她。叶问青伏在她脖颈处低喘，眼尾有被压抑的欲望，身上很烫，她挨着他，像是要融化了似的。

04

直到回民宿，叶问青的脑海中还是不断回想着在音乐台的那一幕，不知是夕阳染红了他的耳垂，亦或是其他缘故。叶问青深呼吸几口气以后，才将内心的激动稍微平静了些，他突然有些懊恼，他爱慕她，一时情难自抑，这会不会给窦淮叶留下了不好的印象？她似乎回到民宿后，就没有再来找过他。

叶问青犹豫了半个多小时，见差不多到了吃晚饭的时间，重新去洗了个脸，又整理了下头发和衣着，这才去敲响了窦淮叶的房间门。"你饿了没有，出去吃饭还是点个外卖？"今天走了好几个地方，女生的体力不如男生，她应该走累了吧。

"要不点个外卖吧，我不太想出去……"窦淮叶面露尴尬的神色，她换了身衣服，并不是下午出去时穿的那一条裙子。

叶问青道："好，那我待会儿点两份外卖。"

话已经说完了，窦淮叶依旧面露难色，手臂不自觉地捂着肚子，看上去不太舒服。叶问青意识到她正处于生理期，耳根熟透了一般的红。

"你先回去吧。"窦淮叶艰难地挤出一个笑容，挥手示意他赶紧回自己房间，别在门口待着了。她小腹疼得要命，早知道就带几包益母草颗粒冲水喝了。

关了门，可是没有听见对方关门的声响，反倒是听见了下楼的声响，窦淮叶不知道他去干嘛了，她现在也没有那么多心思管别人。她像只虾米蜷缩在床上，手脚都冷得像是刚从冰柜里拿出来一样。过了十来分钟，也可能没这么长时间，窦淮叶听见有人敲门。

"这个给你，可能会有些用。"门外的人依旧是叶问青，他应该是跑着回来的，额前的头发被汗浸湿了。他手中提着一个黑袋子，看上去神神秘秘。

窦淮叶接过看了一眼，是她正需要的东西，可她还没来得及告诉他，他就已经帮忙买回来了。"啊，谢谢啊……"气氛真的很尴尬，窦淮叶的脚趾都快抠出三室一厅了。

正好外卖小哥提着外卖上楼，对了一下楼层，觉得这两个人还真奇怪，不进家门，在门口站着玩。窦淮叶拿了一份外卖就钻进了房间，她还是先不见叶问青为妙，免得两个人都觉得尴尬。好在他们接下来也没什么事情要忙，所以不必到处跑。

窦淮叶在民宿内多歇了几天，才和叶问青出去逛景点，她有个私心，带着叶问青去了鸡鸣寺逛了一圈。听说鸡鸣寺求姻缘很灵，她希望能够和叶问青长长久久。

等重新回到水桐乡，造纸坊旁边的土屋已经改头换面，依旧保持了原有的风格，但里边全都装修一新，只是缺少了展柜和介绍牌。

徐莉知道叶问青和窦淮叶两个人出去旅游，吃醋得不行，可她无可奈何。"叶哥，这次出去有什么收获吗？"

叶问青把之前收来的那个木盒子打开，露出里边的几张完整的黄麻纸给她看，并且说道："本来是打算花一万块收下的，但是对方心善，并没有收我们的钱。"虽然黄麻纸不容易被虫蛀，但时间久远的纸张还是会有一定程度的损坏，很多黄麻纸都变朽了，这几张黄麻纸保存得真不错，所以价值也比较高。

徐莉见他们是真的出去收黄麻纸，而并非单纯地玩乐，倒没那么生气了。"你们先在门口等一会儿。"她转身进去，端了一个陶瓷盆出来，盆子里装了一些水，水面上还飘着几片新鲜的柚子叶。徐莉用柚子叶沾了水，在叶问青和窦淮叶的身旁洒了一圈，"出门远归的人回来都要接风洗尘，你们别嫌麻烦。"

窦淮叶觉得这些习俗挺有趣的，以前民众思想未开化，产生了许多的文化糟粕，但有些习俗却是寄托了人类最美好的祝福。就比如徐莉用柚子水给他们接风，窦淮叶都觉得她这是有心了，若不是真心挂念，又怎么会专门去树上摘叶子？虽然她很有可能是沾了叶问青的光，但这个心意，她不能不收下。

徐莉做好了一切，准备端着陶瓷盆去倒水。

"徐莉！"身后窦淮叶喊住她，从自己随身的托特包中找到一个精美的红色护身符，说道："这是我和问青去鸡鸣寺求来的护身符，能给人带来好运，希望你能收下。"红色的护身符做工精美小巧，很适合挂在手机上，也可以随身揣在兜内。

徐莉哪里想过窦淮叶会给她带礼物回来，忙看了眼叶问青，见他点点头，擦了擦手上的水，接了过去。"谢谢。"这一声道谢她说得不怎么甘愿，要是和叶问青去鸡鸣寺游玩的人是她就好了，她曾经无数次在脑海中设想过和叶问青在一起的日子，但是这些以后都不会实现了吧。她曾以为他清心寡欲，不会喜欢上任何一个女生，以为自己就在造纸坊工作，可以近水楼台先得月，一天不行就一百天，总有一天会感化他的吧。谁知道叶问青的心早就被人占据了，而这个人还是她十分厌恶的窦淮叶。

叶问青回乡后，商场的工作人员很快就安排工人把几个展柜送了过来，因为早就量好了尺寸，所以放进去完全合适。将收来的一些藏品放在了展柜里，又摆放了介绍牌和壁灯，终于有了他在博物馆参观时的那种感觉。

而这一切不仅仅是他一个人在付出，许多人都在为了促成这件事而努力。

叶问青眼眶开始泛红，说句实话，支撑着他走到现在的，正是他身边的好友和政府的支持，如果没有这几方的人力、物力、资金的支持，他的造纸坊绝不会做到现在这一步。从黄麻纸造纸坊，到扩展成黄麻纸研习馆，他们虽然走得很慢，但只要坚定不移地往前直行，终有一天会实现自己的目标。

研习馆已经装修完，只差门匾还没完成，门前那一大块区域也暂时没想好用来做些什么。门匾上的"黄麻纸研习馆"这几个大字，原本叶问青想自己来写的，但他知道文联的周主席毛笔字不错，况且这件事也是他一手促成的，便有心邀请他来给研习馆题个字。叶问青亲自给周主席打了一通电话，将此事说明。

"你把时间跟小姜说一声，我到时候安排一下就过来。"没想到周主席果断答应了这件事，他为人爽快，身上并没有自恃清高的架子。

05

周一这天，蒋承奕专门请了个假，准备来乡下见证研习馆的"诞生"。他喜气洋洋的样子感染了蒋母，蒋母知道叶问青在乡下有间造纸坊，早就想去参观，正好借此机会一同过来了。

用来作门匾的木材质感轻盈，是具有高透明度的胡桃木，叶问青端了笔墨和砚台出来，专门等着周主席来为门匾题字。如此重视，也让周主席非常受用。

借着周主席题字的空闲，姜可笑道："你快看我们主席这笑开怀的样子，真逗！"

"谁不喜欢自己被人尊重呢。"窦淮叶也笑了，她倒是觉得周主席这个人不错，能把心思放在乡村振兴上面，并不像有些干部光领工资不干实事。

"他这手毛笔字写得真不错，很多人都想讨一份拿回去挂在墙上做装饰，只不过我们领导一般不给人写字。"姜可看着那题好的几个大字，问道："你觉得和叶问青的字比较，哪个更好？"

"我又不懂书法，但是从内心讲，我觉得问青写的字比较漂亮。"窦淮叶是真的觉得叶问青的字不错，夸赞也是发自内心的。

姜可撇了撇嘴，道："你这哪是从心出发，分明是从脑出发。"

"哼。"窦淮叶瞥见她脖子上戴着的珍珠项链，笑容暧昧，问道："你这项链是哪个相好送的呀？"从色泽和光润程度来看，这项链可值不少钱。"不会是那个新的相亲对象送的吧？！"要是第一次见面，对方就送了这么贵的项链给姜可，说明很是看重她，而依照姜可的性格，她不喜欢对方肯定也不会接受对方的礼物。窦淮叶惊讶道："你这是答应和他在一起了！"

"怎么可能！"姜可提起那个喜欢放洋屁的西装男就止不住笑意，她笑得都快长出腹肌了，好半天才停下来。真可惜窦淮叶没看到那个时不时拽英语的西装男，否则她笔下的奇葩角色又多了一个原型。姜可擦了擦眼角笑出的泪花，说道："你是不知道张叔给介绍的那个男的有多奇葩，人家约了我去西餐厅，每说一句话都夹一个单词，我说不合适，他还非不信。"

"然后呢？"这样一说，窦淮叶反倒起了好奇心，看样子姜可对这个相亲对象的印象不算好，那怎么还收了别人的礼物？

姜可道："我本来打算要走了，他拦着我不让走，结果蒋承奕不知道从哪儿冒出来了，还说了些意味不明的话，人家误认为我和蒋承奕有什么关系呢，气得直接走了。你是不知道，这个人点的餐好贵，一顿饭吃了我一周的饭钱，幸亏蒋承奕来了，跟我一块儿吃了，否则我得心疼死！"那一餐姜可吃得记忆犹新，倒不是食物有多好吃，而是价格昂贵。

窦淮叶算是听明白了，原来是人家蒋承奕送的项链呀，当局者迷，旁观者清，她故意问道："同样是昂贵的饭菜，为什么你请蒋承奕吃就不心疼了？"

"这能一样吗！"姜可以一副看傻瓜的表情看着窦淮叶，"蒋承奕又不是什么外人，况且他还帮了我忙，请他吃顿饭而已，又不是什么了不起的事情。"

窦淮叶听了姜可对那个西装男的描述，不由笑道："或许你觉得那一餐的价格贵了，而那个西装男认为只是很平常的一顿饭，他平时也这样，并不是故意来敲诈你的。"

姜可仔细想了想，倒也不是没有这个可能，"张叔是退下来的干部，他的小舅子估计不会太穷，没准儿还真和你说的一样。"

"那你可亏了，错过了傍上大佬的机会。"

姜可满不在乎,说道:"谁稀罕傍大佬呀，等我混到他这个年纪，我也会是大佬。"人的价值在不同人眼中是不一样的，在姜可眼中，蒋承奕远比那个西装男更加矜贵，或许就连她自己也没有意识到这一点。

"所以你跟他说了些什么，或者他跟你说了些什么？为什么突然送了你一条项链？"窦淮叶很喜欢珍珠，觉得珍珠圆润有光泽，是贝壳经历了砂砾很长时间的磨洗才产生的物质。

说到此处，姜可有些不好意思，就连音量也放低了许多："他说我生日快到了，所以送给我的，我也不知道为什么突然就送我礼物了。我可没有主动向他讨要，我才不是那种被金钱迷昏了头的女人。"

看样子是蒋承奕主动送的，没想到这棵万年老树开新芽了，还让她第一个发觉。窦淮叶向姜可伸出手，道："你把项链借我一下，待会儿还给你。"好不容易逮到了蒋承奕的一个把柄，她可不能轻易放过了！

谁让当初蒋承奕知道她喜欢上叶问青后，找她要了好几个史诗级皮肤，让她气得牙痒痒，不给还威胁说要去告诉叶问青。俗话说得好，天道好轮回，上天饶过谁！今天不仅是叶问青的黄麻纸研习馆上匾额的好日子，还是他蒋承奕钱袋子血亏的好日子！

顺利拿到姜可的项链，窦淮叶怕弄脏了，就用自己眼镜盒的软布包着，喜滋滋地去找蒋承奕。"你看看这个是什么？"

蒋承奕陪着蒋母在吃茶果子，见状眉毛惊飞，赶紧起身，险些撞翻了手边上的盘子，"这是从哪儿来的？！"

窦淮叶装作无辜的样子，问道："什么呀，这个不是你给的吗，难道连你自己都不记得了？"

"你……"蒋承奕被她无辜的语气气得直咳嗽，这个窦淮叶！

第十一章

党的干部应像一粒种子

01

窦淮叶见目的达成，开心一笑，把项链小心放在了口袋里，捻了一枚桌子上的茶果子吃。

"慢点吃，这些茶果子都是我妈亲自做的，外面可买不到。"蒋承奕轻叹一口气，没想到今天还被这丫头给捏住了把柄，看来他的钱包要捂不住了，他借着拿茶果子走到窦淮叶身边，低声威胁道："项链还给我。"

"那你得先表示表示。"窦淮叶咬了口茶果子，她望着研习馆和造纸坊前的空地，总觉得这里还可以利用起来，再改造一下。

蒋母微笑着看着两人的互动，眼尖的她早就看到了软布中包裹着的是一条珍珠项链，她记得有次无意间和蒋承奕提及过，看样子是蒋承奕原本买了想送给她，却因为其他原因送给了窦淮叶。蒋母说不出来自己心中的感受，有些酸，又有一股怒气，就连口中的茶果子的清香，也被这两种情绪给冲淡了许多。如果这条项链本来不该属于她的话，她不会这样气恼，但现在项链没了，很可能以后儿子也会随着她离开，蒋母难以接受这点。

"叮咚。"手机传来了到账声音，窦淮叶满意地看着手机屏幕上显示的转账数额，这还差不多，她可以拿这笔钱给自己喜欢的游戏角色买几个新出的皮肤了。把项链还给了蒋承奕，窦淮叶道："记得还给别人，我可是说好了一会儿就还的。"

"知道了。"蒋承奕这番大出血了，气得咬牙切齿。

但他越是这样，窦淮叶就越是高兴，谁让他以前用叶问青来威胁她了，现在风水轮流转，今天就转到她这里了。"快去吧芬尼克狐！"

听见窦淮叶亲昵地叫他网名，蒋承奕直接翻了个白眼，无语死了好嘛！"妈，我过去办点儿事。"蒋承奕和蒋母简单交代了一下，这才过去把项链还给姜可。

等蒋承奕离开以后，蒋母才正儿八经地观察窦淮叶，这个姑娘她很早之前就见过，住在一单元，父母不常在家。以前好像还是和蒋承奕读一所高中，每天早晨都起得很晚，总是迟到。看样子不是个读书的料，也不知道之后考到哪所学校了。

这种被打量的视线让人很不舒服，窦淮叶拿了个茶果子，说道："阿姨，您吃茶果子。"

"嗯。"蒋母笑着接了过去，却不吃，捏在手里。

虽然是在笑，可不知为何从她身上传了压迫感，好久都没有被人吓到的窦淮叶，生出了想要逃走的念头。三十六计，走为上策！

正打算找个借口溜走的窦淮叶，忽然听见蒋母开口："你跟我们小奕是同学吧？"

窦淮叶又把抬起来的屁股重新放回凳子上，点了点头："是哎，他和叶问青是同一届的，他们都比我大一届。"

"噢——"蒋母拖长了尾音，涂了浅色指甲油的手放在桌子上，轻敲了几下，又问道："那你大学考的哪所学校？"

"川师。"

蒋母皱了下眉头，"川师不是985，也不是211院校吧？"

"不、不是……省重点而已。"窦淮叶硬着头皮道。啊，这也太难聊了吧，为什么她要这个时候过来……

蒋母端着架子，说起了蒋承奕："你知道小奕是985院校优秀毕业生吧，他这个人看上去比较亲和，和一般人都能玩到一块儿，但是对于未来伴侣的要求还是蛮高的。"

嗯？窦淮叶察觉到一丝不对劲儿，她好像误会了什么。

"他现在还年轻，才二十来岁，又处于事业上升期，依着我的意思是让他再工作几年，等事业到达一定程度，自己攒下一笔丰厚的积蓄了，再考虑成家立业的事儿。你觉得呢？"

窦淮叶差点儿没憋住笑，看来蒋妈妈是把她看作了未来媳妇，认为蒋承奕和她有个什么，但她怎么可能会喜欢上蒋承奕！"我觉得您所言极是！"窦淮叶掐着自己的掌心，才勉强忍住笑意，她装着严肃的模样道："现在还年轻，等他过了三十再找女朋友也不迟，都说男人四十一枝花，我看到四十再谈恋爱也不错，到时候什么白富美都任由他选。"

这个态度倒是让蒋母有些摸不着头脑了，她不是和蒋承奕正谈恋爱嘛，为什么可以如此轻松地说起这件事，难道是她的段位太高？蒋母清了清嗓子，道："倒也不用像你说的非得等到三四十了，这个时候别人的孩子都可以上小学，他过了二十五岁再结婚就行。我不反对他找自己喜欢的姑娘，只要那姑娘人品过得去，工作好，对他好，我就没话说。其实我也不是什么非得逼着儿子娶妻的恶婆婆，小奕自个儿喜欢才是最重要的。"

窦淮叶还以为蒋母是来棒打鸳鸯的，听她这样说，看来是真心实意为蒋承奕好，并不是要为他全权做主。这样要是姜可真喜

207

欢蒋承奕，与蒋母相处起来应该也不会很困难，"阿姨您说得对，只要蒋承奕自己喜欢就行。"

蒋母觉得自己话说得再直白不过了，怎么这姑娘还不坦白，难不成非得让她来揭穿这层窗户纸吗？

见蒋母有些坐立难安，窦淮叶笑了笑，用眼神示意她看向另一个方向，正在和蒋承奕一块儿蹲在地上收拾东西的姜可。

"这个女生是市文联的工作人员，事业单位，工作稳定，家里又是市区的，父母双职工有退休金，不必操心养老的事儿，独生女一个，没有什么乱七八糟的关系。最重要的是——蒋承奕喜欢她。"窦淮叶在心里暗道："蒋承奕这点小钱真是花得值，不仅让她背了黑锅，还顺便帮他解释了一下项链的去处。"

"你说小奕喜欢的人是她？！"蒋母"唰"地站直身子，直接把一盘子的茶果子全都撞翻在地上。终于知道蒋承奕的性格是随了哪个人……

窦淮叶为掉在地上的茶果子默哀了几秒钟，忍痛道："是啊，我可是把您当亲阿姨，这才说了的，您可千万要保守秘密。"

"这……"蒋母意识到自己刚才说的话实在是失礼，忙赔礼道："阿姨刚才误会你了，你可千万别往心里去。"

"没事儿，我和蒋承奕是好朋友，怎么会生您的气。"

蒋母张望了一下，见姜可和蒋承奕站在一块儿，看上去倒是郎才女貌，挺般配，刚才听了窦淮叶的介绍，这个姑娘很符合她对于未来儿媳妇的期待。"你要不再跟阿姨说说这个女孩的事情，阿姨以后给你做茶果子吃。"

窦淮叶觉得自己掩饰得挺好，怎么被蒋母看穿了是个吃货的本质？她倒不是想出卖朋友，只是觉得蒋承奕人不错，在眼皮子底下一块儿长大，没有混乱的男女关系，又是个能承担起责任的人。况且，他们互相喜欢呀，喜欢的人若是错过了，那该有多么的遗憾。

她不忍心见姜可顶着巨大的压力去相亲，更不想看到自己的闺蜜嫁给一个不知道根系的男人。出于自己的私心，窦淮叶想在蒋母面前多说一些姜可的好话："阿姨，她真的是个特别好的女孩，打小就成绩优异，她很热心肠，经常帮助别人；她很有包容心，明事理，说做就做绝不矫情；她也有自己的梦想，为了自己的事业而奋斗……"

窦淮叶从未如此认真地说道："您是蒋承奕的母亲，自然了解他，如果不是一个特别优秀特别善良的女孩，他肯定不会动心的。"

过了许久，蒋母才真正接受了这一讯息，她微微点头："我知道他的性子。"罢了，孩子长大了，有自己的想法，她从来不愿意做束缚风筝的线。

"啊，对了。"窦淮叶主动提及了那条珍珠项链，有些不好意思道："我刚才拿过来的那条珍珠水晶项链，应该是他要送给您的吧，只是后来阴差阳错送给了姜可。要不然让蒋承奕重新再买一条送给您，谁让他见色忘亲呢。"

蒋母琢磨出味儿来了，笑着说道："你刚才是来找小奕要点'礼物'的吧。"

窦淮叶红了脸，被人看出来了啊。

"没关系，他发了工资，就让他出出血。"蒋母抬了下小巧的下巴，涂了指甲油的手指着叶问青，问道："那你喜欢他吗？"

02

她喜欢叶问青吗？答案自然是肯定的，窦淮叶脸红了，羞赧地如野樱桃花，垂下头，轻"嗯"了声。

"其实不用你回答，我也看出来了，他应该也挺喜欢你的。"蒋母是过来人，也曾经历过青春年少时期，两个相爱的人磁场必定是相近的，这正是她觉得窦淮叶和蒋承奕很奇怪的一点。窦淮叶不会喜欢上蒋承奕这种男生的，而蒋承奕更不会喜欢上她。两家人隔得这样近，要是蒋承奕喜欢窦淮叶早就下手了，还至于等到工作以后。

不过在蒋母看来，叶问青和窦淮叶倒是挺合适的，两人骨子里都有些倨傲，平时看似好相处，实则藏着一些冷漠，鲜少有人能够真正走入他们的内心。

"兜兜，过来帮下忙！"不远处姜可在招手，看样子是准备在空地上摆桌子。

窦淮叶应了声，随后对蒋母道："那我先过去了，阿姨您再坐会儿，估计用不了多久就可以吃中饭了。"希望姜可和蒋承奕在以后得知此事，不要怪罪她多管闲事，她真的很想让自己的好朋友跟爱的人永远在一块儿。所以，请原谅她的自私行径吧。

周主席题好的门匾挂了上去，字迹如金钩铁划、骨气洞达，隔着许远依然能感受到书写者的笔力之深，没个几十年的功底还真写不出来。好吧，窦淮叶觉得自己夸叶问青比周主席字写得好，是有些许地昧良心。

"是不是想收回之前说的话了？"姜可在窦淮叶身边挤眉弄眼。

窦淮叶才做了对不住她的事儿，有些心虚，便没有反驳，而是转话题道："蒋承奕把项链还给你啦？"

"你还好意思说，你不是说借用一下，怎么最后是他拿来还给我的……"

窦淮叶挤了个比哭还难看的笑容，她当时就想着利用这条项链去调侃一下蒋承奕，压根儿没有想太多，"这个先不管啦，先把桌子抬出来吧。"

中午是提前计划好了的，在空地摆上桌子，大家来个室外BBQ（自助烧烤），当然光吃烧烤肯定不容易饱，六食堂那里也会送些菜过来。窦淮叶和姜可去采了几枝花放在桌子上，让原本有些死板的木桌子多了几分生机。

"要是去买些果树回来，再在这块区域撒上花种子，等春天一到，绿树成荫，百花盛开，该是多么美好的场景。"

这一块地空着的确是有些浪费了，好好筹划一下，没准儿真能行。姜可提议道："我们之前不是去小草垛农场玩过嘛，我觉得这里也可以搞一个类似的小型农场，就跟你刚才说的一样，种些花草树木。你不觉得现在的装饰都有些过于硬朗了吗？"

太硬的风格会减少田园本身的闲适，乱七八糟的杂草和随处可见的垃圾不是人们想象中的田园风光，想要真正做好田园综合体，就一定要把方方面面都考虑到。

"你之前怎么计划来着？"

"开民宿，做研学之旅，吸引更多游客过来。"

姜可顺手接过徐莉从六食堂端过来的野生菌土鸡汤，放在桌子的木垫子上，"那可以准备做起来了，不然又得等到什么时候。"

"好，听你的。"窦淮叶也觉得这个主意不错，不过这个研学馆又不是她的，笑着道："咱俩在这儿商量得倒是挺好，关键是不起作用啊。"

姜可挤眉弄眼道："依你和叶问青的关系，他应该不会不征求你的意见。"

　　"那也说不准，造纸坊是他开的，又不是我开的。"窦淮叶想起了在南京的那个吻，实在是太突然了，她当时肯定是被鸽子撞坏了脑袋，才有这么大的胆子敢去亲他。

　　"你怎么突然脸红了……"姜可把手放在她额头上，疑惑道："也没发烧啊？"

　　窦淮叶对于亲近的人很难守住秘密，更何况她也想要跟姜可分享这个秘密："我之前亲了叶问青一下。"

　　姜可表示：又被塞了满嘴的狗粮。

　　"我跟你说，男生真的和女生不同哎！"窦淮叶一打开了话题，就滔滔不绝地继续说下去，"真的，你别不信，他之前还抱了我一下，我当时就觉得——男生的胸也太平了吧。"

　　"没必要这么伤害单身狗吧……"姜可捂住耳朵，一副我不想继续听的样子，哪儿有人一直往人嘴里塞狗粮的，"有点仁义道德，别说了！"

　　憋了一会儿，窦淮叶哭戚戚道："可是我忍不住嘛，你说他是喜欢我的吧？"

　　"你俩又亲又抱的，你问我'他喜不喜欢你'？！"姜可要被逼疯了，这种好朋友和闺蜜在一块儿的感受，比穿很久没有洗的臭袜子还让人憋屈。她抠破脑袋也想不明白，充分发挥了自己星座的毒舌属性，说道："我就好奇了，你到底喜欢他什么呀？工作又不稳定，家境也一般，最主要的是他一直不主动推进你们的关系。我跟你说要不是看在我们认识多年的份上，我才不来帮他忙。"

　　窦淮叶没受任何影响，说道："没关系的，钱财都是身外之物，我不在乎这些。"

"是吗？"身后传来咬牙切齿声，不在乎怎么还敲诈了他的钱，"我刚才好像听见有人说不在乎钱财？"蒋承奕双手撑在桌子上，用眼神揍了窦淮叶一顿。

窦淮叶挽着姜可的胳膊，嘴角疯狂上扬，道："肯定是你听错了！"

在关于如何把空下来的土地利用起来的问题上，姜可和窦淮叶想得过于简单，没有考虑到土地性质的问题，国家规定了，有些土地上面不能搭建任何东西，只能用来种植农作物。牵扯上商业化的事情，还是要去找村里大队干部问个清楚，蒋承奕和叶问青决定抽个空去找大队干部翻找文件，只有把土地性质查清楚了才好动手。

不过幸好，大队干部在找了文件查明之后，确切地告诉他们，这块土地跟已经搭建好的造纸坊和研学馆一样，都是可以正常使用的宅基地，所以他们可以在上面搭建房屋，也可以改宅基地为耕地，只是需要办理一些手续。

蒋承奕在往回走的途中，感慨道："问青，你们家是不是变卖所有家产买了宅基地和耕地啊？"要不然怎么会拥有这么大面积的土地呢。

"可能是吧。"顺利解决了一桩事，叶问青也有心思同他开玩笑了，"有时候真觉得一切像是梦一场，不过我很享受可持续的商业模式从0到1的过程，在无限探索边界，创造出新的可能性。"

蒋承奕道："未来，就在不远处了。"

天空中咸蛋黄似的太阳，他们踩着彼此的影子，就像是站在巨人的肩膀上，步步直上。

03

吹了吹刚写上去的几个字，叶问青搁下毛笔，他只有早晨这一会儿工夫可以放缓节奏，写一会儿字，沉浸于这一刻，脑海中什么都不必思考。

今天是要照例开个组会的，为了商议门前的那些空地该如何处置，待人到齐了，叶问青把他之前设计的草稿纸照片发在了群里。他端着一杯清香四溢的茶水，朗声道："我觉得窦学妹的建议不错，可以在附近有计划地栽种些花草，让研学馆整体给人放松、闲适的感觉。"

希望来到这里游玩的客人，除了可以学到一些有趣的知识外，还能够放松疲惫的心灵。叶问青示意众人看图片上的一个区域，"这里可以找些木材过来搭一个树屋，就地取材，也不用太多的费用……"

蒋承奕想起了靠近后山的池塘，提议道："那个池塘是大队承包了的，要不然咱们和大队商议一下，一起合作，既能让来游玩的旅客多了一个可玩项目，又为大家增加了收益。往池塘里放些鱼苗、虾米，到时候别人一过来，住在民宿里，还可以出去钓鱼玩。"他这个想法不错，正好池塘也是现成的，不用再费大力气去挖田。"如果对村民有好处，大队干部应该会同意的。"

干部驻村"十步"法的第二步就是"熟人头、多沟通、建联络"。蒋承奕在村子里待久了，和大队干部比较熟悉，大概猜得出对方的反应，笑着道："如果黄书记不乐意，我就请我们扶贫办的领导过来走一趟。"与其让池塘荒废在那儿，还不如和叶问青合作，让大家都能多增加一份收益。

不过叶问青和蒋承奕去找村委找大队干部的时候，正好撞上了扶贫办的领导也在，两个人脚上还拖泥带水，裤腿都湿漉漉的。扶贫办的领导江为民放下茶盅，笑呵呵道："小蒋来了。"

"您二位这是下田摸泥鳅了？"蒋承奕进屋道，他介绍着叶问青，"这是我同学叶问青，前面造纸坊的负责人，我俩这是来找黄书记商量个事儿呢。"

黄书记脸上沟壑很深，每一条缝隙里都夹杂着乡间的尘土，怎么也洗不干净。

"有事儿直接说，就当我不在旁边，要不我避个嫌？"江为民开玩笑道，不过压根儿就没准备挪窝。

蒋承奕把带来的资料都放在黄书记身边的桌上，笑着道："这有什么可避嫌的，问青和我想把研习馆那一片改造一下，开办民宿，再多增加几个可玩项目。咱们村里的池塘荒了很久，一直没人投鱼苗，之前我们扶贫办的工作人员，也想过要把池塘利用起来，但是如何分担责任，有些不好搞。这下好了，直接承包给问青，每过一段时间就给大队分红，也不会让池塘荒着。"

江为民道："我觉得这个想法不错。"

"可不是嘛，稳赚不赔的买卖，多划算。"蒋承奕继续劝说。

黄书记可不是什么刚出社会的毛头小子，他的责任就是维护村民的利益和帮大家脱贫，和蔼道："小叶，我想听听你的想法，池塘承包出去一年可不少钱。"虽然相信他们两个青年都是为了村里好，但一旦牵扯上了利益，谁又能掰扯得清楚。亲兄弟还得明算账呢。

"黄书记，承包池塘不是件小事，我们一切都走正规程序，该给预付款的就给，其余的分红就照着合同来走，只要是应该给村里的，我一分钱都不会拖。"这是叶问青对于大队干部的保证，他以拳拳真心，换取对方的理解。

"好！年轻人有担当！"黄书记好像从他们两人的身上，看到了自己年轻时的模样，为了党，为了群众，他一直扎根于农村。党的干部应当像一粒种子，组织上播撒到哪里，就要在哪里生根发芽。干部到农村驻下来帮助群众脱贫致富，就要村子里的群众打成一片，做好联系群众、宣传群众、组织群众、团结群众的工作。相信和依靠群众，动员他们为实现自己的利益而奋斗。

叶问青身为大学生能有这样的觉悟不算什么稀罕事，难得的是他真正做到了知行合一。黄书记起身，准备去找测量面积的工具，"我待会儿找几个小子，帮你们去把池塘再测量一下，免得后面再出什么意外。"

他们都是以年为计量单位承包池塘，而且都是全部承包了，面积不过是一串数字罢了，乡里乡亲的还能在这上面造假不成？但黄书记工作认真，哪怕之前就测量过池塘的面积，为了合同上的数据准确，还是带着叶问青和蒋承奕亲自去测量。光测量了池塘的具体面积还不够，黄书记从破旧的皮衣口袋摸出一盒白沙，取出一根夹在食指和中指之间，视线范围内是翠绿的竹林和零散的房屋。

"大队这边肯定是同意你承包池塘的，但这件事还得和村里的其他人商量一下，毕竟池塘是大家伙的都有份，就怕有些人想趁机找你多要些钱。"黄书记怕后生吃亏，特意提点道："池塘包出去村里人都有钱收，肯定还是好处大过于坏处，你就咬死了价格，不管有谁想提价，全都不做理会就行。"

人心最是难懂了，不刻意将人想得太坏，但也不能盼着世上全是好人。

"黄叔，我听你的。"叶问青真正佩服这些常年扎根于农村的干部，不少人羡慕他们是干部身份，可谁又知道基础的工作到底有多么难做。

黄书记欣慰地点头，吸了口白沙，道："看见你们回到农村，我们这些老人也是高兴的。国家的未来都要依托于你们，只有你们脚踏实地肯奉献自己，国家才会越来越强盛，民族才会越来越兴盛。"

这里的"你们"便不再单单指叶问青和蒋承奕了，而是指代那些放弃了许多城市"诱惑"，义无反顾选择回乡，一心一意为了建设美好家园而努力的青年人。

04

"你总算回来了！"蒋母特意去超市买了些新鲜的青虾和鱼肉，准备给蒋承奕做顿好吃的，哪里知道过了晚上八点他还没到家。

蒋承奕手中拎着一瓶果粒橙，笑着道："临时有事儿，所以又耽搁了一会儿。"桌子上的饭菜都用瓷碗倒扣着避免散热，蒋承奕把弄脏了的外套脱下来，放在洗手间的脏衣篓里，他把果粒橙提了过去，给蒋母和自己倒了一杯，咕噜噜一杯下肚。"慢点喝。"蒋母打量一番，知道蒋承奕肯定又是帮村民解决问题了，心疼儿子的不容易，却又觉得很骄傲。

"我去厨房添饭。"蒋承奕正要走，蒋母一把按住他，"你坐下等着，我去盛。"

等饭的空档，蒋承奕把菜盘子上倒扣着的瓷碗取了下来，饭菜还是热乎的，透过玻璃窗看到对面楼里的住户一家人坐在沙发上看电视，和和美美，幸福极了。

蒋母叹了口气，端着两碗饭回到客厅，"你和你爸爸一样成天见不着人影，也不按时回家，倒叫人担惊受怕。"

蒋承奕往嘴里刨饭的手停顿了一下，这也是他最大的顾虑。他沉默了会儿，才道："等以后全民富裕了，我们也不会这么忙了。"这是他的工作内容，他必须要去做的事情。梦想绝不是随着时间的流逝就可以实现的，而是要一阶段一阶段地去完成，他今天帮一个村民解决吃食问题，那只是治标不治本，如果不帮助他们找到立身根本，脱贫后又会返贫。

匆忙把碗内的米饭吃了，蒋承奕抽了桌子上的纸巾擦了擦嘴，说道："待会儿要开个线上会议，您自个儿看会儿电视，尽量别来打扰我。"话罢，他进了厨房洗自己的脏碗。

蒋母紧随其后，跟在他身边，念叨："你就天天忙吧，自己的终身大事就不管了？"

"不是您说让我先顾着事业的嘛，怎么又突然念叨了起来。"蒋承奕有些躲闪她的视线，把洗干净的碗放回橱柜中，打算回房间，看起来有些落荒而逃的样子。

"你就瞒着我吧！"蒋母没好气道："那天我都看见了，人家小姑娘脖子上戴着的那条珍珠项链，跟我看中的项链款式怎么一模一样？"

没想到被她看出来了，这回蒋承奕没逃避，直接承认了下来，"您别生气，我过几天有空了，再带您去买一条。"考虑到姜可的心情，蒋承奕道："不过，这项链是我自己做主送的，和人家姑娘没什么关系，您以后见到她了，可别再提这件事。"

还没娶亲心思就全都跑到小姑娘身上了，蒋母道："你当我是那种惯会挑拨是非的人吗？！要是她性子好，你又喜欢，就找个机会带回来，我们也好正式见个面。"

听起来是不错的，可他还没和姜可表明心意，现在说这些都还太早，没准儿姜可父母并不同意他们交往，毕竟她之前相亲的对象家境都不错，在市区有稳定工作，最主要的是有足够的时间陪伴她。

"等以后再说吧，我先去开会了。"蒋承奕说完便冲进了房间，为了防止蒋母进来打扰他，索性把房门反锁了。

"这孩子真是的！"蒋母觉得自己又被敷衍了，看了眼桌上还剩了不少的油焖大虾，饭菜都只吃了几口就忙着工作去了，这样下去身体怎么受得住。当初他爸就是这样，忙起来什么都顾不了，一心只想着自己的工作。

"今天几度啊，居然开始落霜了。"

研习馆旁边的空地里栽种了巨花多穗蓼，可以攀岩爬藤的多年藤本蔷薇，还有向日葵、飞燕草、虞美人和白桦树。这么多的花朵，俨然已经成为了一座小花园，巨花多穗蓼长了一米多高，花穗巨大无比，枝干通脆，容易倒下去。

窦淮叶之前栽种的几枝巨花多穗蓼被风刮倒了，后来她学聪明了，直接在巨花多穗蓼后面，再栽了一排向日葵，由向日葵作为支架，牢牢支撑着巨花多穗蓼的花穗。除了这次因为下大雨导致其中一枝花穗沾了水太重，所以倒了下去，其余的花穗都好好地盛放。

窦淮叶拿铜剪子去花丛中剪了一枝红褐色的花穗。这种巨花多穗蓼的花期很长，从六月的初开浅绿色到慢慢变白，到八月底逐渐变成红褐色，最后变得更加红。几乎一整个夏季都在花期，具有很高的欣赏价值。巨花多穗蓼的根系很深，且每一棵会长出二十几个花穗，因此窦淮叶不会轻易去挪动。

"这儿有你的信，我给你放在桌子上了。"身后传来了熟悉的女声，来人中气很足。

"行，你待会儿要去市区吗？帮我给朋友寄张明信片，我邮票没有了，可能还得麻烦你帮忙买张邮票贴上去。"窦淮叶现在只需要听声音，便可以辨别出声音的主人。

徐莉听见她又要寄明信片，感觉都要烦死了，怎么一天到晚尽瞎折腾，现在都什么时代了，居然还有互寄明信片的。

这片土地改造后简直像是电影中瑞士小花园，她们放了遮阳伞、一张玻璃桌、两张藤编的椅子。其中一张藤椅的后侧不远处，栽了虎皮百合和粉巨人，这个季节正是花期，从下至上炸开的鞭炮一样开个没完，窦淮叶闲着没事儿时数了一下，一棵便有 47 个花头。这厢开罢了，那厢又迤迤然伸展着腰身，难怪会一直处于花期。

窦淮叶从花丛中走了出来，把倒下的巨花多穗蓼的花穗插入了玻璃桌上的花瓶内，徐莉帮忙拿过来的是一个纸皮袋，上面写着某某杂志社，看样子又是样刊。见她把纸皮袋拆开，果真是两本杂志。对于到手的样刊都是先拆看，然后翻到目录页，寻找到自己的姓名和标题，再去查看正文。一通操作后，窦淮叶心满意足地把样刊放回了纸皮袋，准备带回去收藏起来，这些都是她的"业绩"，她得好好保存。

"你这些杂志都是自己花钱买的？不会觉得很浪费钱吗？"徐莉没忍住说了一句，村子里的快递，大多是放在了镇上的菜鸟驿站，每次都是徐莉有空了就去帮忙拿过来。

窦淮叶解释道："这些杂志是我投稿上刊后，编辑发给我的样刊，所以不用花钱的。"要不是为了保存下来，以后年纪大了翻看一下留念用，她也不想这么麻烦。

"不用花钱？"徐莉眼内多了些探究，她知道窦淮叶是市里的作家，还在网络上发表文章，但是窦淮叶的笔名隐藏得很好，她私底下在各大小说软件上搜过窦淮叶的名字，却没有看到有上架的作品。听说写小说可以赚取稿费，徐莉也动了心思，问道："那这个新手可以做吗？就是……嗯……比如说有个人学历不是特别高，但是她想写小说，要从哪里入手？"

每个人心目中都会有个作家梦，特别是表现欲比较强烈的人。徐莉小时候作文写得不错，还曾经被班主任叫上讲台念过作文，要是她也可以发表文章，没准儿叶问青会对她另眼相看。

"这个人是你朋友吗？"窦淮叶不算聪明，却也不傻，一眼看出了徐莉的心思，给她保留了自尊心。徐莉借着这个话头，说道："没错，她挺喜欢看小说的，有时候也想写一些东西，但是不知道怎么开始。"她离开学校太长时间了，就连怎么动笔都很困惑。

"那你叫她加我微信，有什么不懂的地方就直接发给我，要是我知道一定会告诉她的。或者她告诉你，再由你来问我。"窦淮叶在这方面虽然不算是专家，但至少写了好几年的小说，掌握了基本的文学理论知识，和一些实操经验。如果徐莉有写小说的想法，大可以来问她，她看在两人的交情上一定不会有所保留。

窦淮叶怕徐莉不好意思来问她，于是主动道："既然是你朋友，我就多上些心，等会儿就去列个新手看的书单，你帮忙转交给她吧。"

还以为窦淮叶会藏着掖着，毕竟这也是她吃饭的饭碗，不是有句老话叫"教会徒弟饿死师傅"嘛，没想到她会这样热情分享。

"那、那就麻烦你了。"徐莉心里别扭死了，开始愧疚自己之前不该以恶劣的态度对待窦淮叶。在窦淮叶的真诚面前，她的小心机显得这样的阴暗、难堪。

05

姜可最近参加了几个座谈会，还安排了一位省内有名作家的深度访谈，忙得焦头烂额，就连嘴巴上都熬出了水泡。一边一个水泡，看上去就像是做了个微笑唇一样。

她还得写好今天市文联工作号要推送的一篇关于作家深度访谈的文章。

"《达州日报》：当下四川文学创作呈现一个怎样的面貌？
林作家：对于文学创作这个行业而言，有一个很鲜明的特点就是——各自为战，形成合力。而这一点在我们四川文学上也是比较明显的，比如说李庚作家更专注于乡土小说……《达州日报》：在这种各有所长的状态下，您认为是否能够形成一些共性和共同的热点？"

在键盘上敲完最后一行字，还没来得及校对，就见手机上有消息发过来，要是其他人姜可早就问候其家人了，但发来消息的人是窦淮叶，她耐着性子抽空回了个表情包，又将全部心思都放在了工作上，她对待工作一向认真。

发完消息后的窦淮叶放下手机，兴奋地抱着一本杂志亲了一口，半点儿也不稳重。

"行了，这又不是你第一次发表文章，至于这么激动吗？"薛凝云依旧是一袭秋香色的旗袍，包边配的是米黄色，耳垂一枚米粒大小的珍珠，看上去精致又贵气。

窦淮叶继续抱着自己的样刊，喜滋滋道："薛老师，您这是身在福中不知福，您随便写写就能上刊，我又不行。"这本《花城》可是北大核心期刊，是正儿八经的纯文学杂志，也是窦淮叶写的第一篇真正意义上的纯文学文章，她怎么可能不激动。

"以后努力研究文字，也会经常上刊的。"薛凝云安慰道，她今天来除了告诉窦淮叶这个好消息外，还有其他的计划，"我觉得你的文风不错，而且又年轻脑子灵活，这里有几个选题，你看看有没有感兴趣的。"薛凝云从随身的包里拿了个 iPad 出来，打开了文档，文档里写了好几个选题，看样子是真把窦淮叶当做自己的学生了，否则不会这样实诚。

"薛老师……"窦淮叶悄悄抬眼看了她一下，"有稿费吗？"

薛凝云还以为她要说些什么，原来只是为了稿费，无奈道："肯定有啊，你当我是周扒皮吗？我是觉得这几个选题都挺适合你写的，要是你时间来得及，要不都接了算了，有我在旁边指点你，应该写起来还算顺手。就是字数有点儿多，可能要辛苦一下。"薛凝云翻看着自己敲定的选题，这几个选题她都很看好，写出来的效果应该不错。

这次是个很好的机会，有薛老师手把手带着写，又可以赚取稿费，算是一件天大的好事儿了。要不是自己性格和她合得来，可能这个差事儿也不会落到自己头上来，窦淮叶果断答应了下来。

薛凝云也就放了心，她就怕窦淮叶不愿意，不过好在还算顺利，于是说道："那我有空把图书创作合同发给你，你自己再好好看看，有不合适的地方就主动提出来，凡事多商量。"

见薛凝云要走，窦淮叶捏紧了样刊，主动邀请她去玩："薛老师，这周末您有空闲时间吗？"

"可能不太有，我准备完结一个图书项目，然后还要给你们文学院的学员批改文章。怎么，你是还有其他事情要跟我说吗？"薛凝云停住了脚步。

窦淮叶有些惋惜，解释道："也不是其他什么事儿，就是我们在水桐有个篝火晚宴，就在这周末，会有其他游客和大家一块儿玩，我想邀请您也去放松一下心情。不过既然您有些忙，那就不打扰了。"窦淮叶说话比较直，半点儿不委婉，不过这也是薛凝云看好她的原因之一，要是说个话都兜兜转转阿谀奉承，那得多累啊。

"没事，我尽量早些解决，争取在周六就结束。你把地址发给我，我周末过去就行。"

窦淮叶没想到薛凝云会同意到水桐乡下去，在她心目中薛凝云就是女神级别的大作家，这么讲究的一个人还跟着她们年轻人一块儿玩，真是难以想象的画面。

夜幕悄悄降临，房间内燃起灯光，姜可终于忙完了，伸了个懒腰，这才有空闲工夫仔细看手机。她翻看着之前窦淮叶发来的消息，半秒钟后发出了惊呼声："天哪！还真让她上刊了？！"

一个电话拨打了过去，姜可兴奋地不行："喂，你居然真上了《花城》，这可是北大核心期刊哎！"参加巴山文学院之前，窦淮叶还在忧心自己只是在省级杂志上刊登过作品，在名家眼中就有些不入流，可现在经过她的努力，她写的文章也顺利发表在了《花城》上。

"是薛老师之前让你写的那篇文章吗？"姜可一边道，一边在手机上查找《花城》的电子刊，一般当月的电子刊已经出来了，应该可以看到目录和部分正文。

"不是啦，那篇还在审核当中，哪里有这么快。"

姜可道："那你这篇是什么时候写的？"她终于在最新一期的电子刊的目录上看到了窦淮叶的名字，"《斑斓》——窦淮叶。"还真不是窦淮叶之前写的那一篇，姜可花三块钱买了电子刊，继续点进正文，"作家周川平，湖南长沙人，三十四岁那年抑郁发作跳江了，在他生前得了很多文学奖……"

"这个是短篇小说哎，我当时在徐莉家休息，正巧落了场大雨，雨落在顶棚上，噼里啪啦作响，然后我就做了一个光怪陆离的梦。等梦醒后，便一口气写完了这篇小说，几乎没有修改。"

没想到这样一篇好文章，竟然是在徐莉家的破旧房间写出来的，姜可连连摇头，道："不得不说，我还是挺佩服你。"看样子有些文章真是一气呵成的，而不是经历很多次的修改。姜可又道："刚才看你微信上约我周末回乡下玩，需要我带什么东西吗？"本来在乡下就不太方便，要是需要什么东西，她就顺便带回去了，也省得窦淮叶她们再专程过来一趟。

"要是有空就多带一些鸡尾酒过来吧，度数不高的那种，周末有篝火宴会。"

第十二章

粉百合与吉他

01

自从研习馆修建好了，窦淮叶特意让陈锋拍了很多张照片放在叶问青的自媒体账号上，她自己也申请了一个抖音号，没什么事儿的时候就用来做下直播。刚开始的时候几乎没有人来看，不过窦淮叶并不气馁，反而坚持下去。

她在水桐乡的这段时间，对于黄麻纸的由来和发展都背得滚瓜烂熟，有游客过来时，她也充当了导游的角色。因此面对镜头少了许多拘束感，可以和另一方的观众看客进行互动。窦淮叶把手机带到了造纸坊内，给观众们看了一下浸泡着竹料的水池，介绍道："这里就是我们的造纸坊了，应该可以看清楚这里的一些布局吧，其实古法造纸很有趣，大家要是有空可以来体验一下。"

扭转了一下镜头，不经意间扫到了门框边，原本安静的屏幕突然多了许多弹幕，窦淮叶捉磨不透，难不成是自己好运爆棚，这是要火了的节奏吗？

"帅哥！我们要看帅哥！"窦淮叶看着屏幕上的一句话，这才明白为什么人多了起来，原来是叶问青站在她后面。

"在做什么呢？"叶问青好笑地看着她，刚才就听见她一个人在这里嘀嘀咕咕。

窦淮叶把镜头对准了木头架子，小声说道："我现在正在直播，刚才看到有很多人过来看，你要不要帮忙示范一下如何制作的？"她要全程举着手机，所以并不太方便为观众示范，叶问青来了正好可以帮她做个示范。

"行，我没问题。"

窦淮叶知道他可能不太喜欢在观众前露面，毕竟之前在秦溱直播时，他就没有同意，而且之后也一直在做账号，没有选择自己做直播。"那你等等，我去拿个东西过来。"窦淮叶把手机交给叶问青，转身就朝着外面跑去，不知道的还以为她家房子被火烧了，她走得快，回来得也快。

不过一两分钟的时间，窦淮叶就拿了一个青白色的面具，她拿给叶问青，说道："这是我之前买着玩的，你要不戴着出镜，只露出下半张脸，应该会好些吧。"

手上的面具款式并不复杂，简单的青白色，白色的系带，戴在他的脸上，意外地契合。叶问青戴着面具在镜头下熟练地从水池里捞起竹帘，再左右轻晃，把水中的纤维都均匀地摊平，然后沥干水分。

或许是长相俊美的人容易吸引更多的观众，不一会儿工夫直播间内就多了五千人，她和叶问青坚持了差不多一个多小时，这才下了直播间。

"没想到做直播压力还是蛮大的。"窦淮叶帮叶问青取下了面具，他高挺的鼻梁上都有了浅浅的一道压痕，但是眼神依旧温暖，她上手帮他轻轻揉着那一道压痕，心疼极了。

"下午有几批游客过来，你待会儿去房间稍微眯一会儿吧，不然要熬到晚上了。"晚上也有篝火晚会，估摸着会比较吵，不能早些休息，窦淮叶便让叶问青回去午休一下。

叶问青抓住她的手，捏了捏，笑着道："其实还好，不怎么累。"上午陪着来参观的游客在研习馆内待了许久，给他们说起了黄麻纸的发展过程，要照顾到这么多人的心情，还是挺不容易的。

两人还没说完，就听见了大巴车的停车声，看来是预约了今晚的那批游客到了。

"我出去招待一下，你待会儿抽个空歇会儿吧。"叶问青把她的手机锁屏，放入她的口袋，又轻轻拍了下她的脑袋，他临走前仔细交谈的样子，像极了在跟一个小朋友说话。

窦淮叶道："叶问青，我不是小朋友了。"她已经很努力长成了一棵树，一棵可以与他并肩承担风雨的橡子树，"你不要把我当做小朋友看待。"这是窦淮叶第一次当着叶问青的面前表露自己，她是真心想要让叶问青明白，她有资格站在他面前。

"我知道。"叶问青没有回避这个话题，他大可以用其他的话语掩盖过去，可是他不想了。"我知道你一直都很努力，努力学习，努力长大，努力变成一个合格的'大人'。可是我还是不由自主地将你看作小孩。"就如他所说的一样，他喜欢她，就不由自主地想要照顾好她。

小孩？他原来只是当她是个还没长大的小孩吗？窦淮叶脸色骤然变白，原来他是这样想的，那她一直以来不就是自作多情。"好，我知道了。"为了不使自己失礼，窦淮叶赶紧拿着手机，低着头快步走出了造纸坊，她甚至都不敢抬头去看其他游客，只想着回到房间去。

没留意撞到了出门的徐莉，徐莉捂着肩膀，想起二人初次见面时，她也是这样冒失。"怎么了？"可这一次，徐莉并没有任何的抱怨，反而关心她的情绪。

窦淮叶愣了下，赶紧摇头，声音低沉："我没什么事儿，可能是有些累了，所以没什么力气。"

"真没事儿吗？"徐莉将信将疑，准备扶着她上楼回房间。

窦淮叶躲开她的手，往后闪了一下，摇头道："你去帮问青招待一下游客吧，我怕待会儿人多，他和赵姨忙不过来……"

也不知道窦淮叶突然犯了什么神经，"那我走了，你自己多歇歇。"徐莉不再多管闲事，省得自讨没趣。城市里的女生真的身体弱，不像她之前接连忙了十几天，每天都工作十六个小时，不也是好好的没有生病。

徐莉是回家拿星星灯的，之前窦淮叶买了一纸箱回来，放在造纸坊怕水汽让星星灯受潮了，所以全都放在她家楼下的空房间。她把纸箱全都抱了出去，临走前还看了下窦淮叶上楼的方向。其实不用这样嫌弃她的，她在水桐也待不了多久了。

02

不过七点多钟，天将黑未黑，花园的空地里点了一堆篝火，许多星星灯缠绕在树枝上。有游客坐在波西米亚风格的毯子上弹吉他，其余的人围着篝火唱歌、跳舞。

姜可和薛凝云也来了，听说窦淮叶身体有些不舒服，还亲自跑到了徐莉家去寻她。一进门，就嗅到了肥料味，楼下的客厅依旧堆着很多装化肥的袋子。姜可轻车熟路地把灯打开，冲着楼上喊窦淮叶的名字。

"薛老师，姜可？你们怎么来了？"窦淮叶揉着眼皮，整个眼眶都泛着粉色，鼻音很重。

"这是感冒了？"姜可见沙发上有个毯子，赶紧披到了窦淮叶身上，摸她手有些发凉，赶紧道："你是不是晚上睡觉不老实，踢了被子，所以感冒了？"

窦淮叶没敢说实话，只点了点头，算作回应。

"待会儿兑点蜂蜜水喝，润润嗓子。"薛凝云看穿了她的伪装，毕竟谁都有少女心萌动时期，任谁都能一眼看出来窦淮叶这是为情所困，哪里是什么感冒了。

姜可有些怀疑："感冒了可以喝蜂蜜水吗？会不会加重病情？"

看来窦淮叶和姜可能成为闺蜜还是有一定的共通性，比如二人在感情上都是空白一片。薛凝云肯定道："可以喝，你去找找有没有蜂蜜水，给她兑上一碗。"支走了姜可以后，薛凝云恨她不争气，说道："何苦，为情所困是人最该努力摆脱的一种状态了，你也不是什么蠢笨的人，要是对方无情无义，就早早抽身，总比深陷其中的好。"

窦淮叶吸了吸鼻涕，眼泪汪汪地摇头，道："可是我忍不住嘛，我喜欢他很久很久了。"从读高中开始就一直喜欢他，时间久到她都不知道是习惯还是心动。

"真是个不中用的。"薛凝云很少使用这类词，若非实在是见她不争气，也不会这样说。"那你打算就这样出去见人？外面可有很多游客。"

窦淮叶依旧摇头，"我还是不出去了吧……"不用照镜子也猜得出来，她躲在房间里闷头哭了一下午，眼睛肯定都肿了，难看死了。

"随你心意。"薛凝云不再劝说些什么，这一切都得她自个儿想通了才行，反正她从来不为感情的事情失态。留了盒补妆用的粉饼后，薛凝云就先出去听别人弹吉他了。

没过多久，窦淮叶还是和姜可一块儿出来了。上了层妆后，她脸色看上去红润了许多，也没有那么的憔悴，反倒比平时多了些楚楚可怜的气质，令见者心疼。

斜坐在波西米亚地毯上的薛凝云给自己倒了杯鸡尾酒喝，笑看着窦淮叶，这才是她看中的窦淮叶嘛，一蹶不振那是弱者的姿态，强者永远是进步的。

姜可看着围绕篝火跳舞唱歌的一群年轻人，跃跃欲试，想过去凑个热闹。

"你去玩吧，我找个地方坐会儿。"窦淮叶示意她可以出去玩，不必守着她，又不是生了什么重病需要人时刻照看。

不知道什么时候人群中弹吉他的人换成了蒋承奕，他以前曾当着全校师生的面前弹奏，引得许多女同学都为他欢呼鼓掌，现在的他少了许多桀骜凛冽的气质，多了几分温柔可靠。但不得不说，蒋承奕弹吉他的样子，还是很吸引人。

"那你乖乖坐在这儿，我去玩会儿就来找你，都感冒了，可不许乱跑了。"姜可心痒痒，帮窦淮叶找了个靠近角落的藤椅坐下，顺便摘了朵粉百合别在她的鬓边。黑色长发披散，佩着这朵粉百合，加上她微红的眼眶和水灵灵的眼珠，别说吸引男人了，就连女人都会为之动摇。"可真好看！"姜可对于自己的杰作很满意，一蹦一跳地去篝火旁听蒋承奕弹吉他了。窦淮叶坐在藤椅里，身子瘦小得仿佛轻轻一搂就能将她抱起，她听了会儿吉他，忽然觉得身边的光暗了些。有人顺着她的耳垂擦过，呼吸声靠得很近。

"谁？！"窦淮叶猛地抬起胳膊，将那人撞开。

眼前的男人穿着休闲装，手上端着的蓝色鸡尾酒洒了一些在袖口上，他甩了甩手上的酒水，笑容邪魅，"实习生？怎么以前没在公司里见过你？"

原来是把她误认为同一个公司的员工了，窦淮叶道："我不是你们公司的人。"

"你可以是。"男人伸出手，吓得窦淮叶往后一退，撞上了藤椅，鬓边的粉百合掉落在地。加上她受惊的模样，反倒让男人兴致更甚，"我是公司高管，月薪三万多，要是你……"

窦淮叶眉头狠狠一皱，推开眼前的男人，厉声道："滚开！"当她是什么人了！一个醉醺醺的酒鬼，她就不与他一般见识了。

长相是温婉小白花，没想到性子还挺烈，男人嗅了嗅指尖上的花香，眼神多了丝玩味。

窦淮叶不敢再与此人多纠缠，又怕扰了大家的兴致，她准备去找叶问青。走了没多远，她就沉沉叹气，看来自己遇到事儿第一个想到的人还是他，这个习惯一定要改正了，否则日后会让她更加难过的。她绝不能依赖上他。

如此想着，脚下的方向硬生生便拐了个弯儿，就在花园里待着吧，有蒋承奕和姜可在，总不会有什么事儿。或者去找薛老师玩，她请了别人过来，却又不招待，哪里有这个道理。她脑子乱想了很多，也没意识到自己走错了方向，竟然来到了造纸坊。

开篝火晚会的地方是研习馆，与造纸坊不过十几米的距离。这个时候造纸坊内应该没有人才对，可是灯光还亮着，窦淮叶以为是工人下班时忘记关灯，决定过去关掉。毕竟开着灯就会浪费电，节约是种美德。

窦淮叶小心地绕过地上的杂物，往造纸坊门口走，却看见了灯光下有两个人影。背对着她的那个人个子很高，瘦削。而面对着她的那个人……是徐莉。

03

从家里端着一纸箱的星星灯出来，徐莉心思沉重，特别是见到叶问青在招待游客，她更加不知道该如何去说明这一切了。她一点儿也不想离开造纸坊，但现在也由不得她拒绝。

"叶哥，我把星星灯挂在树上可以吗？"徐莉指的是那棵白桦树，专门移栽过来的，还以为不会成活，但没有想到竟适应得很好。

"可以。"叶问青抽空看了眼，又忙着去陪游客。

徐莉不敢再打扰他，把手头上的事情做完，再抬起头天色已晚，打开星星灯的开关，四周瞬间变得明亮起来，一闪一闪的仿佛真的摘了天上的星星。篝火一点燃，来玩的游客们便疯狂起来，他们唱歌跳舞，好不逍遥。徐莉做完了一切，只想着找个机会和叶问青说清楚，这件事拖不得必须要早些说。踌躇了许久，徐莉终于找到了一个机会。

"叶哥，我有些事儿要跟你说。"徐莉拉住了叶问青，为了防止他临时有事走了，她还特意让对方跟随她来到造纸坊。

叶问青留意四周，没有其他人了，见她行为神神秘秘，更加觉得奇怪了，难不成是徐莉打算提前预支工资？他知道徐莉的工资不是归她自己保管，需要买什么东西，都得提前跟徐母打个报告。"这段时间游客比较多，多亏了你帮忙照看着造纸坊，我本来是打算等年底给你和小刘发年终奖的，要不这个月先发一笔奖金给你？"叶问青知道徐莉自尊心强，所以说话也比较委婉，怕伤了她的心。

"发奖金？"徐莉面上一喜，道："那就先谢谢叶哥了。"

叶问青是个很不错的老板，每次过节都会提前准备节日礼物，而每个月的工资都会按时发放，从来没有一次延迟过，还给他们购买五险一金，这也是让徐莉无法释怀的一点。他这样好，就像是她刚才挂在白桦树上的星星灯一样，好像她只需要伸伸手就能够触碰，实则依旧是遥不可及，这颗星星不是为了她而亮。

　　窦淮叶回水桐待了小半年了，时不时给她分享杂志期刊阅读，她每天都很忙，却还是会抽出时间来看一会儿书。书籍成了慰藉她生活的一颗灵丹妙药，她借着这一本本的期刊，试图去窥一窥高远的天空。如果这颗星星不是为了她而亮，她也不应该再继续纠缠于此，在这个世界上，总会有一颗星星是为她而亮，总会有一个人是为了她而来。

　　"叶哥。"哪怕是性格彪悍的徐莉，在面对自己真心实意爱慕的人时，依旧会露出小女儿家的姿态，"我不是想找你讨奖金。"她浅浅地笑了下，如风过水面，却掀起层层的涟漪，"不知道你是否知道我对你的心意，从你刚回到水桐的那一天，我站在自家院坝里，看着一个个子很高的男生拎着行李箱往这个方向走，当时心里还在琢磨这人怎么有点傻乎乎的，乡下到处都是泥巴，怎么还穿了双白色的运动鞋。我像是看好戏一样，看着你在破旧的土屋里住下。村里人说你是从北京回来的大学生，读了很多年的书，我就更加奇怪了，一个大学生回乡下干吗？"

　　徐莉越说越觉得自己对他的暗恋来得莫名其妙，她怎么会喜欢上叶问青呢？还喜欢了那么长时间，"叶哥，我知道你心早有所属，我也不妄图你能喜欢上我。我只是想借今晚的这个机会，向你表明心意。"她终于把所有的爱意都表达出来，这一刻压在她心头许久的情绪全都释放了出来，即便是叶问青拒绝了她，她也不会感到太多的遗憾了。

　　灯光并不昏暗，徐莉清楚地看见一个瘦小的身影顺着小径走近。

叶问青不是第一次被女生表白了，却还是第一次这么直接，他斟酌着该如何拒绝，才会让徐莉不至于太难过。以致于没有发现身后来人了。

徐莉却起了恶作剧的心思，她故意贴近了叶问青，唇瓣贴着他的面颊而过。下一秒，叶问青往后退了一步，错愕地盯着徐莉问："怎么了？"

"没事，就是见有个螳螂爬到你身上了，我想帮你抓了，但没抓到。"她并没有真正接触到叶问青，只是错了个位。但徐莉相信，躲在暗处的窦淮叶一定相信她亲了下叶问青，就让这个城里来的女作家吃吃醋吧，谁让他们日子过得这样舒坦，而她却要时时刻刻忍受相思之苦。拍了拍手上并不存在的灰尘，徐莉心头松快许多。

"叶哥，我还想跟你说件事——前段时间我妈给我相中了一个对象，30出头，现在在深圳那边做点小生意，每年有个二十来万的纯收入。他们家的意思是让我尽快过去结婚。"

没想到在这短短的时间，徐莉就说了两个惊天大消息，叶问青有些懵，问道："你见过这个人吗？"

"还没。"徐莉摇头，她一颗心都冲着叶问青去了，其余时间都在造纸坊工作，哪里有什么时间去相亲。"我妈看中了那个人，她觉得好就行。"

婚姻乃是人生大事之一，怎么可以轻易下决定？叶问青知道徐莉有自己的梦想，便劝道："你还是多考虑一下吧。"

"我知道叶哥你是真心为我好的，可是我这样的条件嫁给谁不是嫁呢，更何况我家人都觉得那个男人不错，他的收入能支撑一个家庭，我嫁过去以后不会太辛苦。"

见徐莉确实想明白了，叶问青也就不再相劝，问道："你打算什么时候走？"现在造纸坊和研学馆都需要人手，要是徐莉走了，他得立即招人过来帮忙。

"再过段时间吧，我等你招到人再走。"徐莉在造纸坊待的这段时间，早就把自己看作了团队的一员，她也为这间造纸坊付出了不少心血，让她什么都不管直接走掉，还真没办法做到。

"那我就发布招聘广告了，你这边要是有合适的人，也可以推荐一下。"这也是给徐莉一个面子，她家那边要是有人需要找工作，可以直接过来上班，叶问青肯定不会亏待，正好也解决了村民的工作问题。

徐莉这里还真有一个人手推荐，她表姐结了婚就在家中带小孩，现在小孩七岁了，马上就要上小学也不用她时刻照看。"我跟表姐说一声，让她过来试一下吧。"

谈话到此结束，远处的篝火依旧火热，吉他声传了过来，不知道是谁在歌唱。徐莉看着叶问青的背影，默念道："叶哥，祝你岁岁长乐。"

04

篝火晚会第二天，叶问青安排了游客去体验古法造纸以后，就寻了个空档来找窦淮叶，正好见到她把东西往出租车的后备箱里塞。

"怎么突然要回市里？"叶问青按下她搬动行李箱的手，"是谁欺负你了？"

还能是谁欺负了她，不就是他自己嘛！窦淮叶狠狠地把行李箱放下，咬着后槽牙道："谁还能欺负到我头上？"这么凶狠的模样，在叶问青看来，却像是只被踩了脚的小兔子，红着眼眶，浑身软绵绵的，看上去就特别好欺负。

"你少管我！"窦淮叶一狠心直接把行李箱塞到了出租车里，

然后坐了上去。虽然她一向好说话，但是真惹恼了就难劝，叶问青早在高中时就吃了这个苦头，还是先找出她生气的点为妙。

看着出租车远去，叶问青叹了口气，心中好像被割走了一块，他一直以为自己和窦淮叶已经隔得很近，但是现在才恍然惊觉，他根本就不了解她。"好像惹窦学妹不高兴了，你有空帮我安慰她一下。"他给蒋承奕发了条消息。

叶问青听见有人在唤他的名字，赶紧把手机放回兜里，去见来人。

"叶哥，这是我表姐翠翠。"徐莉身边还跟着一个高约一米七的女人，她头发是天然的自然卷，即便扎了起来，马尾还是蓬得很高，脸盘子圆润得好似十五的月亮，面颊无须腮红自然粉，穿着一件明显不合身的灰色西装外套，里边搭白色小 V 领，脚下蹬着双黑短靴。

叶问青只扫了一眼，上前道："你好。"

"你好。"翠翠匆匆握了下叶问青的指尖，便立刻撒开手，说道："莉莉说你这里还缺个女工，她觉得我可以，就喊我过来帮个忙。"

"大致的情况你应该也了解，我就不再多说了。"叶问青说道："之前造纸坊的工作内容分布得有些不太好，徐莉一个人干了好几个人的活，工资虽然高，但是工作强度大，太辛苦了。我现在打算先找个人来造纸，每个月工资是底薪加提成的模式，虽然你之前没有从事过这个行业，但古法造纸不算难，就是需要用心，我会按照市面上的价格给你开底薪。"

叶问青原本打算大力栽培徐莉，甚至于给她报名成人高考，想帮她继续提升学历和职业竞争力。只是徐莉提出离职的事情太突然，打乱了他的计划。见翠翠表情为难，叶问青猜到她还有些要求没有提，于是主动道："有什么要求，你只管提，只要不过分，我们造纸坊都能满足你。"这也是给了徐莉脸面，毕竟是她带来的人。

翠翠这才开口说道："我想早点下班接孩子，然后尽量不加班，只要满足这两个条件，那我就来做事。"她知道徐莉在造纸坊做了很久，每个月到手的工资很不错。

　　说实话，叶问青并不喜欢这种讨价还价，他工作起来很少顾及其他，但看在徐莉的面子上，打算先让翠翠来工作一段时间。"你说的这两点我会考虑的，先让徐莉带你去试试手艺，如果可以的话，再签订劳务合同吧。"

　　水池边，翠翠特意寻了个安静点的地方，拉着徐莉问道："你说你们老板会留下我不？"

　　"这得看他的意思，我怎么知道。"徐莉一想到翠翠和叶问青讨价还价的样子，就觉得让人作呕，顿时没好气道："你说你，人家愿意让你来干活，是件好事儿。要我说，你就把孩子交给姐夫带，反正他也不工作，成天泡在茶馆里打牌。"提及这个表姐夫，徐莉的嘴巴都能嫌弃得翘上天了。

　　"别这么说，他也怪辛苦的，我反正在家里也没什么事儿，就是带带孩子。"翠翠像是没看到徐莉脸上的嫌弃，在造纸坊内这里摸一下，那里摸一下，问："我看你们这造纸坊来的人挺多的，这么赚钱，怎么才开这点儿底薪？"

　　"哟，叶哥没嫌弃你什么都不会，还答应让你早些下班，你倒是嫌人家工钱给低了。"徐莉讥讽道，她直接把翠翠手上的压纸的木头夺了过来。"要想拿高工资，要么舍得卖力，要么就有专业技术。"

　　翠翠不以为然地别嘴："你不是也没上过大学嘛，在我面前装什么装。"

　　这一句话直戳徐莉心窝子，果真是家人，了解她最深的人，戳刀子也是戳得最深。

　　见徐莉像是被毒哑了的黄鹂一样，忽然就不出声了，翠翠反而洋洋得意，不屑道："咱俩都是一样的，你又不比我高贵到哪里去了，这些活你能做我就能做。"

徐莉心中酸涩不已，原来她在家人眼中还是和以前一样，哪怕她付出了很多的努力才拥有现在的一切。她还以为自己把表姐推荐来造纸坊是件好事儿，现在看来反倒会给叶哥造成困扰。

"中午不包饭的吧？"翠翠忽然开口问道，徐莉家就住在后面，走个几分钟就到了，肯定不会在造纸坊吃饭，更何况这里也不方便做饭。

徐莉知道她又在打其他主意了，忙道："不包饭，叶哥和他女朋友都在我们家吃饭，每个月按时给饭钱。"说到窦淮叶，徐莉虽然不想承认，但好像这位女作家除了有些傲气外，并没有真正看不起她。把赠送的样刊给她看，还教她一些写作知识，甚至帮她批改文章。即便这一切都是她假借另一个"朋友"的身份去找窦淮叶，可徐莉知道，窦淮叶早就猜到那个"朋友"就是她了。她总是害怕在这些正儿八经读过大学的人面前露怯，所以竖起了身上的利刺，只不过是想要包裹住内心的柔软。

"那我家隔得这么远，叶问青包不包饭？"翠翠家就她和一个孩子住，家里的老人都没得早，中午也没人在家，她完全可以不回去。

"你都还没开始干活，怎么问来问去的！"

见徐莉发飙了，翠翠愤愤地把手边上的一叠纸推到水池里，并不澄清的水溅到她两个人的脸上，愤然道："当我真想来哎，谁不知道你们这里缺人，我才过来的！给这么点儿底薪，他当打发叫花子呢！别以为我不知道，你妈都跟我说了，你一个月的底薪就是六千！"同样是做一种活路，凭什么徐莉的工资就比她高。

"你真当我只是做些造纸的活？"徐莉气得险些吐血，她妈怎么什么都往外说，又不是每个人的工资都是一样的。游客多了，忙不过来，她就要去接待客人，端茶送水，清点原材料和盘账，有时候还要负责发货……这个工资叶问青都嫌给少了，还说过要给她加薪的事儿，但是被徐莉拒绝了，让他先把钱用在造纸坊和研学馆上，等年后再发年终奖就好。她一门心思为了造纸坊好，哪里有这些人的歪心思。

徐莉亲眼看着黄麻纸造纸坊从一个被火焚烧过的草棚，变成现在的样子，造纸坊不仅对于叶问青重要，对于她也同样地重要，就像是自己怀胎十月生下的孩子一样，哪里容得下别人去诋毁。

翠翠讥讽道："不做这个做什么，你学历这么低，有技术含量的事情老板也不会交给你做的。"

另一边的烘干室躲着个人，鬼鬼祟祟，半天不敢出来，徐莉气得眼歪鼻斜，对着烘干室吼道："小刘，你搁那儿猫冬呢！"原以为自己藏挺深，没想到还是被看见了，"我这不是怕打扰你俩谈话嘛。"小刘嘿嘿一笑，从烘干室走了出来，他要不是听见这姐妹俩吵架，怎么会躲在里边这么久。

翠翠变了张脸，和他打招呼道："你也是这儿干活的？"

"我就是一送货的，平时都是徐莉负责这些，你要有啥事儿就问她。"小刘找了个借口，赶紧离开。

"没看出来，你还管挺多。"翠翠环顾四周，除了她之前推到水池里的一堆湿纸外，不远处还有许多贴在竹帘上的湿纸，只是看上去薄薄的一层，没什么水分了。"要是我来了，这些是不是都要归我管？"

徐莉横了眼翠翠，指着水池里的那一堆纤维开始散开的湿纸，道："你就负责制造黄麻纸，一步步来，其他的暂时别想。"总归是家里人，要是翠翠能留下来，也不用担心生活费的问题了。光靠着她那个只知道吃茶打牌的表姐夫，一家人都得饿死，况且孩子还上小学了，家里等着用钱的地方多得是。徐莉私心里还是想让表姐代替她来造纸坊干活的，她也没有藏私，把自己从叶问青那儿学到的技巧，全都教给了翠翠。

制造一张黄麻纸需要二十几个步骤，每一个步都不容有错，否则最后的成品就会出现瑕疵。"你跟我来，我带你去外面浸泡用的池子看一眼。"黄麻纸的制造原材料是竹子，每天小刘都会去山上砍竹子下来，有时候叶问青没什么事儿会去帮忙，所以用不着她们女生担心。只是徐莉性子急，每次都会去搭把手帮个忙，她把这一点跟翠翠解释了一下："你要是不乐意去，可以不去，我之前是想让叶哥和小刘他们多歇一会儿才去帮忙的。"毕竟不在安排的工作范围内，徐莉总不能以自己的标准去衡量别人。

翠翠无语道："你就是傻，不该你干的活，还非得上赶着去做，又不加工资。"

"有些事不是用钱就能衡量的。"徐莉懒得和她争辩，带着她来到一个水池边，把袖子挽起，从水池里捞了一根竹子上来，用指甲按了按竹子。"你要注意看竹子的浸泡情况，一般来说只要是按照时间来泡的，就没什么大问题。接下来还得去锤料……"几乎是事无巨细地把制造黄麻纸的全部过程都讲了一遍，徐莉口干舌燥，心里又憋着火，要不是看在翠翠是亲戚的份上，估摸着早就发火了。

翠翠听了之后倒也没说什么，没乱问问题，看样子是想留下来，徐莉松了口气，这下她就算是走，也走得放心了。翠翠说有些内急，徐莉给她指了个方向。过了许久，翠翠才回来，眼神都比之前亮了，一见徐莉就说她不会做人，"我刚才可看见了，这破房子里还有电脑！"表姐惊讶地说。

造纸坊哪里有电脑？下一瞬，徐莉差点儿气得骂人，叶问青是住在造纸坊最里边的房间，安装了网络，他房间平时都关上的，也没人会进去。这个翠翠竟然自己打开门进去了，简直是不把自己当做外人！"那是叶哥的房间，谁让你进去的？！"

翠翠无辜道："门又没锁，我怎么知道是谁的房间。对了，你怎么不告诉我有电脑，我之前学过打字，你该跟你老板说让我来做文员。"当工人多辛苦，还得浸泡在水池里，手上的皮都得掉几层，冬天也冷得慌。她之前出去找工作，见那些文员都打扮得很漂亮，只需要敲敲键盘就行。"你不是在这里干了这么久的活，怎么不跟他说要去当文员，脑子一点儿也不灵活，万一再招个人来，就没你的位置了。"

徐莉对造纸坊的情况清楚明白，现在哪里是需要什么文员，最重要的是找个会运营的技术人才过来，帮助造纸坊和研学馆宣传，吸引更多的游客过来旅游消费，这样做才能带动周边的发展。"你不就想捡些轻松的活儿干吗！"徐莉继续吐槽道，"要是你长得漂亮点，没准儿有可能，但你既没长相，也没身材，除了脑子喜欢幻想外，还有什么竞争力？"

翠翠翻了个白眼，"你还不是一样，要不是贪图别人钱，会答应嫁给一个四十来岁的老男人，别个娃儿都七八岁了，你嫁过去就当后妈。"

"你说的都是真的？！"徐莉紧握着双拳，她还当家里人终于肯心疼她了，帮她留意了一个合适的男人。她也没别的要求，只要人老实适合过日子就行，至于她们说的年收入二十几万，她就当吹牛呢，谁还不会掩饰一下自己了。

这下从翠翠口中才得知了真相，这个四十来岁的男人，不仅结过婚，还有一个孩子！徐莉低声骂了句，随后不顾一切地冲了出去。

05

阳光藏在树缝间摇摆，半开的门掩盖不住厨房传来的鸡汤香气，穿着件丁香紫色薄针织衫的女人正在切草莓上的蒂。

"妈妈——"趴在床榻上的窦淮叶抱着枕头，声音软糯。女人回过头，细长的弯月眉，唇红齿白，模样与窦淮叶有个五六分相像，只是更加有韵味。"乖乖，等会儿就可以吃了。"

"好。"窦淮叶刚把行李搬回来，就发现自家有人在，没想到窦妈妈从外省回来了，还特意给她炖鸡汤喝。难得享受母女温情，窦淮叶什么也不去想，把一切烦恼都遗留在水桐乡。

过了会儿，窦妈妈端着煮好的鸡汤过来，往窦淮叶嘴里塞了颗切了蒂的草莓，"来，把小桌子打开，你就在这儿吃吧。"

"你这次回来待多久呀？"窦淮叶不知为何有些心虚，这次回来大包小包拎了很多东西，她找借口说是在姜可家住了一段时间。好在窦妈妈知道她和姜可关系好，姜可又是个靠谱的人，所以才没再追问下去。

"我才回来多久，你就盼着我走了？"窦妈妈用指尖点了下她的脑袋，道："你这个没良心的。"

"没有，就是突然想起来了，随口问问而已。"窦淮叶哪里敢说实话，更何况她心里想着其他事儿，怕在窦妈妈面前显露出来，只好低着头一直喝汤。

"你这段时间没遇到什么事儿吧？"可能是有段时间没有见到窦淮叶了，窦妈妈觉得自己女儿好像瘦了些，就连脸上的肉都少了，整个人看上去单薄得很。她想起了给窦淮叶收拾房间时，在书桌上看到的那张写满了名字的草稿纸。窦妈妈从盘子里拿起一颗草莓，递给窦淮叶，状似无意地问道："叶问青是谁啊？"

"咳——"此言一出，窦淮叶哪里还吃得下。

"小心点儿。"窦妈妈拍了下窦淮叶的背，挑眉，问道："是你喜欢的男生？"

窦淮叶点头，她从来没想过要瞒着家人，她也相信妈妈并不会阻拦她。见女儿承认了，窦妈妈倒吸一口凉气，惊讶道："你当真？！"

"嗯，只是人家没把我当回事儿。"窦淮叶垂头丧气地喝着鸡汤，她生气的不是叶问青和徐莉的亲近，他自然有选择任何一个女生的权利，她只是气恼在叶问青眼中，她好像永远是个小孩。

看到窦淮叶的样子，自然是还没恋爱就失恋了，窦妈妈没继续追问下去，拿出一个包装精美的礼物盒，说道："回来的时候给你带的，拆开看看？"

不过几下就将礼物盒拆开，里边是一个毛发柔软的小绵羊，窦淮叶说不出来是高兴还是不高兴，似乎都将她当作小孩一样看待，她不喜欢这种感觉。

好不容易将窦妈妈打发走了，窦淮叶将头埋在被窝里，打算来个不睡不休，等一觉醒来，想必一切都会好起来的。

"嘟嘟——"压在枕头底下的手机震动几下。又是谁给她发的微信，姜可？蒋承奕？还是叶问青？总不会是薛老师吧……窦淮叶挣扎了一会儿，摸出手机，不过出乎她意料的是，发消息给她的是一个绿色的四叶草头像。

"我是徐莉，先跟你说声对不起。"备注的名字是潇潇，窦淮叶没想到徐莉会这么快就扯下伪装。徐莉依照这段时间和窦淮叶的接触，猜到她即便是看到了，也会故意装没看到，所以没等她回复，又发了一条消息："那天我是打算跟叶哥告白后就离开的，所以才会开那个玩笑，希望你别误会了。"

她要去哪儿？窦淮叶挠了下脑袋，不是在造纸坊工作得好好的吗，怎么突然说走就走？等了许久也没见窦淮叶回复，徐莉知道自己这回是真得罪这个女作家了。

造纸坊内不断传来"哐当哐当……"的声音，她没再继续等下去，把手机揣兜里，继续忙活。小刘拖着切割好的一捆竹子过来，调侃道："你不是要去深圳享福的吗？怎么还在干活？"

"不走了，我就要跟着叶哥把造纸坊开好。"

"那你表姐呢？"

"滚！"真是哪壶不开提哪壶，徐莉对表姐翠翠烦透了，自己半点儿本事没有，心眼倒是不小，还没来造纸坊工作，就已经想着怎么偷奸耍滑了。徐莉也不想做这个恶人，但是为了造纸坊以后的安宁，还是把翠翠劝走了。

今天早晨落了场大雨，噼里啪啦地浇在泥土里，本来小花园的那些虎皮百合都蔫了，没有什么活力。游客都改在下午来了，所以他们有一上午的短暂休息时间，不过叶问青并不打算休息，他还有其他事情要办。

他翻找出了一截儿废弃的木料，先用小刀分割成一块一块的，再在方块上写上字迹，直到将方块全都写满了字迹，这才抬头晃了晃僵硬的脖颈。不料余光瞥见了一道俏丽的身影，雨幕中，一个长发披肩的女生，撑着一把白色透明的伞，浅蓝色的针织毛衣搭白色连衣裙，看上去格外清纯。

窦淮叶迈出步伐，朝着叶问青走来，她就知道自己迟早会回来。"专门买给你吃的皮蛋瘦肉粥，趁热吃。"她将一个保温盒放在了玻璃桌上，没想到上边全被雨水打湿了，又连忙提了起来。

叶问青赶紧放下手中的小刀和木方块，道："进去吃吧。"他摸了摸鼻头，没有想到窦淮叶又回来了，毕竟她临走前的样子还是挺生气的。

当初是自己闹着要走，还迁怒于人，窦淮叶也有几分尴尬，只好装作记不得了，拿了勺子给他。"这是我妈一大清早就起来熬的，她说自己做的比较营养……"窦淮叶声音低了下去，还是低头道："对不起，我不该跟你乱发脾气的，只是当时确实有些生气。"虽然是徐莉气她在先，但篝火晚会上蒋承奕在弹吉他，其他人又在唱歌，声音那么吵，叶问青不知道她来了也很正常。怪自己不该上了徐莉的当，和叶问青闹脾气。

"这件事我也有做错了的地方。"叶问青从徐莉口中得知了那晚的事情，起初是觉得有些窃喜，因为窦淮叶如此生气，自然是在乎他的。可他又不舍得让她生气，想过给她打电话让她回来，却又不知道该如何开口，只是在微信上给她转发了几条有趣的新闻消息，试图用这种笨拙的方式，缓和两人的关系。

既然矛盾已经说开了，那也就不用再讨论这个话题。

"你是想尝试木活字印刷术吗？"窦淮叶见他刚才在切割方块，又在方块上写字，这个举动让她觉得熟悉，脑海中仔细回忆了一下，才想起来和书上提过的活字印刷术有些像。同样都是先制成单字的阳文反文字模，然后按照自己所需要印刷的字，挑选出单字，再整齐排列在字盘内，涂墨印刷。

木活字印刷术

01

"最近是在琢磨木活字印刷术。"叶问青捧着她端来的保温盒，直接用勺子舀着吃。他现在就在制作阳文反文字模，所谓的阳文就是指印章或器物上凸起的文字与花纹，也被人称为"阳识"，与其相对的阴文，则是指雕刻在石头上凹进去的文字与花纹。木方块上的字模文字都是与正确文字相反的，这样在经过印刷后，才能够得到正确的文字。

窦淮叶还记得印刷术也是中国四大发明之一，与造纸术、指南针、火药一起推动中国乃至世界的文明进步。元成宗大德二年，王祯采用木活字印刷《旌德县志》成功，是历史上最早应用木活字印刷术的记载。"造板木作印盔，削竹片为行，雕板木为字"，王祯在其著述《农学》中翔实记载了木活字印刷术的操作过程。

"没想到你还会做这个，我以为制作阳文反文字模很难，除非祖上就是做这个的，才懂得如何制作。"

叶问青倚靠在研学馆的门口，眼中有淡淡的笑意，"我们家祖上也曾学过活字印刷术，只是雕刻字模比较麻烦，比古法造纸还要折腾人，所以越往下传会的人就越少了。"由西方引进印刷机器以后，活字印刷术就逐渐被淘汰了，现在市面上比较活跃的瑞安活字印刷都以编印家族宗谱为主。叶问青早就有心重新选材刻字，总是不得空，也就耽搁了下来，最近招聘了一个做运营的男生，互联网上的事情就交给这个人来负责，他也就多了些时间来沉淀自己。

"需要我来帮你做些什么吗？"窦淮叶问道。

叶问青摇头，将保温盒放在了一块露出横切面的树根上，"刻字比较难，没有长期训练过的人，在雕刻时可能会伤到手。"

窦淮叶便也不再强求，能帮得上就帮，帮不上就罢了，"那你继续忙，我不打扰你。"

雨淅淅沥沥，窦淮叶走到廊下，伸出手去接雨水，带着植物清香的雨水淋在手上，冰凉凉。

"你是不是喜欢我？"

从屋子里传来他被雨掩了大半的声音，潮湿地钻入耳蜗，让人怀疑自己听错了。

窦淮叶一怔，猛地涨红了脸，"没、没有……"

"噢。"他有点儿失落，"其实我还蛮喜欢你的。"

雨水依旧冲刷着地面，这句话听来太不真实了。

时间很快到了约定好直播的日子，窦淮叶先在自己的账号上发了条预告，再和负责运营的小哥苏余年讨论怎么吸引更多人来观看。

"首先肯定不能在早上直播，太早了很多人都没起来，而上班的人要赶车，也没有空闲时间看直播。晚上八点以后再直播比较好，随着时间越晚，开播的人会越多，到了深夜很多大主播都上线，咱们再想抢流量就不太行。"

窦淮叶表示自己了解了，她想了几个方案，还准备了一些黄麻纸和书法作品，打算在直播间送出去。将整理好的黄麻纸和书法作品放在一旁，窦淮叶还特意化了个好看的妆容，在八点准时开播。直播了好几次后，她已经大致了解直播间的规则。

"大家好，我是兜兜，又见面啦~"她给来直播间的几个人打了声招呼，尝试着调整音量和手机角度，在此期间进来的人还不少，或许从封面一眼看上去还挺赏心悦目的。

有人评论问道："妹子是直播什么的？"

"宣传非遗项目——古法造纸技艺，大家要是感兴趣的话，可以多待一会儿，直播间会随机掉落礼物的。"窦淮叶从善如流地回答，她之前也试过用送礼物的方法来吸引人。刚开始不知道怎么送，有人问她，她也就老实回答了，结果别人一听说还要等到八点半才开始送礼物，就纷纷退了出去，再集体等到八点半涌进来坐等抢礼物。

窦淮叶觉得这个方法不太好，还是选择随机掉落，她看情况选择人送，这样就可以让观众一直留在直播间。

"什么礼物？"

"要不要花钱，免费包邮送吗？"

有些主播假借送礼物的由头，借机收取高额的邮费，以此来赚钱，所以很多观众都比较谨慎，大家都问得很详细。窦淮叶解释道："礼物是免费包邮送的，只要待会儿认真看了我直播的内容，最先回答出正确答案，那就可以拿走礼物。"

"行！肯包邮的主播良心大大滴好！"看着屏幕上的一则评论，窦淮叶没忍住笑了出来，她觉得直播还挺有趣的，特别是这些网友脑子灵活，嘴巴很会说。

此刻来直播间的人数已经有一百多个了，窦淮叶见时间差不多，就开始给大家介绍古法造纸技艺，从最开始的起源说起，再由叶问青来为大家做示范。直播间网友评论的数量少了，窦淮叶知道大家都有些疲倦，赶紧提出第一个问题："请问第一个发明黄麻纸的人是谁？"

猝不及防地提问，让好些都开始打瞌睡的网友一下清醒了。

"王洪！"

"黄宏……大哥你 H、W 不分啊……"

"上面的是什么鬼，别人叫葛洪，东晋著名的医药学家。乱改人姓名，当心葛大夫半夜摸你脚丫。"

"……"

窦淮叶拍掌道："好了，我看大家回答得都很积极嘛，现在正确答案已经出来了——就是这位昵称是姜姜与蒋蒋的网友……"哦？这个 ID 确定不是蒋承奕来开玩笑的？她似乎发现了藏在网友群中的亲朋好友，要不要这么让人感动，担心她直播没人来看，还来帮忙热场子。

"恭喜这位网友获得了竖版条幅的书法作品。"窦淮叶把早就准备好了的条幅给拿出来在镜头前展示，这些书法作品都是叶问青用了心去写的，虽然比不上名家手笔，但看上去笔画光滑、结构匀称、浓淡正相宜，用来做装饰物是再好不过了。

见礼物是赠送书法作品，有些对于书法本身并不感兴趣的网友都退了出去，不过还是有不少人留下来继续观看。叶问青和窦淮叶两人忙活到差不多十点多钟才下直播，嗓子都快说哑了。

"看样子光赠送黄麻纸不太行，大家会觉得这个用处不够多，而且用来抄写经书的话，自己还得再去购买笔墨。"窦淮叶手边上还剩下一大叠的黄麻纸，都是用来做礼物赠送却没送出去的。相比较而言，对古法造纸感兴趣的网友会更希望收到书法作品。

前几次直播是没算好赠送方式，所以观看的人不多，这一次直播间有很多网友，也足够让苏余年看出端倪来。苏余年分析道：

"叶哥，我觉得古法造纸是根本，但想要让更多人知道了解，并且愿意花钱购买，就必须要创新。"

就目前来看，黄麻纸的最主要用处还是用来抄写经书。只有他们身为传承人想出更多的用处，才能更好宣传出去，让黄麻纸走得更远。

02

这日晴空如碧，万里无云，从远处吹来的花香如琼浆一般，一阵阵的，让人迷醉。两人走在田间小径上，一前一后。

窦淮叶道："你之前在中秋节给我做的纸糊灯笼，我觉得非常的漂亮，如果做出来在灯会上贩卖，也能为造纸坊增加一笔收入，你觉得呢？"

近些年随着汉服越来越普及，大家都喜欢在中秋节、春节这些传统节日和灯火活动上穿汉服，提着各种做工精美、造型独特的灯笼出去游玩。有些手艺人制作的灯笼特别漂亮，而这其中价格也直飙几百几千，如果叶问青可以制作出黄麻纸灯笼，一定可以卖出更高的价钱。

叶问青谨慎道："这个主意我也曾经想过，但是想要做成一个精美的灯笼需要一定时间。我担心时间成本问题，如果在灯笼上花费时间特别多，价钱却不能与之成正比的话，就有些得不偿失了。"

这也是现在做手工最难定义的价值，手艺人制作了一个完整的作品，需要花费大量的时间和精力。但对于某些人来说，可能觉得这件东西并非那么昂贵，达不到标示的价格。

"我们不用大批量制作灯笼，我们可以把它分装成材料包，然后再进行贩卖。"

窦淮叶的这句话让叶问青眼前一亮，的确是可以制成材料包来贩卖的，这样成本和时间都控制了。还可以让其他有需要的人仅花少量的钱，就可以满足体验感和获得最终成品。叶问青脑海中出现一个主意："我们还可以把纸浆染上颜色，然后再戳到画纸上，这样就可以做成一幅纸浆画了，可以接定制作品。"

窦淮叶还是头一回听到这种画，高兴道："那待会儿抽个空，咱们来试着做一做。"

灯笼最主要的是搭建骨架，需要花费大量的时间，叶问青先把灯笼放在一旁，准备先做个纸浆画试试。叶问青依照自己对造纸的理解，认为做一副完整的纸浆画，应该需要一个A4大小的画布，一个戳针，然后再加一些可以用来对纸浆进行染色的色素。

画布这些很好解决，他去堆放杂物的地方找了找，实在找不到戳针用牙签也可以应付，东西准备得差不多之后，叶问青就准备开始制作纸浆画。窦淮叶觉得特别好奇，跟着他一块去试验。他找来了几个小瓷碗，然后加了些纸浆放在小瓷碗中，滴入一些色素进去。画布上没有打印出大概的轮廓，只能按照自己对于画画的掌握来进行补充。

窦淮叶看了会儿，从他身边拿了一块画布，她并不擅长画画，所以从最简单的树叶画起，尝试了一会儿之后，发现纸浆太松了，没有办法粘在画布上。

"纸浆和画布间缺少了黏合物。"叶问青那边也发现了问题。或许要用一些白乳胶之类的添加在纸浆里面，这样就能增加纸浆的黏性，才能附着于画布之上。叶问青给蒋承奕打了个电话，让他帮忙带一些白乳胶回来。

趁着午后，游客们都在民宿内短暂地休息，叶问青和窦淮叶、蒋承奕三个人开始第二次尝试制作纸浆画。先把纸浆中的水混合得差不多，再把白乳胶倒入进去，把二者混合，再放入一些可食用的色素或者颜料。这样就差不多了，可以直接用来戳在画布上。

蒋承奕问："你想画些什么？"

窦淮叶想了想，她似乎没有什么特定的喜欢的植物。

叶问青道："那画一株凌霄花好了。"凌霄，以柔弱的身姿，执着地生长在百丈崖头，永远不屈服。

"行。"窦淮叶找到了橘色和红色的色素，将两种颜色倒了一点在瓷盘中调色，然后和纸浆混合在一块，又照着手机上的照片一点一点地戳上去。加入了白乳胶的缘故，纸浆不会掉下来，而是牢牢地粘在了画布上。

"戳纸浆的过程还算有趣。"蒋承奕有些手痒痒，也拿了个针戳过来，在窦淮叶的画布上戳了戳。

叶问青在一旁观看，这个方法倒是挺不错的，没准会有人喜欢，"大家的动手能力可能没有这么强，如果我们要出售材料包的话，或者制造体验项目，可以在画布上打印一些基本的轮廓，游客们照着戳上去就行。"

窦淮叶补充道："如果是选用打印了图案的画布，那么价钱就相应地贵一点；如果只是选用空白的画布就便宜一些，让大家来自行挑选，可能会比较好。"

想要在画布上打印图案的话，就需要有打印机，蒋承奕没将这事儿放在心上，"这个好办，我和问青去市里找个打印厂合作就好了。"

谁知打印厂接的订单数量一般都是上万份，而造纸坊还在起始阶段，数量并不多，也就没办法跟对方合作。此时天色还早，叶问青抬眼看着街上的人来人往。

"不如我们再去看一看私人的打印店吧。"他也不知道这些负责打印和复制的店，是否可以做出他们想要的效果，但目前没有别的办法，只能先去看一看。他们终于找到了一家私人的打印店，但对方给出了否定的回答："如果是打印在画布上，可能有些不太好做。"

蒋承奕问道："没有别的办法了吗？"

"在画布上打印图案，听起来简单，操作起来还是有一定的难度，如果你只是打印其他纸张的话，我倒是有办法。"

蒋承奕给叶问青使了个眼色，觉得这只是打印店老板想涨价的托词。

似乎看穿了他的想法，店铺老板把指尖的烟头弹了弹，哑着公鸭嗓道："不是我哄你，这种又不是我一家不能制作，随便你出去找，我敢保证像我一样的私人店主都没有办法接你们的单。想要在你们说的画布上打印，需要更昂贵的机器才行。如果你们只是想要在纸张上打印图案的话，街上任选一家都可以满足，不过是纸张的好坏、笔墨的清晰度和价钱的高低而已。"店铺老板的意思是让他们改变打印的材料，换成普通的纸张。

"如果将打印了图案的纸张放在画板，先把染色的纸浆戳了上去，等待干透以后再进行装裱，也不是不行。"叶问青默默琢磨了一下这样做的可行性，其实还是挺高的，但一切都得以实践后的结果为准。

蒋承奕和叶问青商议了一下，决定先打印一些拿回去试一试，如果可行的话，就按照这个方法来，不必用直接打印在画布上的法子。见他们答应了下来，老板也很痛快地降低了价钱，并告之以后有什么需要尽管来找他。在打印店等待了一会儿，老板将打印好的一叠画纸交给了他们。而此时叶问青收到了一通电话，对方称邮局有他一封信件，还是从国外邮寄过来的，让他尽快过来领取。

"你去取信件吧，免得丢了。"蒋承奕把打印好的纸张全都装入文件袋中。

叶问青电话得知是来自国外的信件，就猜到了应该是之前和他联系过的那个海外华侨。他没有想到对方过了好几个月，居然还会给他寄信。

取回信件，回家拆开后发现果然是一封感谢信，对方觉得他制作的黄麻纸十分精美，满足了他平时抄写佛经的愿望，并希望他将这项古法造纸技艺传承下去，不要让这项非遗失传。信件中还夹杂了一张华人街的明信片，明信片的背后写了一段话，字迹十分稚嫩，很多笔画都是错的，看上去是小孩子写的。

"没想到这个人还挺有情怀的。"窦淮叶单手撑在了叶问青的肩头上，不自觉地亲昵。

"你最近好像有点叛逆。"叶问青伸手捏了下她的脸颊，似乎自从那天他表露心意后，她就越来越胆大。

窦淮叶笑着躲闪，"哪儿有，我一向如此好嘛！"看完了信件后，得知对方是想让叶问青定期给他寄黄麻纸过去，并且提到了其他华人想要购买黄麻纸的想法。

这个顾客给钱痛快，而且态度谦逊，十分有礼貌，懂得礼节，所以叶问青和他合作起来还是挺愉快的。他将这笔单子记录了下来，准备按时给对方发过去。

窦淮叶看着他十分忙碌，在旁边开口道："小苏让我写了一份关于黄麻纸的宣传稿，你抽空看一下吧，我发到了你的邮箱。"

"邮箱？"叶问青反问了一句，还以为窦淮叶只会发在他的微信上，居然发邮箱这么正式。

"是啊，公事公办嘛。"窦淮叶笑着道，她笑起来的时候，眼睛会弯成月牙形，梨涡也是小小的一个，看上去清纯又甜美。

"那我现在就看。"叶问青掏出手机，打开邮箱，果真看到了一封来自摩尔兔叽的邮件，邮件正文按照常规的格式写的。"餐巾纸，书本，资料，打印纸，快递盒，牛皮纸袋……生活中我们每天都会接触到各种纸张和纸制品，却极少有人知道纸张是如何制作而成，它的原材料又是什么……"叶问青憋着笑意，看完了全部内容。

"这句'传统的手工造纸技艺，用一丝不苟的工艺流程，以及手工纸温润的色泽、柔韧的手感，传递出中国文化特有的品质，而中国手工造纸技艺的传承也给予我们无限感动'，写得很不错。"

"那可以直接发布在公众号上面吗？"窦淮叶知道叶问青最近在忙着做阳文反文字模，每一个单字都需要花费时间去雕刻，分不得心，加上她是专门学文的，虽然不怎么写文案，但只要力所能及，她就想去试一试。

"我觉得你写的文案挺不错的，可以让小苏把陈锋之前拍摄的照片也放上去。"苏余年虽然负责运营，但也做了很多工作范围以外的事情，比如说公众号的排版这些，都是他独立完成的。倒是给叶问青和窦淮叶省了不少事儿。

可以说，能够来到乡间的年轻人，真的不是冲着钱财来的，窦淮叶把文案转发给了苏余年，并在微信上给他发了个加油的表情包。

"对了，之前竹尚轩的店主姐姐让我跟你说一声，她之前收的那些黄麻袋都卖光了，要是咱们有空就再送些过去。"

原本黄麻袋只是搭着卖，一个月能够卖个十来个就很不错了。但是最近一档与汉文化相关的综艺节目火了，许多年轻人都以穿汉服为流行，还兴起了一股改造黄麻袋的风潮，她收的黄麻袋全都卖脱销了，于是赶紧跟窦淮叶联系。

造纸坊的订单越来越多了，大家都变得格外忙碌。这是向好的一面，只有如此，才能让黄麻纸造纸坊真正办下去，毕竟这么多员工都需要养家糊口。

03

窦淮叶抽空回了趟市中心，准备带些东西回水桐乡，却在街边发现了蒋承奕的SUV，还没等她过去打招呼，就见到一个用花色纱巾将头和脖子都包裹了起来的女人跑了过来，拉开车门一下子坐了进去。

女人脸庞被纱巾围住，甚至还戴上了墨镜，根本看不清五官，身形很不错，一眼看去就是美女的那一种。

窦淮叶为姜可感到忿忿不平，要是蒋承奕不喜欢她，干嘛还要送这么贵的珍珠项链！不行，她一定要过去看看这个女人是谁！窦淮叶伸手拦了辆出租车，一上车就和司机说让帮忙跟着前面的SUV。

"男人嘛，都是这个样子的，不是有句话说吗——'女人八岁可以照顾家，有的男人八十岁都不知事'，婚姻里面还是要睁只眼闭只眼，这样日子才过得下去。"司机熟练地启动车辆，一踩油门跟了上去。

窦淮叶心思全都放在了前面的车辆上，留意着他们前进的方向，哪里顾得上回司机的话，不过好在蒋承奕他们似乎不是要去哪里游玩，而是直接找了家餐馆，看样子是准备去用餐的。"Ten Ounce Dining（10盎司）？"窦淮叶透过车窗看着餐馆的招牌，待车停下后，马上掏出手机结账，又赶紧把口罩戴上往餐馆内走。

这家小食堂装修得还蛮有情调，位于一条绿荫小道，虽然路上的树木都快凋零了，但也别有一番风味。没想到蒋承奕这个钢铁直男，竟然选了个这么有情调的地方跟女生吃饭，不，这根本就是来约会的嘛！窦淮叶气得牙痒痒，恨不得这就上去揍蒋承奕一顿，谁让他四处留情，不喜欢姜可还给人送项链！没准儿姜可也对他动了心思。不行，她得想个办法去搅蒋承奕的局。

"他们家的咖啡真的好喝，我经常从网上点单让外卖小哥送过去。"带着头纱的女人说话声音有些闷，她手指在菜单上飞速划过，"来一份草莓巴斯克，一份提拉米苏，然后两份奶油蘑菇意面，两份炸薯条。我点好了，你看下还有要补充的吗？"女人把菜单递给了蒋承奕。

"差不多够我们吃了吧，没什么要点的。"

旁边的服务员见状，道："好的，请二位稍等片刻。"

等服务员走后，女人单手撑着下巴，兴致勃勃："这家的草莓巴斯克有一颗很大的草莓，提拉米苏吃起来也有一股淡淡的酒香味儿，口感细腻柔软，让人回味无穷。"

蒋承奕道："看样子你经常来这儿吃饭。"

"也不算经常，偶尔会来一次，不过都是瞒着兜兜来的，她不知道这个秘密基地。"

蒋承奕抬手给她倒了杯水，"你打算就这么瞒下去？"

瞒什么？悄悄走近的窦淮叶只听见了这一句，她就知道蒋承奕瞒着她们在外面有了女朋友，真不够厚道。为了保留证据，防止蒋承奕死不承认，窦淮叶把手机对准他们二人，来了个大合影，她满意地看着手机上的照片，打算到时候非得逼着蒋承奕说实话才行。

谁知一抬头，就见到了硕大的一张脸，五官近得都快挨上她了。

"啊！"窦淮叶捂着小心脏，这是个什么东西！

蒋承奕往后缩了一下，抱着双臂，无语到了极致："你属跟屁虫的？怎么到哪儿都能遇见你？"

居然敢这样说她，看待会儿他怎么解释这个奇怪的女人，"她是谁？"窦淮叶手一扬，指向坐着的用纱巾蒙脸的女人。

蒋承奕失笑道："你真没认出来？"

"你在外面找的女人我怎么可能认出来！"窦淮叶生怕被那个女人听见，还刻意压低了嗓音。不过她也不用如此，坐着的女人错愕地看着她，取下了面纱，是姜可。

窦淮叶此刻心情复杂极了，亏得她还以为发现了蒋承奕的惊天大秘密，谁知这个女人就是姜可。不过，他们怎么会待在一块儿？还来这个地方吃饭……"你不是说有领导下来视察工作嘛，怎么还有空来找蒋承奕？"

姜可尴尬地把鬓边掉的碎发撩至耳后，干咳了一声，解释道："工作再多也总会忙完嘛，我就是突然想吃这家的奶油蘑菇意面了，又在半道上遇见蒋承奕，才结伴而来。你可千万别误会啊！"

要是姜可不补充这句话，窦淮叶还不会多想，她摘了帽子坐在姜可身边，道："老实交代吧，你俩是不是背着我们约会呢？"

"怎么会！"姜可脸一下子涨红得像是番茄一样。

蒋承奕依旧双手抱臂，"你就别来打趣我俩了。"

窦淮叶只好将注意力转移到了姜可身上，生气道："亏你还说我们两个人是很好的朋友，结果你经常一个人过来吃独食，还不肯告诉我，这算哪门子的朋友？"她声音变得哽咽起来，捂着脸小声啜泣，为着被朋友抛下而难过。

姜可满脸愧疚，她并非是故意隐瞒，而是人总会有一些自己的小秘密，哪怕再要好的朋友也不能触及。"兜兜，真不是故意瞒着你的，我也没想那么多。"她扯了张桌上的餐巾纸，小心翼翼地递给窦淮叶，赔罪道："我们下次去游乐场玩，好不好？"

从小到大姜可就与窦淮叶关系好，鲜少发生争执，她格外珍惜二人之间的友谊，所以不希望因为这一件小事，让两个人之间起了嫌隙。窦淮叶把头转向靠近街道的窗户，并不准备接姜可递来的餐巾纸。见状，姜可愈发愧疚了，也跟着难受起来，是她不对，不该这么隐瞒朋友。

蒋承奕却是微微蹙眉，他总觉得窦淮叶不是这种小家子气的人，怎么会因为这种事情就耍脾气。不过他到底是男孩，不懂得女孩的心思。

"那你说个条件吧，只要能让你高兴，我什么都愿意答应你。"姜可轻轻晃着窦淮叶的胳膊，姿态真的放得不能再低了，太在乎她的感受了，所以不希望让她不高兴。

窦淮叶用手揉眼睛，小声道："你说真的？什么条件都答应？"

谢天谢地，她终于愿意搭理自己了，姜可忙不颠地点头，保证道："是，只要是我能满足的条件，什么条件我都答应！不过，你不会让我上天去摘星星月亮吧？"

"倒也没有那么难。"窦淮叶抬起头，用指腹沾了沾脸上并不存在的泪水，一瞬间变了脸，笑着搂住姜可的脖颈，低声道："你跟我说说，你是不是喜欢上蒋承奕了？"

真是的，又被她给骗了！姜可没忍住在窦淮叶的腿上掐了一把，然后才道："你别胡说。"

"她跟你说什么呢？"蒋承奕好奇地看着她俩，他今天倒是不怎么忙，顺道来帮别人办点事，没有想到遇见了姜可，两人真是在半路上遇见的。不过这种事太巧了，说出来恐怕也没人会相信的。

姜可赶紧捂住了窦淮叶的嘴，"没什么，你再多点份餐吧。"

"好吧……"蒋承奕烟瘾有些犯了，跟她们两个人说了声，准备出去待一会儿。

他走后，正好服务员送餐上来。

"行了，你就别跟我打太极了。"窦淮叶尝了口意面，带着浓郁的奶油和蘑菇的味道，难怪会是姜可的秘密基地，这地方的东西可真不错。"你约他过来就是单纯地吃个意面？"

姜可尴尬地挠了挠脸颊，她的目的还真没这么单纯，"我怎么想又不重要，重要的是他的想法才对吧。"

"谁说不重要了，要是你真喜欢他，直接说清楚就好，干嘛拖延，万一有其他女生看上他了，到时候你就找个地方哭去吧。"

"嘿。"姜可拿叉子在窦淮叶的意面里搅了一下，"你到底是谁的闺蜜啊？怎么一点儿不帮我。"

窦淮叶道："我跟你说，你要是确定自己喜欢他，就干脆一点，省得夜长梦多。"

04

前不久有人自称是华蜀小学的家委会会长，在某平台上看到了关于叶问青的纪录片，对他的非遗项目黄麻纸造纸技法十分感兴趣，希望他能够来学校教学。双方约定了时间，叶问青按时赴约。

办公室内，年级主任询问了叶问青的接受教育程度和从业经验，得知对方是北京师范大学毕业后，对其信任度又上升了一些。谈话并没有太久，年级主任就把合同拿了出来，让叶问青再仔细研读一下，看有没有不合理的地方。

"我们学校的兴趣课老师一般一个学期是 16 节课至 20 节课，也就是说至少要保证每一周上节兴趣课。"年级主任介绍着学校的情况，现在都讲究素质教育，大家也都更加注重于孩子的兴趣爱好。

年级主任把合同翻到了后面的价钱上，并说道："我们了解到叶老师你的课程是比较昂贵的，但是大班教学的话，我们给不了那么多的钱，一节课可能最多每个孩子一百块钱，他们班上是四十五个孩子，也就是一节课你大概会有四千五的课时费。这个价格对于我们其他科目老师来说，简直就是天价了。"

年级主任话音刚落，身边的班主任就接话了："是啊，真的不少了，我们当班主任的课时费少得可怜，连零头都不够。"

"教授的课程不一样，拿来做比较也不太合适吧。"窦淮叶打断了他们的话，虽然知道学校这边是想为学生和家长省点钱，但也不是这个说法，他们要是直接和叶问青商量便宜些，没准儿他就心软同意了。

"我们班上的孩子家庭情况都比较富裕，不会拿不出这点钱，还是照着老师之前的价格来算吧。"家委会会长那天和叶问青聊过天，知道他几乎把所有身家全都用在造纸坊上了，她对于非遗项目不是特别了解，但见到他们这些年轻人肯扎根于乡间，也想出一份力气。更何况费用是早就定下来的，也不好再叫别人修改。

叶问青主动把价格放低了一些，只要学校说的价格不是太过分，他就愿意来教授古法造纸课程。几次商讨过后，学校终于把价格调整到了一个孩子五十块钱。说实话，这个价钱真的不算低了，那么多的学生，又固定了每一个至少要上一节课，本学期结束后，到手的费用还是比较可观的。叶问青和窦淮叶觉得这个价格可以，便在看过合同之后，在签名处落下自己的名字。

"恭喜你，以后就是正儿八经的叶老师了。"

班主任提前给叶问青发了课程表，并提醒他特别注意班上的几个"混小子"，这个年龄段的小孩都很调皮，一会儿不见就在地上打滚玩了。

叶问青表示自己已了解状况，他预想过很多次上课的场景，但在班主任老师的带领下来到教室，还是会有些许的紧张，好在很快就适应了。在课堂上他用各种纸张来告诉学生们，纸的不同表现方式，虽然过程中也有片刻的安静，让叶问青觉得有些尴尬，好在第一节课终于顺利结束。

下课后，叶问青收拾自己的电脑和其他东西。有胆大的男学生拉着他的衣服，对古法造纸很感兴趣，缠着叶问青问了很多关于纸张的故事。直到走出学校，叶问青仍然觉得有些不可思议。

"传承中国文化，这正是我的初衷，也是信仰。"

窦淮叶码字空隙拿出手机摸鱼，见叶问青更新了一条朋友圈，肯定是才下了课，而且心情特别好，所以才发了朋友圈。他不是一个容易情绪外露的人，发朋友圈的次数少之又少，于是主动评论道："叶老师辛苦了！【超棒】"

没一会儿，蒋承奕也发了条评论："祝贺叶老师！"

"@芬尼克狐，你怎么也在摸鱼？"
"@摩尔兔叽，大家都一样~"

窦淮叶歪着脑袋摸了一片薯片吃，她可不一样，早上就把稿子传到网站上了，其他的稿子也在写作中。她点了点姜可的头像，不知道姜可最近在忙些什么，似乎都没有什么空回来找她玩了。

被她念叨着的姜可还在忙着敲键盘，每到十一二月她就有填不完的表格，又不容出错，每次都费了很长时间。她随手接通响动的手机，道："喂，你好。"

"可可，你什么时候回来吃饭？"

姜可有些烦躁："我还忙着呢，一大堆事情没有处理，可能要晚点儿了。"

"我早就让你转岗，换个轻松点的工作不好吗？"

"先不说了，我领导来了，待会儿看见又得骂人。"姜可一听这个话题，赶紧把电话挂断，其实根本没有什么领导过来。

"嘟嘟——"刚挂断电话，微信就来了。姜可有种深深的无力感，点开果然是姜母发的："对了，你之前说的那个对象呢，什么时候领回家看看？"

这个可不能随便敷衍了，万一父母又给她介绍一个相亲对象……姜可稍微编辑了一下，发了一段话过去："他最近有点忙，没什么空，要不再过一段时间，我让他来拜访你们。"

姜母在家中露出一副果然如此的表情，她就知道这丫头在骗她，平时上班忙得不行，下班就直接回家的乖乖女一个，哪里有什么时间去找对象？"可可，妈妈让你去相亲也是为了你好，你现在不去找个合适的，等以后年纪大了就更加难找。你年轻不知道好的男人有多难得，趁着自己还有机会，要抓紧时间。"

"好了妈妈，我真的已经有男朋友了。"姜可看见这篇小作文一样的文字，脑瓜子嗡嗡作响。

"你要是有男朋友，怎么不带回家？"姜妈觉得自己已经拿捏住了姜可，道："你把他带回来给我们看看，我保证以后不再催你去相亲了。"

"这可是你说的，别反悔。"姜可索性心一横，为了将来的幸福生活，拼一把，俗话说得好，搏一搏单车变摩托。"那你待会儿去超市买点好吃的，我晚上就把他带回来。"

八点钟，某小区里，天色已经全暗，不知从何处飘来的饭菜香味。姜可表情凝重地站在台阶上，郑重其事地拍了下对方的肩膀："我的终身大事可就拜托你了！"幸亏今天蒋承奕还在市区，否则她真是连个帮忙的人都找不到。

"你爸妈应该不会问些我没法回答的问题吧？"蒋承奕看见了姜可发的求救信号后，就立即赶了过来。这倒也是，万一问了些不该问的尴尬问题，那多让人难为情。姜可道："这样吧，遇到一些比较难回答的问题，你就推给我，我来回答。"

毕竟是第一次来别人家拜访，蒋承奕买了不少水果和烟酒，姜可将他的举动看在眼里，打算待会儿给他转钱补贴一下。"走吧，愿菩萨保佑你我。"姜可以一种视死如归的心情，往楼上走去，开门，喊道："妈，我回来了。"

客厅里只点着一盏小灯，姜母还在厨房里忙着做饭，压根儿没出来。姜可知道她根本就没把自己之前说的话放在心上，更加想借由此事来压一压姜母，于是扯着嗓音道："妈，你忙什么呢，家里来客人了！"

"鬼吼鬼叫什么，我这不是在忙着给你两爷子做饭嘛。"姜母举着锅铲走了出来，震惊地看着门口的姜可和蒋承奕，吓了一跳，赶紧招呼着他们进来。"就穿鞋架上那一双，我才洗干净了的。"

姜可见自己母亲这副模样，顿时得意，道："不是早就跟您说了，我要带男朋友回家的嘛，怎么饭菜还没做好？"

"你这丫头，我哪里知道你是来真的！"姜母在她胳膊上掐了一下，然后笑着和蒋承奕说道："换了鞋子就在客厅坐着歇会儿，阿姨马上就做好饭了，你叔叔也快回来了。"

蒋承奕礼貌地点头，道："阿姨，需要我来帮您吗？"

"不需要，不需要，你赶快去坐下吧。"姜母还是头一回见姜可带男朋友回家，这小伙子长得是一表人才，个子也高，都快到门框了。还懂礼数，瞧瞧这一大堆的水果，这得吃到什么时候，姜母喜笑颜开地钻进了厨房，把厨房门一关，给还在外面看别人下象棋的姜父打电话。

"我妈这是丈母娘看女婿——越看越满意。"姜可把客厅里的灯全开了，示意蒋承奕去沙发上坐。

"小蒋是公务员，是吧？"饭桌上，姜父给蒋承奕夹了一块红烧肉，"来，尝尝你阿姨的手艺，她可不给一般人做红烧肉吃。"

"谢谢叔叔。"蒋承奕看了眼碗中堆得快冒尖的菜，姜可的父母还真热情。"我是负责扶贫工作的，工作比较忙，所以没有太多时间陪可可，以后我尽量多抽些时间陪她。"这句话既回答了姜父之前的问话，又解释了之前姜可没怎么提过他。只是他跟着姜可的父母一块儿喊"可可"，让姜可起了一身的鸡皮疙瘩。

姜母笑着道："没事儿，你忙工作要紧，我们家可可又不是三岁小孩，难不成还要人天天陪着。"

"妈！"姜可有些许不高兴，怎么别人家都劝女婿要待女儿好一点，她反而劝女婿多工作，这不是很奇怪嘛。

蒋承奕转头，眼内全是深情，缓缓道："如果可以的话，我想一直陪着可可。"拜托，可不可以不用这么肉麻的语气说话，她真的会忍不住心动的！姜可感觉到自己的心跳加速了。

餐后，姜母回房间去包了个红包，拿给蒋承奕："小蒋，你头一回来我们家做客，我们按规矩应该要给你包个红包。"

蒋承奕转头去征询姜可的意见。"收下吧，也是我爸妈的一片心意。"姜可看红包的厚度，估摸着应该有个一两千，看样子爸妈对蒋承奕还挺满意的。

"都快十点钟了，你该回去了。"姜可去帮蒋承奕拿沙发上的公文包，她倒是巴不得蒋承奕赶紧走，免得爸妈再问些不该问的问题。

蒋承奕笑道："你就这么着急赶我走啊。"

"人家小蒋是客人，哪儿有你这么赶客人走的。"姜母斥了一嘴。

姜可赶紧拉着换好鞋子的蒋承奕出门，顺手就把门关上，两个人没敢耽搁下了楼。

今夜落了初雪，小区楼下花池中艳丽缤纷的重瓣山茶花却开得极好。姜可下楼动作太快，没留意到树枝，绑头发的头绳被枝条扯松了，长发忽然间如瀑布散开，她顾不上重新扎好。

"今晚谢谢你了。"要不是有蒋承奕在，她还真不知道该怎么办才好。今后父母应该不会再催着她去相亲了。"呐，公文包给你，早些回去吧，路上注意安全。"姜可下楼时还抱着他的公文包，好重，难道在包里装了一个板砖，亦或是榔头？她脑子里胡思乱想。

蒋承奕没伸手接，只是愣愣地看着她，她的嘴唇很红润，就像是雪夜中独自绽放的一枝红色山茶花。月斜影清，他垂着一双桀骜的眼睛，低声笑道："你就一点也不喜欢我？"

"你喝醉了……"姜可有些慌乱。

蒋承奕指尖划过她的下巴，不舍地摩挲，"我今晚根本没喝酒。"

05

水桐村的长寿老人过 100 岁生辰，他的子女和孙子孙媳特意安排了人来村里摆酒席，把全村的人都邀请了，还请了表演的打火花和莲花闹。

四川坝坝宴的菜式很丰盛，也很讲究，膀子肉、梅菜扣肉、肘子、盘心扣、粉蒸排骨……一共有十八个必备的菜，这个数字比较吉利，也能让大家都吃饱。桌椅直接摆在空坝子里，来了的客人按照十个人一桌，和熟悉的人坐下等着上菜就是。

老人的子女还邀请了扶贫办的工作人员，蒋承奕来得算早的，但他没和自己的同事坐在一张桌子上，窦淮叶以为他在等着和自己还有叶问青坐一桌吃饭。没想到姜可也来了，窦淮叶恍然大悟，她说这个人怎么还没上桌，原来是在等姜可啊。

吃了晚饭，有几个人在收拾剩菜剩饭，其他人在往空地里抬一桶桶的烟花。窦淮叶收回视线，朝着姜可挤眉弄眼，揶揄道："你和蒋承奕最近走得有些近啊。"

姜可羞赧道："我俩在一起了，他之前还去我家见过我爸妈。"

"什么？！"窦淮叶心累，最要好的两个朋友谈恋爱，她居然才知道！这也太快了吧，还去见过父母了。

姜可认真地说道："我俩都是冲着结婚去的，所以最近有在考虑订婚的事情。"

"那我真诚地祝福你们俩，一定要幸福哟！"窦淮叶见他们准备放烟花了，赶紧去找来蒋承奕，把他往姜可方向一推，然后双手合十，准备等待烟花在天空绽放的那一刻许愿。

　　"砰！"一颗绚烂的烟花，在天幕中炸开，"砰砰砰——"数颗烟花接连飞向了云端，犹如银河般璀璨。"蒋承奕和姜可一定要幸福呀！"她在心里默念着，同时又暗暗期待自己和叶问青的未来。许多小孩在烟花下奔跑，在这一刻，大家都是幸福的。

　　"走，去看烧火龙。"叶问青从身后握住了窦淮叶的手，牵着她往坝子中央走，那里已经有人在准备待会儿要表演的道具了。赤着上膊的精壮汉子头戴尖竹帽，手上扛着一个扎在竹竿上的彩色龙珠，从他们二人的面前经过，灯光很昏暗，窦淮叶看不清他们的脸，却能感受到他们身上传来的气势。"这是我们川东的民俗活动——烧火龙，常用于驱瘟逐疫、祈福添丁。"

　　窦淮叶问道："那这个活动是有什么传说由来吗？"一般文化活动都会有个传说。

　　"三百多年前，这里发生了一场严重的瘟疫，死了不少的人，户户停尸、家家戴孝，瘟疫十分严重。玉皇大帝托梦给花坪的一位道士，称他已得知瘟疫严重，特派赤龙下凡助百姓扫除瘟疫，解救受苦百姓。让百姓用竹篾扎一条龙，用纸糊皮画麟，然后众人舞动龙身，再燃放烟花烧龙，就能驱走瘟疫。第二天道士便将此事告知他人，全镇一起操办，瘟疫果然被扫除。"

　　窦淮叶看见那还未烧着的火龙是由龙珠、龙头、龙身、龙尾四部分组成，以竹篾制作，共 11 节，用 3 根麻绳相连，取单数有余之意。龙珠直径差不多有二十几公分，可旋转；龙头呈张口吐舌、额宽角长、神威奋发、须髯飘扬之态，却是哭相，让人疑惑。

　　"这样才可寓其慈悲之心。"叶问青适时回答了她的疑惑。

　　再往下看，龙皮是由一层彩纸用灰面熬制的浆糊粘黏在龙骨上，上面粘黏的彩纸是丝皮纸，人们会用丝皮纸剪出龙鳞粘上去，再涂上颜色。而用来朝着舞蹈者喷射的花筒是土硝、雄黄、杉木炭灰、潮脑、馨生、镁粉按比例配置，灌入竹筒，外插引线。这种特殊火药的特点是热量低，火焰艳丽，耀人眼目，喷射有力，却不伤及舞龙艺人的身体。为了达到"烧龙又烧人"的效果，有的人还会在竹筒内加入松香，以增其粘附性。所燃放的蓝烟，是由雄黄、土硝相配，同样灌入竹筒，其烟浓而不散。

窦淮叶看到舞龙的人员在给龙珠和龙身内插香点烛，看样子是在检查是否有损坏的地方，另一个人去取来了笔墨，并且让今晚的寿宴主人来为火龙点睛。待给火龙点上了眼睛以后，窦淮叶才发现原来他们使用的是朱砂，而非墨汁。

叶问青提醒道："要准备开喉了。"

舞龙班的人抓了只红冠雄鸡，另一只手握着五谷杂粮，班主在前焚香点烛，先敬天，再祭地，然后把雄鸡的鸡冠用指甲掐破，把鸡血滴入酒杯，待鸡血聚在一块儿，大声念道："一条金龙下凡来，玉笛令我咽喉开。一开天长地久，二开地久天长，三开荣华富贵，四开金银满堂，五开五谷丰登，六开六畜兴旺，七开百姓吉祥，八开天下太平！"

全场的气氛一下子变得庄严、肃静，生怕搅乱了班主的祈祷。祭祀完毕，舞龙的队伍开始分散，约莫五十来人，龙头跟随着龙灯腾舞，一招一式都格外吸引人。有锣、鼓、钹、马嘲子乐器的伴奏，在队伍表演时，有人拿了许多花筒过来，每个人手上都拿了好几个，这是等待舞龙的高潮部分——烧火龙。

以桐油或者清油擦抹胸背，赤着上身的舞龙者，操控着火龙来到了围观的人前。烟花喷烧着裸露上身的舞龙人，他们灵活舞动，火随龙起，金龙吐珠；龙随火跃，烟花四溅，所有的一切犹如交响曲般交汇。火龙蜿蜒而过，时而盘旋低舞，时而半空腾飞，流星闪烁，场面无比壮观。在一片焰花中映出龙腾人欢的喜庆景象。

窦淮叶白天帮厨太困了，看着看着就来了睡意，最后还是叶问青背着她回去的。

第十四章

他的初衷与信仰

01

　　最近一段时间蒋承奕和姜可忙着准备订婚的事情，窦淮叶的小说也进入了收尾期，要认真码字才行，叶问青则是在研究如何提高黄麻纸的制作工艺。大家的事业都走入了上升期，生活却日渐平静了下来。

　　水桐乡的四周到处都有竹林，叶问青特意挑选了一批成熟度不同以往的竹子，与之前一样下料，下滑料、锤料，他来到烘干室，准备去看成品。烘干的纸张比较大块，需要再进行裁纸，徐莉把裁剪好的一块纸张递给他，手边还有之前制造的黄麻纸，经过对比，似乎与之前的黄麻纸并没有多少变化。

　　"还是没有变化吗？"徐莉问道。

　　叶问青摇了摇头，把纸张放了回去，道："可能是配方的问题，想要制造更精细的黄麻纸，还得需要添加其他的秘方。"

　　叶家虽然是世代制造黄麻纸，但曾经因为某些缘故断过层，很长一段时间没有传承人，直到后来才有人花了 20 年的时间研发，把黄麻纸的制造工艺传了下来，所以很多秘方都已经失传了。除非后人再经过长时间的研究，才有可能得到以前的秘方。

徐莉道："我们再多试几种，没准儿就试出来了。"

叶问青心中却有了主意，他上网搜索了知网上收录的与黄麻纸有关的论文，仔细看关联度，他发现了一个名为杨国志的教授，曾经到全国多地考察黄麻纸，还成立了黄麻纸书画研究院，对黄麻纸进行了十几年的研发。搜索了一下这位杨国志教授，发现他现任某学院艺术系主任，于是又在论文中找到了杨国志教授的电话和邮箱。叶问青做了一个非常大胆的决定，他给杨国志教授打了电话。在数声"嘟"之后，电话还是没人接通，看来这个号码平时是打不通的。

不过他也不沮丧，而是把自己的想法和自我介绍都编辑成了邮件，按照知网上的作者邮箱给杨教授发了过去。他本来已经不抱希望了，邮箱居然还有回执条。看样子杨教授还在用这个邮箱，那他一定会看到叶问青发的邮件，至于会不会回邮件，就是另外的事情了。叶问青没有把所有的希望寄托在杨教授身上，他自己也在做着不同的尝试，一遍遍地去实验，为了提高品质，唯有这样。

某个午后，叶问青午睡起来，见自己手机有条消息提示，点进去发现正是杨教授的回复。

"叶问青先生，你好。很高兴收到你的来信，我认为黄表纸和黄麻纸所选用的原材料几乎一样，因此在制作黄麻纸时，也可借鉴制作黄表纸的过程，我们团队通常使用竹尖下垂的黄竹和白夹竹，把白夹竹砍成手臂长短的竹条，扎捆后扔进生石灰料池中浸泡，根据气温来判断发酵时间，等到竹条生霉再丢入清水池中泡。当坚硬如刃的竹条软得可以用手将其搓开后，便可放入秘方和苎麻，再严格按照配比反复压榨、割裂，用碓窝冲制成绒，加以相应比例的滑药兑成纸浆倒入池中，最后用竹帘抄纸。利用杠杆原理，用木块将垒砌一沓的湿纸挤压多余水分，人工分开纸张，再晾晒可得到最后成品。整个过程想必你是十分熟悉的，我之所以赘述一遍，是想向你强调其中配方比例的重要性，任何一个环节的配方比例出了差池，最后得到的黄麻纸的品质便会出现问题。"

杨国志教授回复的信件很长，他似乎很看好叶问青，并在信末发出了邀请函，邀约他去黄麻纸书画研究院参观。叶问青很感谢他的热情邀约，决定前往参观。

"我很高兴你能来研究院。"杨国志教授亲自出来迎接他。

叶问青觉得自己很荣幸能来此地，他和杨教授谈论起了自己最近的一些实验："我发现竹子成熟度与最后成品似乎并没有多大关系，问题很可能还是出现在了配方上。"

"我们团队也研究黄麻纸很多年了，肯定是配方的问题，竹子成熟度可能会有影响，但这种影响小到几乎可以忽略不计。"杨教授让叶问青把造纸坊近期制造的黄麻纸也带了过来，他准备带着叶问青去实验室，和其他的黄麻纸进行对比。

在实验室内，有许多年份的黄麻纸，叶问青留意到其中最久远的一张黄麻纸，竟然是出土于西汉年间，这可具有超高的收藏价值。这种的文物果然只有在研究院才可以见到。叶问青算是开了眼界，也更加希望自己能够制造出具有更高品质的黄麻纸，希望以后也能把成品放到国家级的博物馆收藏。

"你看这个是1933年，新疆罗布卓尔出土的公元前49年的西汉麻纸，表面粗糙不堪，背面甚至还有树枝和草棍等粘黏物。"杨国志教授并不吝于自己的研究成果，反而和叶问青这个黄麻纸传承人讨论起配方。"我们还参照了现代的用水力碎浆、打浆和磨浆，尽可能地让纸浆更加细碎，这样出来以后的成品也会更加光滑。在打浆环节，在水池中可加入聚合物乳液，让乳液和纸浆充分混合，或者让乳液覆盖在纸浆上，只需少量的乳液便可提升纸张的韧性和干湿度，如果加大剂量，会让制成的纸张拥有更强的柔性和耐撕度。"

在杨国志教授和叶问青谈话时，实验室不断有其他人走进走出，这些人都很年轻，看上去和叶问青的年纪差不多大。"他们都是我的学生，我自己还在带研究生，不过应该也带不了几年了。"杨国志教授的年纪看上去并不大，但实际年纪已经有 62 岁。

谈论了许久，眼看着已经到了中午吃饭的时间，杨国志教授邀请叶问青一块儿去食堂吃饭："我们学院的食堂还不错，你可以尝尝宫保鸡丁，我经常打一份吃。"

02

现在天气比较寒冷了，哈出的气息都带着白雾，大家都穿上了厚毛衣，甚至有些畏寒的学生已经套上了棉衣。杨国志教授穿着黑色的风衣，里边是菱格毛衣和白衬衫，光是看上去就知道他是搞学术的老师。

两旁的榕树依旧茂盛，并没有因为天气的缘故而落下叶子，垂下来的根须像是无数条胡须。来来往往的学生很多，三三两两，结伴而行。

"杨教授好。"有学生骑着自行车呼啸而过，却没有忘记跟自己的导师打招呼。

叶问青看见了洋溢着青春气息的学生，他们应该是世界上拥有最宝贵财富的人了，让人忍不住想起自己在大学期间的美好时光。他是在北京读的大学，往年这个时候广玉兰在枝头应该已经含苞待放，鹅掌楸的叶片犹如马褂一般，平滑、宽大。最让人怀念的是他以前凌晨四点钟起来，骑着自行车去天安门等待升国旗，许多游客和他一样，丝毫没有睡意，不少人手中拿着相机，等待国旗在半空的旗杆上飘扬的那一刻。

奏响国歌，叶问青只觉得自己浑身上下的毛孔都通透了。他站在红旗下，仰望着那一面崭新的红旗缓缓上升，就像是经历了许多磨难的新中国，那些曾经熟记的历史，全部在脑海中走马灯一般地过了一遍。他看见许多许多的人影，面容是模糊的，身上却燃着红亮的光芒，青年人在他们的托举下越发接近真实的天空。

那时他还以为每天升的国旗都是同一面，曾经考虑过如何养护红旗的奇怪问题，后来才得知每天升的国旗都是崭新的一面，前一天的那面国旗会被护旗队擎旗手叠好放入旗盒，每一面国旗的旗盒上都有一个标签。标签上是由擎旗手亲手书写的编号和日期，最后再把整理好的旗盒放进旗库保存。最后这些被换下来的国旗还有一些重大使命，比如被博物馆收藏、赠送给学校地区和企业单位，或者是覆盖在烈士、伟人的遗体或棺椁上。

叶问青感觉呼啸而过的不是风声，而是他大学四年的青春岁月。人无法感知当下的时光，总会在很多年以后，才会想起今日今时，这也是造物主留给人类的一个遗憾。

"你尝尝这个菜，也是我们学校的特色菜。"杨国志教授很是亲切，几乎没有老学究该有的严肃，他吃饭速度不算慢，动作放得很轻，可以窥见他从小到大的用餐习惯。似乎看穿了叶问青的遗憾，在餐后，杨国志教授和他谈论到了继续进修的问题。

"你的本科学历很不错，如果想要继续进修读个研究生还是比较好，我名下就有研究生名额，你要是想来的话，只要过了英语和政治过了国家线，就没什么别的问题。不过这也是我的一个想法，毕竟你现在还在创业阶段，平时工作任务也比较重，我们学校也不像北师这样有雄厚的师资。如果你想来，我热烈欢迎。"

这算是意外惊喜吧，叶问青只是打算来研究院与杨国志教授谈论一下黄麻纸的配方问题，顺便再来看一看他们近些年的研究成果。他表示自己会认真考虑的，倒也没有一下子把话说得太绝对。

杨国志教授镜片下的眼神怀揣着希望，看样子是真的希望叶问青能成为他的学生，他已经62岁了，在黄麻纸上花费了十几年的光阴，他想要在黄麻纸得到更多的研究成果。虽然现在叶问青没有同意，但他会想办法用最好的条件去挽留他。

"你多留几天吧，我们学校有空的宿舍，我让学生安排一下住宿就行。"杨国志教授尝试用其他方法，他不是一个会轻易放弃的人。想到自己此行的目的还未达到，叶问青便也同意了下来，说实话他也不忍心辜负一个老教授的期望。

在叶问青离开的这几日，水桐乡里也传出了不少的闲话。

徐母在家里洗了碗筷闲着无聊就去别家串门，"嫂子，做的啥好吃的，我隔着大老远就闻到了。"

"就你这狗鼻子，啥子味道你闻不出来。"妇女把手在腰间的围裙上擦了擦，招呼着徐母去火炉边坐下。

她拢了拢散乱的长发，又抓了把花生扔在火炉边上烘烤，"莉莉还在造纸坊上班？"

徐母伸出手来烤火，一提到这个就来气，"你说这妮子是不是上班把脑壳上傻了，天天待在那个造纸坊里有什么出息？我给她找的那个对象多好，别个是做大买卖的，一年能赚二十来万。虽然是有个细娃儿嘛，但亲妈死了的嘛，又不碍着她什么事儿，这一嫁过去就是享福的。晓不得她一天到晚想些啥子。"

妇女凑近了身子，八卦道："那个造纸坊的小叶这几天是不是没在屋里？"

"听莉莉说是去学校找哪个教授了，我也没怎么问。"徐母嘴角一耷拉，不满道："我看他这个生意也是做不长久的，这么

278

年轻哪里在村子里待下去，亏得政府还愿意给他补助，要我说就该把钱给大家一家分一些，这样子算什么事儿。"

"你看村子里的这些懒汉，要是直接给钱，怕是今天给明天就花没了，还不如这样的好。"妇女把烘烤好的花生拿给徐母吃，她从自己男人黄书记嘴里听说过叶问青的事情，虽然不怎么懂，但只要对村里人好就行。

徐母掰碎了花生壳，忽然抬头道："你说，他会不会突然卷钱走了？"不是没有这个可能，之前她就听徐莉说市里给了他差不多二十来万的补助，建个研学馆要得了这么多钱吗？

"哎哟，你就放宽心吧，人家这么多钱投进去了，还有政府支持，怎么可能卷钱走人。"妇女让徐母放宽心，又说道："与其在这儿担心莉莉，不如多想想你幺儿的成绩。"

"他成绩还是那个样子，操心这么多又有啥子用，莉莉又不肯拿钱出来给她弟弟请辅导老师。"徐母满肚子火气，不知道徐莉是什么时候就改变了性子，以前也不像这样自私自利，现在怎么连钱也不愿意拿出来了。

屋后的石子路上，有两个年轻人走过，正好将她们的对话听在耳里。

03

"我妈一向说话难听，你别放在心上。"徐莉道。冬天了来游玩的人少了许多，她们也就跟着轻松了许多，在六食堂吃了饭之后，便和窦淮叶在马路上遛弯。

窦淮叶没想到村子里的人会讨论叶问青，不过也很正常，毕竟叶问青走了好几天没回来，其他人都会有疑问的。"放心，我不会跟问青说这件事的。"

徐莉顿了会儿，哈气暖手，道："叶哥跟你说过什么时候回来吗？"

窦淮叶折了一片竹叶在手上把玩，"就这几天吧，他不会在外面待太久的。"

两人继续往前走了一段路，窦淮叶忽然想起之前给徐莉批改的那篇千字小散文，似乎很久了，她忙着写自己的稿子，倒忘了看是否进了杂志终审。正好趁着这会儿有空，便掏出手机，在杂志的作者群中看编辑发的当月过审文件，她看得很仔细，几乎是一篇文一篇文地过。《听雨》作者：徐莉。"呀！"窦淮叶突然出声，吓得徐莉一个哆嗦。

徐莉疑惑地问道："怎么了？"

"你之前写的散文过审了，就要刊登在明年的1-2期！"窦淮叶怕她不相信，赶紧把手机递给她，让她自己看。

徐莉木然地接过手机，看着窦淮叶手指着的地方，果然是她的姓名。"真是我写的？"她不敢相信这是真的，可那上面的确是她的名字，还有她所写的文章名。

"雨落了，砸在地上，声响远远近近，那些藏在雨里的心思，清清亮亮……我总是在夜里静静地听雨滑落人间，不忍心早早地睡去。我听见夹杂着密密麻麻心事的雨，涂满了深夜的小镇，雨水浸润着土墙下的芳草，一遍遍，在这雨夜中，我始终难以入眠……"

身体内的热血涌上了头，她脸泛红光，激动地看着窦淮叶，在这一刻，她的作家梦实现了！帮助她实现梦想的，却是她曾经最讨厌的人。

也不知道徐母跟村子里的人都说了些什么，来造纸坊询问叶问青下落的人越来越多，让徐莉和窦淮叶都不知道该怎么回复才好。这些人在害怕什么？窦淮叶也不知道，她只是让徐莉和造纸坊的其他工人照旧干活。

这日，终于收到了来自叶问青的回程消息："我给你带了礼物。"

是你，而不是你们，窦淮叶因为他的厚此薄彼而感到小雀跃，她虽然不赞成这种行为，却会为此高兴。

怕麻烦她们，所以叶问青并没有说具体到达的时间，只是确定自己今天一定会回来，不用去车站接他。窦淮叶让徐莉和小刘把研学馆和门前的花园打扫了一遍，几个人进进出出，确保村子里的人都可以看见，徐母站在自家的院坝里往底下看，正好可以看到他们的举动。她琢磨了好一会儿，也不知道究竟在做些什么。

叶问青在路上没怎么耽搁，几乎是一下车就去买大巴车票，很快回到了水桐乡。

"欢迎回家！"窦淮叶站在门口，热情地拥了上来，接过他手中的行李箱。

叶问青笑道："这次出去，倒是带回来一样好东西。"

"什么好东西？"能让叶问青如此欢喜，肯定是件可遇不可求的稀罕物什，这也让窦淮叶觉得遗憾，自己没能跟着他一块儿去。

来到室内，放下行李箱，叶问青从行李箱中取出一个约莫手臂长短的圆柱筒，颠在手里沉甸甸。徐莉觉得好奇，也跑来围观。

窦淮叶看出这里边装着卷轴，失笑道："这有什么可宝贝的？"话虽如此，她却依旧很期待看到卷轴内容。

叶问青神秘兮兮地打开手中的卷轴，只见这幅卷轴用的是黄麻纸，却纸质细腻，画上一名持着黑檀木团扇着旧唐服饰的女子，身材丰腴，雍容华美。"徐莉，麻烦你倒杯酒来。"

虽然不解他到底想做些什么，却还是依言照做了，待徐莉端着一小杯白酒走了过来，叶问青接过白酒，举至画卷上的美人面前，却见美人不胜娇羞，脸颊逐渐泛起了酡红，仿佛多吃了几杯酒水一般。

"画技超群的人不在少数，但会这种技艺的倒是鲜少见到。"窦淮叶觉得稀罕，再加上这幅画纸如此细腻，虽然年份已经久远，但被保存得好，难怪叶问青会喜欢。

徐莉不可思议瞪大了眼，一副活见鬼的表情，"这、这也太神奇了吧！画里的人竟然会脸红？！"

"没什么稀奇的。"窦淮叶如是道。

叶问青笑道："看来还是没能难住你，知道这背后玄机的人，的确觉得没什么稀奇的。"

"我以前写一本古言小说，曾经用过这个素材，所以知道如何让画中人脸红。"窦淮叶挑眉道："用朱砂一钱、焰硝三分，捣碎混合，和陈年老醋调和成泥，再埋在向阳山泥土中，一个月后取出，涂在画纸上，晒干后作画便会遇酒气变红了。"看吧，说清楚以后，一切都会变得很科学。

徐莉也终于知道自己为何讨厌窦淮叶了，这种语气真的显得别人很孤陋寡闻……

"这幅画应该是唐朝的吧？为何纸质这么细腻，就好像美人的皮肤一样，光滑又润泽，根本不像是寻常的纸张。"窦淮叶小心地用手指摸了摸画卷的边角处，根本不敢直接去触碰画上的人物。

叶问青道："是唐朝的，当时的造纸工艺已经很先进了，远比我们现在的配方要好，只是有很长一段时间配方失传，现在也没人研发出可以制造这种黄麻纸的配方了。"

"太可惜了。"除了一句可惜，已经无法形容这种心情，特别是当他们看见这么精美的画卷就在眼前。如果配方没有失传的话，现在市面上会不会出现更多品质更高的纸张？

04

村子里之前都在传叶问青卷钱跑了，但是他现在又回来了。于是其他眼红的人，开始传他是打算去找杨教授自荐，但是能力不够，所以被教授拒绝了，言下之意是——他是因为没有别的去处了，所以才回到水桐乡开造纸坊。

起初窦淮叶听见这种话气得头疼，不知道是谁在背后瞎传话，叶问青绝对不是这种人，他要是想留在大城市，分分钟就可以去找个好工作。

过了几日，杨国志教授给叶问青寄来了一些配方专用的药剂。本来是件极小的事情，窦淮叶刻意在和别人对话时说了出去，借由这些人的嘴告诉村里人，叶问青不是能力不足，他正是因为有超过其他人的能力和责任心，才会选择回到这里。

窦淮叶始终记得她刚来到这里的那天，叶问青站在空地上，对着她说的那一番话，他想要把水桐乡打造成一个田园综合体，现在已经成功了一部分了！

村里的喇叭响了，召开党员大会，村子里的党员全部要去参加，叶问青也去了。

"小叶年轻有为，他放弃了城市里的好工作，回到咱们水桐乡，和村里人一块儿建设家乡，这是值得大家鼓掌的！"黄书记由衷地夸赞道，他也知道村里有个别人羡慕眼红，便安慰叶问青要放平心态。会议上商议了接下来的行动方针，和可以实施的乡村振兴方案。"我们要坚信自己可以通过勤劳的双手，让大家都过上好日子！"

黄书记浑浊的眼珠都亮了起来，所有的党员都时刻谨记《党章》，要发扬社会主义新风尚，带头实践社会主义核心价值观和社会主义荣辱观。

听见村里大喇叭传来的国歌，窦淮叶停下敲键盘的手，静静地等待一曲完毕，嘴角始终带着微笑。那个曾经作为学校护旗手的少年，如今正在实践他最初的梦想。

午后，叶问青回来把他已经刻好的阳文字模放入底板中，准备试验一下，看是否可以印出字来。

"可以印我写的小说吗？"窦淮叶兴奋地把自己的作品翻了出来，就等着叶问青同意。

"当然可以，你自己把字拣出来，我来敷墨就好。"叶问青把他做好的所有单字都放在了一个盒子里，窦淮叶拿起一个单字，看了看，发现自己好像不认识，有些不好意思，换成了另外一个，还是不认识。

"忘记这些字都是反字，你应该看不懂，还是我来选吧。"叶问青让她把需要的字都给他看一下，然后自己在盒子里找单字，没有太费功夫，就将全部字都找了出来。只是为了试验用的，所以文字的字数并不多，选取了一小段文字罢了。

叶问青将所有的单字按照顺序在底板上进行排版，行间用竹片隔断，其余的空隙用小竹片垫上塞紧，等排版后，再在砚台上研墨，用像是扫帚一样的刷子沾了墨汁扫在排好的字上。

"这一步骤叫做敷墨。"紧接着叶问青把一张纸铺在了版框上，准备印刷，只见他手势利索，一上一下，快速地在纸张上挪动，很快纸上就有了印记。

窦淮叶期待地看着他，等待最终的成品。

"温州大学的录取通知书很有特色，内页就是采用了木活字。"叶问青把已经印刷好的纸张揭了下来，再对其内容进行校对，好在这次排版还不错，并没有错字漏字的情况出现。

窦淮叶小心翼翼地捏着纸张的两角，嘟着嘴往纸张上吹气，加快墨汁干透的速度，"我们学校的录取通知书很寻常，都快记不得长什么样子了。"她当时收到大学录取通知书后，并没有多高兴，可能是因为自己熟悉的小伙伴都去了省外，而她却留了下来。窦淮叶想到了一个问题，便问道："这个都是阳文反字，书写、刻制还有拣字，不是都很麻烦吗？有没有什么别的口诀，能加快记忆？"

　　她这个读过大学的人，在这些阳文面前都成了文盲，这么麻烦，难怪会容易失传。

　　"其他省份的民间艺匠应该有保留着口诀，但我们家没有传下来，就是靠着死记硬背，才可以认识。"其实叶问青觉得一些认字少的人，反而学习阳文会快一些。

　　"那太不容易了，要是有简单记忆的方法就好了。"窦淮叶把他刚才印刷好的纸张拿在手里，一会儿工夫以后，纸张上的墨汁已经干透，她看着上面的字迹，是老宋体，十分工整。和现代的印刷机相比，这种木活字印刷虽然很繁琐，且难度系数大，但更有仪式感。中国的传统文化是需要有人传承下去的，否则若干年以后，我们会遗失很多宝贵的文化。

　　叶问青之所以花了很长时间和精力去刻制字模，并非是想要靠这个赚钱，而是不希望看见木活字印刷术失传了，他希望保留这些传统技艺。某个清晨打来的一通电话，让他更加觉得自己的选择没有做错。

　　"您好，请问您是叶问青先生吗？"

　　"是我，您有什么事儿吗？"叶问青略带沙哑地应了声，天气愈发寒冷，人都喜欢窝在床上，倦于起床。

　　明显感觉到对方松了口气，道："是这样的，我是一名沿袭传统的非遗传承人，也是一名融合现代的珠宝设计师，从网上看到您也是非遗传承人，会木活字印刷，所以我和我爱人想请您帮忙印刷一下婚书。"

没想到对方竟然也是非遗传承人，叶问青感受到一股来自同类的力量，在这个快节奏的社会，还有许许多多跟他一样坚守着匠人之心的手艺人。

"当然可以的，你们需要印刷多少份？用什么材质的纸张？"叶问青知道对方是为了结婚用，便更加上心，说道："如果你方便的话，可以来我这里一趟，具体的细节问题，可能要实地商量。"毕竟结婚是人生大事，如此重要，还是细心一点为好。

对方听叶问青这样说，也没犹豫，说过几天就来一趟，看样子离水桐也不是很远，否则不会这么干脆。叶问青将这件事记在心上了，把字模全都整理了一下，有些可能会用到的字又重新进行了刻制，在空闲时间还去专门挑选了适合做婚书的纸张，以便那个同样是非遗传承人的客人选择。他这样忙碌的样子，让窦淮叶和徐莉都啧啧称奇。

徐莉道："要不是知道对方是来印刷婚书的，我还以为叶哥是看上了对方。"

的确是有些殷勤了，窦淮叶忙点头，表示赞同："他就这样呗，不管他了，我之前让你写的稿子，你写了没有？"

徐莉突然噤声，怎么又说到她身上了……没有灵感的时候，几百字都能让人抓破脑袋，也不一定写得出来。

窦淮叶学着薛凝云的腔调，道："你这个样子可不行，学习不是一蹴而就的事情，要每天都坚持写作，这样长期下来才会有质的变化。日拱一卒，功不唐捐。这个道理很简单的。"成天被薛老师逼着写稿子，她终于也有机会说这句话了。

05

　　或许是婚期将至，对方来得很快。窦淮叶很好奇这个非遗传承人，不知道对方具体是传承什么非遗项目，等人到了，立即出来。来人看上去约莫二十七八岁，额前碎发微长，黑色羽绒服。身边还跟着一个穿着驼色大衣的长发女生，两人手牵着手，往造纸坊的方向走来。

　　"您就是叶老师吧？久仰大名。"男生主动与叶问青握手，他的爱人则是好奇地打量着造纸坊，眼神中有探究之意。不过窦淮叶并未感受到他们的恶意，身上只有沉静的气息。

　　天气寒冷，呼出的气息都变作了白白的薄雾，叶问青邀请他们去会客厅坐下，"早就恭候大驾了，不知道你们二位怎么称呼？"

　　"客气了。"男生自我介绍道："叫我小李就可以了，这位是我爱人方芮，我俩是大学同学。"徐莉端着热茶过来，给小李和方芮一人一杯。

　　"是这样的，我也是才把字模刻制好，还没有正式印刷，可能需要多次调试，才能印刷出想要的效果。"叶问青为人实诚，他不愿意做些欺瞒的事情，直接把自己的情况先说出来，看对方是否可以接受。

　　小李饮了口热茶，道："这个可以理解，你多试几次也没事，只要最后成品是好的就行。"

　　"那好，这里是我事先准备好的样纸，你们可以先挑选一下，然后再把你们准备好的文字发给我，我来捡字。"

　　叶问青拿出了他准备的样纸，用专门文件袋装好了的纸张，他考虑到对方或许不了解纸张的特性，于是每一张纸都做了详细的介绍。"这一小叠是书法用纸，豆腐宣、煮锤宣、特种净皮、仿古云龙、本色云龙、山垭金粉……纸性都是生宣，适用于水墨山水、花鸟、大写意，也可以用来印刷文字。"叶问青拿起了旁边的仿古洒金纸和红色洒金纸，"这两种比较传统，旧时的人们书写婚书就是用的这种。不过到底用哪一种，还是要你们自己来挑选。"

小李和方芮放下纸杯，把所有注意力都放在了样纸上，挑来选去，最后他们在仿古洒金纸和红色洒金纸上犹豫，不知道具体该用哪个好。

窦淮叶提议道："不如先用这两种纸印刷一下文字，再来看看具体效果。"

"这个主意不错！那麻烦叶老师给我们都试一下，钱算在一块儿，最后结算就行。"小李在手机上把他们事先定好的文字发给了叶问青，等待叶问青去捡字的功夫，他们坐在会客厅里闲聊。

窦淮叶好奇他们传承的非遗项目，也没转弯抹角，直接问道："你好，请问你们是传承什么项目的呀？"

"金银器制作技艺，祖上是树德堂的，我是第三代非遗传承人，传承中国传统细金工艺。"小李热情地回答了窦淮叶的问题。

没谈论几句，叶问青便拣好字回来了，"走，过去试一下效果。"

众人便移了场地，来到了长桌前，他早就准备好了底盘和砚台，只需要把字全都排版好，再印刷就可以了。

叶问青对单字进行排版时，方芮和小李都好奇地看着四周的环境。虽然内部看上去重新修葺过，但还是保持着原来的土墙，所有的一切都是传统的古法造纸所需要的工具，并没有现代化的东西。

窦淮叶见他们对这里感兴趣，便主动道："待会儿你们留下来吃顿饭吧，算是问青请客，祝贺你们新婚快乐。"

"这怎么好意思，费用都算在一块儿吧。"小李看上去不怎么缺钱的样子。

窦淮叶想到他们是制金的，这类与金银首饰搭上关系的，一般都不会穷，所以也就没再推辞。打算等待会儿叶问青印刷婚书过后，再带着他们去后面的研学馆逛上一圈。

有了之前的经验，这次叶问青很快就排好版了，把手上沾的墨汁先擦洗干净，再准备去拿样纸过来，他做事的时候都不怎么喜欢说话。小李等人在旁边看着，却不会觉得无聊。用沾了墨汁的刷子，在版上刷了几遍，确保每一个字都沾到了足够多的墨汁，这才去取纸张覆盖在上面。又用厚重的木块在纸张上碾压，他们留意到木块上还捆上了一些柔软的棕皮，这样既可以避免纸张破掉，也可以让纸张沾到墨汁。

很快就印刷好了一张纸，叶问青小心揭了下来，放置在桌子上等待吹干。他先用的仿古洒金纸，黑色的宋体字迹，看上去就像是书页，不太像是婚书，哪怕上面印的文字是与之相关。

"这个不太好，要不试试传统红色的纸张吧。"小李和方芮看了会儿，还是决定换一种，古人之所以选用红色，肯定还是有道理的。

叶问青按照他们的意思，用了红色的洒金纸张，过了会儿，红色的洒金纸上已经印上了他们发来的文字。小李表示自己很满意，完全可以直接用这张纸了。但是方芮用指甲在字迹上比画了一下，纠结道："这里的字好像有些不太整齐，要不然重新调整一下？"

手工制作格式自然会有些偏差，叶问青没有任何异议，把单字按照她的意思，稍微调整了一下。他的耐心真好，窦淮叶由衷地叹道。

第十五章

国际非遗节

01

今年由于叶问青的造纸坊承包了鱼塘，又开了民宿，大家都分到了不少分红，所以这个年也过得特别热闹。

窦淮叶的家人从外省回来了，她难得见到父母，便邀请叶问青一块儿回去过年，但遭到了拒绝。临走前，她依依不舍地对叶问青说道："等我过了年就回来。"

许多人都邀请叶问青去过年，但都被他婉拒了。跨年夜，他提前买了许多食物，准备一个人跨年，望着窗外张灯结彩和时不时出现的烟火，竟然泛起一点儿孤寂，明明他在北京的时候也是这样度过的。

叶妈妈给他打了一通视频，依旧提到了让他去北京的事情："你在老家也待了这么长时间了，还没想明白吗？"这是一个很沉重的话题，一面是前程，一面是理想和传承。到底是坚守自我，守住一颗匠心；还是认清现实，奔赴更美好、更轻松的未来？

叶问青拆了一盒薯片，扔在嘴里轻轻地嚼，"我已经决定要留下来了。虽然这个决定在你看来或许很荒唐，但这是我经过深思熟虑后的结果。我希望自己能够留下来，将古法造纸技艺传承下去，也希望得到你的理解和认可。"

叶妈妈对他的选择很不满意："我是真的搞不懂你到底在想些什么，那个破旧的山村值得你去守护吗？"

"从小到大你都让我听你的话，我也照做了，你让我去北京，我去了，可你从未听过我想要的是什么，你知道我想要的是什么吗？我想要的就是留在这儿，把造纸技艺传承下去。"

叶问青渴望得到家人的理解，但他也知道自己的母亲，无论如何都不会接受她的孩子变得这样平庸。母亲希望他留在北京，谋得一份好工作，就此改变阶层，而不是像他现在这样，成天待在乡村里与泥土和农民打交道。要是没有这些辛勤劳作的农民，恐怕大家连饭都吃不上，她又有什么资格去指责别人？他知道自己和母亲永远没有办法和平相处，他们的思想和观念完全不同，母亲永远站在高人一等的角度，她看不清叶问青到底在想些什么，她也无法理解他。他知道母亲心中想要的是什么，但他永远也无法变成她想要让他成为的那个人。

挂断了视频以后，叶问青的情绪就变得比较低沉起来，他用电脑打开了春节联欢晚会，电脑上的人影在不断地闪动。到底演绎了些什么他不知道，他脑袋中空白一片。没一会儿，窦淮叶和其他的好友就给他发来了新年快乐的祝福。"新年快乐。"他先给窦淮叶回了消息，然后才一条条地顺着往下回复。

蒋承奕在他们四个人的小群发消息："待会儿有人要一块玩游戏吗？"

姜可也接话道："什么游戏？太难的我可不会玩。"

"就是普通的手游，很简单的，特别容易上手，你们稍微玩一会儿就会了。"

叶问青看着群里几人的互动，身上的枷锁好似一下子被摘除，他知道自己并不是一个人在奋斗，他身边还有许多支持他的朋友，此刻倒不觉得孤单了。

可能窦淮叶家里正聚在一块吃晚饭，她回消息回得比较慢。

叶问青吹着窗外带着花香的凉风，他觉得明年一定会变得更好的，不管是他还是窦淮叶，亦或是蒋承奕和姜可。

春天似乎来得格外的早，大地上的冰山开始融化，枝头上已经隐隐有了花苞，甚至早开的桃花已经在枝头上绽放了。

窦淮叶翻看着手机上的软件，在公众号上发现了一个熟悉的笔名，光是看标题就被吸引住了全部目光，点进去后越看越觉得震惊。她之前在同一个网站码字的伙伴竟然卖出了影视版权，那本书在网站上的排名始终靠前，在渠道上也销售得不错。

现在 IP 改编挺火的，所以窦淮叶对于这个结果并没有什么别的感想，她震惊的是自己的好伙伴改编了作品。伙伴并没有把她作品改编的事情告诉窦淮叶，或许是许久都没有联系了吧，以前的好伙伴现在只是留在列表当中的最熟悉的人而已。

窦淮叶给对方发去了一句祝贺，很快就收到了对方的回复："谢谢，有段时间没有看见你了，最近怎么样？"

窦淮叶道："我最近都忙着三次元的生活，所以没有在二次元待了。"自从叶问青在水桐乡开了造纸坊之后，窦淮叶就将生活的重心挪到了叶问青这边，她已经很久没有和自己二次元的伙伴好好聊过天，也没有过多关注于小说上的事情。

好友的作品成功改编，让窦淮叶羡慕不已，她想起还是十几岁的自己，在灯塔下和朋友一块儿许诺，以后一定要成功改编作品，让自己创作的小说出现在大荧幕上。经过好几年的努力，好友的作品成功改编了，她的心愿实现了，可自己呢？这种感觉让窦淮叶心里有些难以接受。

如果她仍然继续努力的话，会不会也可以获得成功呢?

不过这些东西都是玄之又玄，不能一概而论，朋友的作品之所以被改编，一定有其亮点之处。窦淮叶慢慢地调节着自己的心态。

她想到了好友提过的 IP 两个字，现在所有的东西都在往这上面靠，如果他们也能够创作出一个 IP 的话，是不是就能让黄麻纸更具象化，从而卖出更多的衍生品了?

窦淮叶觉得这个主意不错，于是跟叶问青说起了自己的想法，"三维的表现模式可以更直观地展示，如果我们为黄麻纸打造一个 IP 形象，就可以让大家产生新的视觉冲击。"

"创造一个 IP 形象可不是一个小工程。"叶问青虽然是这样说，可他的语气很轻快，分明是赞成了她的话。

窦淮叶提议道："我们可以去问问苏余年，他应该很擅长制作这个呀。"

02

苏余年本就是设计学院毕业的，他在收到叶问青发来的人设和概念之后，很快就给了回复，可以制作。他做事认真，做出来的质量比较高，叶问青看过后觉得很不错，并没有多少需要修改的地方，只是针对其中某个地方提出了自己的见解。没几天，他又发了一版本过来，这一版没有任何地方需要修改，众人便拍板决定就采用这个。

叶问青他们设计的这个 IP 形象叫做"纸娃娃"，整体的形象设计是一个活泼可爱的形象，符合年轻群体的审美，传递着青春活跃的气息。一个工厂老板在看到后，拍板决定要买下这个创意，用于制作其他的文创产品。

"问青啊，我们这回合作真顺利，你放心，等这批货赚了钱，我一定分你一头。"签订合约后，贾老板豪爽地拍了下叶问青的肩头。生意人说话大多如此，听听也就罢了，不可能往心里去的，叶问青笑了笑，跟在贾老板身后一块儿去工厂看文创产品的成品。

工厂位于郊外，比想象中更大一些，进门时，保安对着贾老板哈头点腰，看上去极为奉承："贾老板来了，快请进。"

"这位是？"主管走出来热情迎接。

贾老板介绍道："这就是我之前跟你提过的那个非遗项目传承人。我跟他签了合同，要把他们团队设计的'纸娃娃'形象用于文创产品。"

负责人虽然听不懂贾老板口中的IP形象是什么，但他知道附和总没有错。

"我跟你说，他们设计的这个形象看上去可好看了，要是能用来制造商品，肯定可以大卖特卖。"贾老板很看好叶问青的创意，所以才着急忙慌地和他签订了合同。

"看来这位是个大能人，以后肯定有大出息的！"负责人说了几句，便陪着贾老板和叶问青一块往工厂生产线里走。贾老板这次是来照常巡查，他也有意在叶问青面前显摆自己的财富。

这家工厂主要制作的是学生用品，比如说一些徽章、手提箱、贴纸、钥匙扣、海报架等之类的东西。均是一些轻工业，对精美度要求比较高。叶问青沿着生产线看了过去，这条生产线上生产的是徽章，不过鸡蛋大小，他走到最后放成品的筐中，随手拿了一个起来，发现徽章上的彩印并不是特别清晰。

叶问青皱了皱眉头，这样并不清晰的彩色徽章，应该属于残次品，也可以拿出去当做成品销售吗？他往那筐子中继续看，发现其他的徽章和这个徽章一模一样，这难道就是他们的成品？叶问青觉得有些不对劲儿。

"哎呀，你这个残次品怎么能和好产品放在一块，到时候卖不出去算谁的锅！"主管走过来，顺手把叶问青手中的徽章扔进了筐子，然后把筐子往地上一放。他指着那个负责操作的女生骂道："说了你千百遍就是不听，到时候顾客找上门来，我看你怎么办。"

女生唯唯诺诺不敢抬头看他，小心地揪着手指头。

"算了，别骂她了，把东西分开就行。"叶问青不忍心看到女生这样被辱骂，帮着说了几句。

贾老板也走了过来，说："走，去办公室坐会儿喝口茶。"他全然不顾生产线上的问题，不过如果这里的东西只是残次品，那倒也说得通。

叶问青暂时放下了心中的疑惑，跟着贾老板一块到办公室去喝茶。

在贾老板和叶问青走后，主管才愤怒地拍桌道："我跟你们说过多少次了，看见有人来就把这些东西拿走，难道你们耳朵聋了吗？"

女生被骂得委屈极了，小声道："这条生产线上的质量本就如此，你要我们怎么办嘛。"与其在这儿冲着她们发火，不如和贾老板好好说说，把生产线上的质量调整一下，也免得被人发现。以次充好，难怪会被人骂。

主管手一扬，做足了架势，骂道："要你在这多嘴，你是嫌自己的工资领得太多了是吗？"女生哪里敢和他争执，忙低着头做自己的活去了，根本不搭理他。

主管看着贾老板和叶问青离开的背影，啐了一口："一天到晚净往这儿带人，自己做的产品质量怎么样还不清楚吗！"

办公室内放了几盆发财树，还有一个很大的皮沙发，桌子上放着一套看起来就很昂贵的茶具，茶具上还养了几只茶宠。贾老板熟练地烧茶、洗杯，然后斟茶。

"贾老板客气了。"叶问青接过他递来的茶水,浅浅地一笑,不知道这位老板葫芦里卖的究竟是什么药。若是其他人,他很可能不会这样客气。

事实上叶问青猜测得没错,贾老板从来不是一个待人和善的人,他脾气暴躁,有时也会掩藏起自己的真实性格。他通过"纸娃娃"这个形象看到了叶问青身上的价值,所以他才会如此和颜悦色的说话,如果换作是其他的人,他才懒得搭理对方。贾老板是个生意人,和叶问青待在一块,无非就是想利用他的价值,给工厂带来更多的创收。坐了没一会儿,贾老板就问起了叶问青其他的文创作品。

"你也看见了,我有自己的工厂,想要做什么东西都是很方便的。有许多人都来找我合作,但我一般瞧不上,我的质量十分严格,不是什么东西都可以接单的。"

叶问青端起茶杯浅饮了一口,笑道:"看得出来,您工厂的质量真的很不一般。"

"问青啊,咱们就打开天窗说亮话了。"贾老板以为他听懂了自己的隐藏含义,直言道:"你我都不是外人,以后你的东西做好了只管拿到我这儿来,我保证给你办得漂漂亮亮的。"

这才过了多久,贾老板就与叶问青称兄道弟了,不过在叶问青这种读书人眼中,只觉得他的行为市侩极了。

叶问青坐了会儿便借口找理由告辞了,临走之前,叶问青还找负责人要了个联系方式,加了微信以后,在之后合作中有往来也比较方便。

约莫过了一个多月之后,工厂主管给叶问青的微信上发来了几个图片,是他的团队之前设计的纸娃娃形象的文创产品。叶问青将图片打开,再仔细放大,看着徽章上面的印记,格外清晰,而且色泽正好,看来之前真的只是残次品而已,他也就放了心。

他不想让消费者花了高价钱，却买到一些残次品。

负责人把工厂制作好的文创产品的图片发了过去，还在末尾说道："如果以后有其他的创意也可以发过来，大家一块合作赚钱。"

叶问青应和了几句，他之前并没有想过与工厂合作文创产品，如果这次和这家工厂合作得比较愉快的话，那么以后也未尝不可以继续合作。

03

这次的文创产品由运营那边安排上架，美工制作好了文案和海报之后，便把宣传海报打了出去。正巧一位小红书博主看见了这个宣传海报，发现上面竟然写着不限量打卡赠送文创产品。现在随便一个文创产品的价格都不低廉，这家店铺真是财大气粗，竟然搞了个不限量打卡赠送文创产品的活动。

她以为自己又可以薅羊毛了，赶紧去店铺当中打卡签到，再按照海报上面的规则把店铺宣传了出去。并且在自己的小红书账号上发了一条推文，让粉丝们都过来薅羊毛。"免费薅羊毛啦！某宝店铺打卡7天可换文创产品！"

她的粉丝活跃度一向很高，几乎一两秒钟之后就有粉丝留言询问，到底是哪家店铺，并且要怎么做才能得到文创产品？"你们到淘宝去搜一下就知道了，我跟你们说，他们这家店铺真是财大气粗，海报上面居然写着不限量，只要打卡7天就能够免费获取文创产品。"

有粉丝道："真的假的？居然是免费的！"

"海报上是这么写的，可能对方需要人气值，所以才特意搞了这个活动，我一看见就叫你们来薅羊毛了。"

"博主太厉害了，我们都快去打卡吧！！！"

"姐妹们冲啊！"

新度店铺的客服发现人流量骤然上升，不知道怎么就来了这么多人，"你这次海报做得可真好，没想到吸引了这么多客户。"

美工转了转手中的笔，疑惑道："我这文案不就是照着之前的抄的吗？"怎么之前没有什么反应，今天却来了这么多的客户？真是令人费解。不过流量这种事儿谁说得清楚，也许今天上天眷顾了他，让他吸引到了这么多的客户。美工和客服就喜滋滋地等着这个月末加奖金了。累计一天下来，竟然有15多万人来他们店铺参加了活动，客服高兴地把这件事儿跟负责运营的人说了："我觉得我们这个月的奖金肯定会很多。"

运营高兴得嘴角都快咧到太阳穴了，却依旧假装镇静，道："不过是15万人而已，冷静点，又不是没见过世面的人。"

"您这是见过世面，我可没见过15万人啊，可不是来随便参观，而是真正打卡的人有15万人。"自客服在这工作以来，就没见过店铺来这么多人，这个月的工资终于可以达到老板之前承诺的那样了。

等人流量差不多稳定之后，运营把这件事儿转告了贾老板，贾老板当时正在打瞌睡，一听这件事儿，顿时瞌睡虫全跑光了。"我就知道叶问青是有点东西的，他这个文创产品才上架就吸引了多少人来。"

运营开玩笑道："那人家这么给力，你不打算发点儿奖金？"

"发！这次一定要给他发点奖金才行。"这个紧要关头贾老板怎么可能小气，立即转账一万块钱，他要把叶问青牢牢地拴在自己手上才行。

嘻！运营还以为贾老板会给自己，和店铺的其他工作人员发点奖金呢，原来只给叶问青一个人发。都说见者有份，他这个见证人怎么连个毛都捞不着。运营灰溜溜地挂了线，睡觉前习惯性地打开电脑，再看一下店铺的基本情况，不对劲，怎么所有人都在打卡，却没有人购买东西呢？

按道理来说，如果大家喜欢文创产品的话会购买，而不是一直打卡参加活动呀，更何况他们的活动也没有这么多产品可送。总共这次活动只会送 500 份，但现在已经有 15 万人打卡，500 份15 万人参加，这要怎么分？用脚丫子想也知道这个活动的获奖概率会有多大了，一般人根本不会再去凑热闹，为什么还有人不断地去参加打卡呢？

运营觉得不对劲儿，脑海中想过一个念头，他颤抖的手点开了自己店铺的活动页面。"7 天打卡并分享海报给好友，即可获得店内任意文创产品。"天哪，这海报上并没有限定数量！"限定500 份，先到先得，赠完为止，这几个字去了哪儿？！"

毫无疑问，肯定是美工在制作海报时漏了这几个字，或许是他们人流量一向不多，所以美工也就忘了这件事儿。哪里知道居然来了这么多人打卡，15 万人同时打卡不限量，这得把老板赔个倾家荡产不可！

运营心凉了，不敢再去看电脑上的字，几个客服和美工在一夜之间把老板的全部家当都赔了出去。他咽了一口唾沫，为了防止事情发酵得更为严重，运营还是决定把这件事跟贾老板通知一声，即便是典卖家产，总要有个时间缓和才行啊。

深夜里的电话铃急促得要命，就像是催命符一般，老板睡得正香，不耐烦地按下接通键，依旧躺在床上，懒洋洋地问道："说吧，什么事儿？"

运营不敢隐瞒，赶紧把美工做出海报，导致 15 万人同时打卡参加活动换取文创产品的事说了出来。

15 万人免费换取文创产品……

15 万人，免费……

运营只听得电话那头嘭的一声巨响，也不知发生了些什么，连忙道："老板你还在听吗？老板！"

过了会儿才听见贾老板痛苦的声音："你赶快把店铺给我关掉，15 万人，我哪里支付得起！"

"直接关掉店铺吗？会不会太过分了一点？"

贾老板气急败坏地说道："那我倾家荡产了，我怎么办？我还要不要活了？"

"是是是，您说得是！"运营哪里敢说其他话，毕竟给他发钱的还是贾老板，得罪了老板他也吃不了兜着走，于是连夜关了店铺。

运营急得手心都开始冒汗了，他都可以想象得出明天会面临着什么样的状况准备，15 万人一早起来发现店铺都关闭了，这得生多大的怨气！

04

"新度店铺打卡活动篡改规则，恶意欺骗消费者！"窦淮叶刚打开小红书就看到了这条推文，她好奇地点进去，打算吃一口新鲜的瓜。

"几天前从博主@小羊阿咧那里知道该淘宝店有个打卡活动，可以累积打卡七天兑换文创产品，只要是他们店铺的文创产品都可以兑换，而且还是免费的。我觉得还不错，就叫上好友一起打卡，到时候开开心心一起兑换！昨天才打卡一天，今天早晨起来，发现店铺关闭了！哼，欺骗消费者！要是玩不起就别搞这个活动呀，现在算怎么回事？！"

窦淮叶吃着瓜，觉得新度这个名字好耳熟，不就是上次叶问青跟她说过的贾老板的店铺嘛，当时她还好奇地去搜索了一下。没想到会吃到贾老板的瓜，窦淮叶赶紧把这条小红书博文链接推给了叶问青，问道："他之前给的合同应该没什么问题吧？"

没回复，或许是没看手机，窦淮叶继续看评论中的回复，才发现原来店铺还没有关闭，只是把架上的产品全都下架了，这样即便是别人参加了活动也没有办法成功兑换产品。不得不说想出这个办法的人还是挺苟的。

评论中有人道："姐妹们，咱们可以去店铺右上角三个点那里，点进去里面有提交广告宣传引流吸粉，我们举报一波！"

有人回复："必须要举报，这些无良商家，为了宣传自己的文创产品，什么鬼主意都想得出来。"

看样子贾老板这次是要遭殃了，窦淮叶生怕会殃及叶问青，忙退出软件，再登上微信，叶问青已经回了消息："我仔细看过合同，合同并没有什么问题，这次淘宝店的事情，我会再跟进一下。"

窦淮叶本就是想提醒他多注意，万一贾老板那里是个坑，牵扯到了他身上就不好了。不过既然他们签的合同并没有什么问题，那也不用太担心什么。叶问青发来一个表情包："加油！"

"好。"窦淮叶在认真备考，准备今年再去参加一次十二月份的考研，只要有过想考研的想法，除非上岸，否则会一直后悔没有尽全力的。她的英语基础太差了，所以要很认真地背单词，积累足够的单词，才可以看懂文章，连单词都看不懂，如何去做长难句和阅读。

大家都有自己要去奔赴的未来。

"瘟神，他叶问青绝对是个瘟神！"某个独栋别墅内，贾老板额头上敷着冰袋，他昨晚上听见运营说自己可能破产，一激动摔下床，脑袋撞出个青包。

妻子不赞成地扫了他一眼，"又在乱甩锅了，我可听说是你店铺的美工做错了海报，哪里是别个非遗传承人惹的祸。"

贾老板立马坐直身子，头上的冰袋也滑落下来，"怎么不是他的锅了？！之前可没发生这种事，你个妇道人家知道些什么，我不和你说了！"

"不行，我得赶紧想个办法！"贾老板丢下冰袋，套上外衣，以最快速度来到了办公室。办公室里没开大灯，窗帘也关着，只有一个短发男生坐在电脑前，屏幕发出莹莹蓝光，他的手指在键盘上不断飞舞，简直可以比拟钢琴家的手速。"对方空大了，上啊！我这一套技能都打完了，你们搁后面干嘛呢，赶紧来支援啊……"

"我给你发工资是让你在上班时间打游戏的吗？！"贾老板的脸都快气绿了，要不是过来一趟，还真不知道他们是怎么上班的，就这样的工作态度，难怪会出这档子事。

男生赶紧把电脑切换成另一个页面，但游戏的声音还是从音响里冒了出来："老板，这不是店铺里的产品都下架了，我们也没什么事情可做，就暂时放松了一下。"

贾老板上前直接把音响连接线头都给拔了，指着他切换的淘宝店铺后台，问道："不是让你把店铺先关了吗？"

"现在没法直接关闭店铺，只有把所有产品下架才行。"

贾老板不再纠结这一点，掏出自己的手机，让负责运营的男生帮忙发布一份声明，"我昨晚上一宿没睡，终于想出了一个好主意！"

当天下午，造纸坊里的固定电话响个没完没了。苏余年头都快大了，他刚一接通电话，对方就立即挂断，但只要一放下，下一通电话又打了过来。

"谁这么无聊打骚扰电话？"徐莉干脆把电话线拔了，省得继续打进来。

苏余年把电话放了回去，他也是才从网上看到贾老板店铺出事的消息，还没来得及反应，就见店铺首页换了一张图，将所有的锅都甩到了叶问青身上，还放出了致命的转账记录。他把贾老板的淘宝店铺链接和小红书博主发的博文，一块儿分享给徐莉，道："一两句解释不清楚，你还是自己看吧。"

几分钟以后，徐莉低骂了一声，指着图片道："他合同上可不是这么写的，这一万块钱不是他自个儿给叶哥的奖金吗？其他买版权的钱还没给呢！"

"可不是，这种小人，早知道当初就不让叶哥卖版权了！"苏余年悔不该当初，现在他们造纸坊也受到了牵连，骚扰电话应该是那些被骗的网友打的。网上的人评论得都比较难听，什么话都说得出来，再加上贾老板"先发制人"，发布了叶问青收下他转账的截图，把所有的祸水都往叶问青身上泼。

这些网友误以为是叶问青想出的营销方案，对他厌恶至极，连同他之前好不容易做出来的自媒体账号上，也被很多网友追着辱骂。所有人的怒火都集中在他一个人身上，漫天的骂名，15万人，光是一人吐一口唾沫，就足够将他淹没了。

叶问青在得知此事后，主动联系贾老板，对方已经将他的手机号和微信号拉入了黑名单，看样子是不打算和平解决。

"这个贾老板是不是脑子不够用，他就算拉黑了我们，该给的钱还是得给，签了合同的，除非他打算吃官司。"窦淮叶对贾老板的无耻行径感到无语，怎么总是遇到这种人。

叶问青道："我之前去过他的工厂，还是去现场找他商议一下事情的解决方案吧。"这很显然是因为美工失误操作，导致大家都过来打卡领文创产品，最佳的解决方案不是店铺工作人员站出来向大众道歉，并增加一部分的文创产品用以赔罪吗？

现在疯狂甩锅，并把产品下架的行为，真的很没有担当。

叶问青知道上次去的工厂地址，和窦淮叶一块儿赶了过去，但两人并没有机会进去，被保安在门口拦了下来。

05

离店铺修改活动时间和下架产品，已经过去三天，贾老板的电话依旧打不通，看样子是不打算与叶问青他们联系，合同上签订的转账时间也到了，叶问青只好把这件事交托给了律师来解决。

"被告贾胜在平台发布的内容中使用了虚假言辞，对我当事人的社会评价造成了贬损，侵害了原告叶问青的名誉权，我方要求被告贾胜刊登致歉声明，向原告叶问青公开赔礼道歉，并赔偿叶问青精神损害抚慰金8000元及合理费用155元。"

叶问青将法庭审判录像和工厂负责人发的微信内容等，所有可以证明自己清白的证据，全都整理好传到了网上，清者自清，他并没有做过这件事，便不害怕被人查。

网上的局势瞬息万变，在叶问青放出所有证据和法院判决书以后，网友们才知道自己冤枉了好人。可那些辱骂的话，已经留在评论区很长一段时间了。语言是一把看不见，但无比锐利的宝剑。

叶问青这段时间因为要和贾老板打官司一事，弄得很不愉快，成天都待在自己房间，沉寂了很久。徐莉要去安慰他，却被窦淮叶拦下了："别去，他自己心里明白，只是眼下有些无法接受罢了，等过段时间就好了。"

徐莉自然知道她说得很对，可这么看着叶问青消沉，她又有些于心不忍，"要不你去劝劝，没准儿会好得快些？"

"我又不是多巴胺。"窦淮叶话虽如此，却还是照着徐莉的话，敲响了叶问青的房间门，"给你带了饭菜过来，好歹吃一些吧。"

大概是因为春天到了，正是出门踏青的好时节，这一周来造纸坊和研学馆的游客稍微多了些，只要游客没有受到之前那件事的影响就好。

叶问青本来不打算出来的，听出来是窦淮叶的声音，怕她担心，只好开门，"我没什么事儿，就是有些自责没有提前规避风险，让你们和造纸坊都挨了顿骂。"

窦淮叶把饭盒打开，摇头道："我们不是一个团队嘛，有福同享，有难同当，要是你把责任都往自己身上揽，那我们可不答应。而且现在事情已经过去了，法院不都下了判决书，我们以后签合约的时候再小心一些，就没什么事儿了。"

"你说得对，不该把精力放在这种小事上。"叶问青嘴角微勾，他知道窦淮叶要忙着备考，时间格外紧张，于是道："早些回市里吧，认真备考，争取这次考上心仪的院校。"

"我知道的，薛老师答应帮我补习，有她在，我的专业课肯定没有什么问题，就是英语自己要多上点心。"窦淮叶这次来水桐，除了开导叶问青之外，还有一件事要跟他说，"成都要举办国际非遗节，就在成都国际非遗创意产业园里，陈锋说他要去拍摄，问我们要不要一块儿过去。"

说实话，陈锋在水桐待的时间够久了，他早就想到处逛逛。

"一块儿去吧，就当是陪我了。"窦淮叶撒娇道，她想让叶问青去散散心，老是闷在屋子里，就算是有再好的心态也容易崩溃。

叶问青那双好看的眼睛弯起，"好。"

六月十三日，是中国文化和自然遗产日，成都今年的国际非遗节活动也设置在了这一天。天气已经进入了酷暑，还未出门便可以感受到烈日的怒火，烤得人皮肤紧绷发干，根本没法在太阳下久待。

　　叶问青等人穿得比较清凉，头上戴着遮阳帽，从出租车上下来，往非遗创意产业园区走。"好多人呀！"窦淮叶扎了两条麻花辫，辫子上还戴了装饰性的小白花，吊带碎花裙，外搭白色薄衫。陈锋举起摄像头对准了来往的人群，道："外面肯定人多，进了园区里面人就会少一些。"

　　广场上的集市上有很多非遗产品在售卖，有不少人驻足围观，更远的地方还有音乐传出来，是参加活动的非遗传承人在进行展演。

　　"能来这里展演宣传的至少都是省级非遗项目，我们去体验一下吧。"陈锋话罢，便朝着里边走去。进入室内后，迎面而来的空调冷风吹散了身上的燥热，古色古香的风格，让人一下子沉浸进去，光影落在悬浮的手工纸上，疏密不一的肌理，地上透射着没有棱角的图案。都市的快节奏开始随着他们的步伐变得缓慢，时间的流速悄然发生变化，越往里走，就离熙熙攘攘的人群越远。

　　主会场一楼，最先看见的是皮影手工艺体验区，木箱中放着西游记的四个经典角色，窦淮叶上前拿起孙悟空的皮影，她动了下木棍，皮影小人也跟着动了动。皮影是一种用驴皮或纸板制成的人物剪影，艺人们在白色幕布后面，操控着皮影进行戏剧表演。窦淮叶觉得皮影戏就是光的艺术。

　　再往前是木活字印刷术体验区，这个窦淮叶体验过，她知道叶问青也会做这个，拉着他快步走过去。笔墨纸砚倒是挺齐全的，做个什么才好？窦淮叶略一思索，想印刷一篇节令歌，字数比较少，方便拣字。这里是按照汉字发音顺序在一个圆形木盘来摆放单字，她跟着叶问青学了认阳文，勉强拣了几个字后，还是让叶问青来帮忙。

"节令歌：立夏鹅毛住，小满却来全。芒种五月节，夏至不纳棉。小暑不算热，大暑三伏天。"

"你们继续，我过去拍下蓝染。"陈锋调整了一下相机的参数，往旁边的蓝染区域走去，蓝染是一种古老的染色工艺，制作一件蓝染至少需要花费20年的时间，所以想要染出特定的颜色非常不容易。这也是所有非遗项目都难以传承下去的共同点之一。

陈锋选取了角度，拍了几张照片后，把相机挂在脖子上，转动着染布机的把手，"哐哐哐——"轮子上的布料一下子掉了下来，掉在木桶里，溅起了蓝色的水花。蓝染必须使用冷水才可以，把布料全部浸透进去，再拿出来摊平，让氧气和布料接触，这一过程叫做"氧化"。等布料氧化过后，就会自然地变成了蓝色。

"陈记者？"右侧的屏风后，有人喊道。

第十六章

我的美丽乡村

01

一个女人从屏风后走了出来，她刚才在欣赏屏风上的图案，没想到会在这儿看到陈锋。"你居然在成都！今天才来的？"

陈锋倒没像她这样惊讶，只是说道："我来四川有小半年了。"

"肯定是来这里拍摄非遗项目的。"张慧自认为对他还算了解。两人并肩往前走着，张慧道："今年的非遗活动布置得很用心，你看这个灯光，站在那儿随便一拍就很上镜。"

"还不错。"陈锋点了点头，去寻找自己此行的目的地。不过，往年摆设风筝和纸鸢的地方已经换成了木工、皮革，不少工具放在桌子上。

陈锋有些奇怪，问道："邓伯今年没来参加活动吗？"他以前来拍摄照片，总会看到邓伯，这次过来除了来拍照外，也想跟邓伯叙叙旧。

"邓伯年纪大了，来不了。"张慧有自己的消息渠道，她把桌子上被游客弄乱的小帕子给叠放整齐，头上的银杏叶金灿灿，

"今年没有看到他制作的纸鸢，还有些可惜呢，老人家身体不好，确实没办法过来。"

陈锋看着这里摆放着各种用木料制成的东西，不断地与记忆中的纸鸢对比，"你知道他家在哪儿吗？我想去拜访一下，顺便给他拿个东西。"

张慧道："那我帮你联系一下。"

没有看到老人做的大雁风筝，陈锋明显很失落。张慧联系到老人的家属，说明了陈锋想去拜访，得到了对方的同意，对方说老人一直很期待陈摄影师的到来。"邓伯缠绵病榻很长一段时间了，他就想再看看你。"张慧的声音有些发颤，道："你去了就多陪他一会儿吧，可能这一次见过后，就再没机会了。"

老人住在乡下，前往途中陈锋已经给自己做了心理建设，但当走进泛着浓浓的药味儿的房间，看到床榻上躺着的邓伯脸颊瘦得往里凹，干黑的皮肤紧贴在骨头上，他还是大为震惊，不过一年的时间，时光就熬干了老人。

"邓伯，是我小陈。"陈锋哽咽了一下，要是早些过来就好了，他蹲在床边，把自己随身挎包里的东西翻了出来，是一沓照片，他因为激动甚至把照片掉了几张在地上。

窦淮叶赶紧帮忙捡起来，她和叶问青跟着陈锋一块儿来的。

老人干瘪的嘴唇翕动，发出无意义的单音节，他似乎知道是陈锋来了，手指费力地动了一下，想表达自己的想法。

陈锋握住老人的手，滚烫的体温传递了过去，他把照片贴在老人的掌心，"我去年到河南去拍照片，你看这是罗锅酱肉，看起来色泽鲜亮，肥而不腻；这是龙门石窟和大桥，我当时爬上香山还费了很大的劲儿……"

晶莹的泪珠从老人的眼窝滑落，他听见了陈锋说的每一句话，却只能用这种方式回应。怕老人情绪过于激动，对他的病情不好，所以村长没过多久就进房间，提醒陈锋他们该出去了。

　　"邓伯，我先出去了，你好好养病，以后再带着风筝去展会。"陈锋把即将流出来的泪水硬生生憋了回去，他把照片放在了老人的枕头底下，依依不舍地离开房间。

　　客厅中依旧可以闻到药味，陈锋他们并不嫌弃，两旁的墙壁上，还挂着许多只以花鸟鱼虫为原型的风筝。

　　陈锋道："邓伯不是四川本地人，他妻子是四川的，所以来这里定居。他出生在河南开封的小村子里，世代人都住在汴梁，靠着扎风筝为生。邓家的风筝多取材于花鸟鱼兽，生活气息浓郁，且造型逼真，画工细腻。早在二零零六年，邓伯就获得了'河南省民间工艺美术大师'的称号；二零一五年，他们邓氏风筝还被列为河南省级非物质文化遗产保护名录。"

　　为了结发妻子，邓伯远赴他乡居住，却从未忘记自己的故土，一直都想回去看看。可是邓伯年纪大了，他身体一向不好，路途遥远，子女工作又忙，没有时间陪伴他回开封。

　　上一次在展会上见到邓伯，陈锋和他一见如故，还表示自己会去一趟老人的家乡，帮忙拍些照片过来。只是陈锋一直在水桐拍摄非遗，也就没有时间特意过来一趟。望着满室的纸糊风筝，陈锋眼眶红透，幸好他带着照片来了。

　　回程的途中，窦淮叶问道："邓伯得的什么病？"

　　陈锋默了会儿，才回道："人如灯盏，油尽灯枯罢了。"人类的生命在时间长河中实在是太过于短暂了，还没有来得及做更多的事情，便已经走到了生命的结尾。世间的遗憾太多了，多到让人不敢细思。雨水拍打在车窗上蜿蜒成川，风声"呜呜"地吹，就像是孩童发出的呜咽声。陈锋把头靠在玻璃上，紧闭着双目。他抱着相机的手紧了又紧，嘴唇紧抿着，没露出明显悲伤的表情，却让人觉得他下一秒钟就会哭出来似的。

窦淮叶坐在他的后侧，可以看到他的侧脸，他头发蓬乱得从来没有梳顺过，经常性不剃胡须，下巴总是冒出很多青茬。蒋承奕经常笑话他连胡须都刮不干净，还到处乱跑。他只是把很多时间和精力都放在了热爱的事物上，手中的相机里装了不下几十个非遗传承人的希望，和对于传承古法技艺的美好祝愿。

"我们存在的本身，就是倒计时的等待死亡。死亡是任何人不可回避的生命终点，'向死而生'，人才会回到本真状态。我这简短的一生，就是在寻找创造生命的意义。"

窦淮叶也跟着变得难过起来，随着年龄的增长，她已经很少会被人打动了，可是这一次她有些无法抑制自己的情感。她好像理解了薛老师所说的"真情实感""真实体验"，为何作家要创作现实题材的作品？因为这是最贴近我们生活的题材，最能反映身边人事物真实的情感，以文字纪念这些人的青春和感人事迹。

她之前创作的作品都是架空于世界任何一个朝代，人物没有落脚处，所以虚无缥缈。

02

"许多历史文化名城没有毁于战争，而是毁于建设。城里的高楼，像疯长的树，住着许多没根的人。"窦淮叶有感而发，将编辑好的文字点击发布了朋友圈。

自那天回来后，没过几天，张慧就传来消息——"邓伯走了，那天他的子女和老伴都在床边守着，想来也没有那么多的遗憾了。"其实邓伯病重很久了，一直在苦苦支撑，或许就是执念太深，陈锋一来就如愿。陈锋听后枯坐了一夜，然后道："我去送送他。"

许是同为非遗传承人，叶问青对邓伯有种天然的亲近感，让人加急寄了造纸坊做的黄表纸过来，他们买了白菊和黄菊，跟着陈锋一块儿去了邓伯的葬礼。

老人的葬礼布置得很是简洁，灵柩停放在他们之前去过的大堂中，偌大的一个"奠"字，两旁挽联白底黑字写着"精神不死，风范永存"。把白菊和黄菊放在灵柩前，叶问青三人给邓伯上了一炷香，再拜了三拜。

"邓伯临终前有说过什么吗？"陈锋问张慧，她比他们来得更早，也帮着布置了灵堂。她和邓伯的家人打交道比较多，对邓伯更为了解。

张慧摇头，用绢帕压着眼角的泪花，她特意换了黑色的衣裳，衣襟前佩着一枚白纸花，"倒也没说什么，他就是放心不下自己这门手艺，可惜没有留下更多的作品。"

邓伯的老伴呆坐在椅子上，望着燃烧正旺的火盆。叶问青等人在烧黄表纸，这次黄表纸的纸质细腻，甚至不太像是用于祭奠的，他看着火盆内燃烧过后的纸张，仍然很大一块。

水桐乡有个俗定的概念——那就是燃烧的纸张越完整，纸越烧得好，被祭奠的那个人的心情也会好的。邓伯应该可以放心，现在国家大力扶持非遗项目，他的技艺绝不会就此失传。

吃过饭后，叶问青等人准备离开了。张慧扶着邓伯的老伴走了出来，老人头上还带着白麻布，脸上难掩悲痛之色，她拿着一个软翅的紫燕风筝，红绿相间，小巧精致，形象生动。

"这是邓伯亲手做的风筝，姨娘的意思是做个见面礼。"张慧解释道。

窦淮叶有些惊，没想到这个紫燕风筝是送给她的。

"拿着吧，他已经很久不做风筝了。"老人的声音干而哑，却有无尽的哀痛。

窦淮叶不再推辞，接过风筝道了声谢，这只风筝拿在手中比较轻盈，很适合在春日去草坪上放飞，但此刻变得沉重起来。

"我晓得你们也是搞非遗项目的，年轻人愿意搞这些不容易……"老人为叶问青等人的一颗匠心感动，絮絮叨叨道："我家老头子这一辈子，就是守着他的风筝了，年轻的时候日子过得苦，没享什么福，老了也闲不下来，经常这里跑一阵那里跑一阵，我笑他是个不落家的野人，但是我晓得他是想让更多人知道汴梁的风筝……"

"姨娘节哀顺变。"张慧怕她过于悲伤，劝了几句。

回程的途中，陈锋和叶问青聊到了非遗传承问题，"我一七年的时候采访过邓伯，也谈过这个问题，那个时候他身体挺好的，还有精力跟着徒弟们到处跑。不管是哪个省份的非遗传承人，遇到的问题大体相同——后继无人，难以复制，市场化程度低。正是这几个因素，导致了很多听上去很厉害很美的非遗，背后的传承人日子却过得很是艰辛。这还是申报上了非遗项目的传承人，那些没有申报非遗，却依旧坚持传承的人，为了传承古法技艺付出了很多。"

叶问青道："非遗是国家对传统文化的保护，是保障文化体系的多样性和延续性，作用发挥在精神层面。挂上非遗项目的匾额，不是拿了金字招牌，更像是一个鼓励性荣誉，对收徒、销售的支撑作用有限。我认为非遗的传承，归根究底还是要靠市场化解决，可想要市场化，门槛又太高。"

叶问青身为非遗传承人，一直在尝试将黄麻纸市场化，他清楚这里面有多少限制，标准化的批量生产是非遗最大的问题，作为文化属性浓重的非遗，绝大多数难以标准化。特别是非遗是以传统工艺为基础，以传承人为主要生产者，传承人的年纪大、从业者的人数少以及对传承人技术的过于依赖等现状，都限制了生产。

除此之外，制造出商品后的销售渠道也是一大问题，能买到非遗产品的地方，多为各地的景区、市区内的一些特产店，或者网店，而且这些大多是有政府支持的背景，规模有限。没有知名的连锁品牌会做非遗产品，在传统的市场终端渠道，也很难看到大批量的非遗产品的踪影，因为这都是需要渠道费用和营销活动来支撑，可非遗传承人是支付不起的，光靠政府的帮助走不长久。

陈锋烦躁地挠了挠乱发，整个人都很躁动不安，"不能量产，没有销售渠道，缺少宣传，这都严重影响传承人的收入和热情。连传承人的生存都无法保证，谁会这么傻来学。"

"所以非遗要传承下去，得先解决传承人的生存问题，让产业充分市场化。"叶问青依旧冷静，他身为局中人，如今反而比局外人更能看清现实状况。"想要市场化，就要先解决产能问题，如果遵循产品思维，传承人永远无法解决短时间交大量货品的问题。产品不能，但'服务'可以。将非遗工艺以科普、教学、体验的服务模式输出，而输出最有效最直接的途径，是与当前的中小学生实践教育结合。这背后，是海量的中小学校需求，核心素养培养、劳动实践能力提升、传统国情乡情教育、传统文化的植入与传递等等。一旦从生产模式转变为服务模式，产业的复制能力大大加强。以前，一个非遗传承人可能需要花一周的时间，才能制作一件非遗物品；现在，通过非遗工艺教学，能实现一对二十、三十、五十，他一周的服务能覆盖数百人。这样的服务走向市场，比起市场现有的产品，因其带非遗属性而自动形成品牌加持，竞争力从起步就高出了一截。产业聚集的流量，能反哺非遗产品的销量。当非遗变得更有名，能赚钱养家了，传承问题自然迎刃而解。"

这一番言论并非纸上谈兵，而是叶问青花了两年的时间去实践得出的结论。

陈锋停下挠头的手，赞扬地看着叶问青，不由道："我就知道当初来水桐乡的决定是正确的！"

"如果有从事研学旅行产业打造、研学课程开发设计、基地景区营销策划的专业人士指导一下，可能非遗传承会更加轻松。"叶问青自己就是在这条路上吃了些苦头，绕了些弯路，现在传承人最需要的是和这些人合作，为自己的非遗项目找到一条适合的道路走。

03

国际非遗节过去后，陈锋便决定回湖南老家，临走这天，窦淮叶不舍地抹眼泪，"以后有空了，就带着嫂子和孩子过来找我们玩儿。"

"好，我又不是不回来了，哭什么。"陈锋的行李不多，一个行李箱就装满了，来时也是这个行李箱，披星戴月地就来了，如今走，也是在晚上。

窦淮叶继续哭，道："你买票就不能选早点，我俩大晚上的还得来送你，待会儿回去都深夜了。"

"这不是晚上票价便宜些嘛，又不是什么富二代。"陈锋原本是想在她毛茸茸的脑袋揉一下，但刚把爪子伸出来，就见身边的叶问青轻咳了声，赶紧缩了回去。"我的朋友，再见了！"陈锋取出自己的身份证，准备进站，他拖着行李箱往里走。

人生本来就是在不断地告别，我们终将离别。

蒋承奕在得知此事后，发消息给他："走了也不说一声，你还欠我一顿酒呢。"

陈锋到了站，才回他消息："这不是事发突然，我也是临时起意，想回家看看老婆孩子了。等以后有机会，我再来找你喝酒。"

蒋承奕问道："那你今后有什么打算？"

陈锋原本在湖南那边的电视台工作，他要是回去后不离开的话，工作还是比较稳定，只是蒋承奕觉得他的骨子里带风，除非他想停留，否则没人能够留得住他。"先在湖南待一阵吧，我到时候看情况，有其他的想法另说。"陈锋的回答果真印证了他的猜测。

"回去后可别忘了我们的兄弟情义。"蒋承奕笑道，他一直记得自己和陈锋的初次见面，这个自称是专门拍摄非遗传承人的非著名摄影师，爬上了他的杏子树上偷吃杏子。"忘不了。"陈锋也笑了笑，把手机揣进兜里，朝着家的方向走去。

然而回来没半个月，陈锋心就痒痒了，想往外跑，他想去拍摄那些藏在乡村里的非遗项目。妻子把锅铲敲得"哐哐"作响，"这回又是去哪儿啊？"

"没呢。"陈锋嬉皮笑脸地去端炒好的鱼香肉丝，"还没确定目的地，再待几天。"

妻子作势要用锅铲砸他，佯怒道："你当这儿是旅馆吗？想来就来，想走就走，怕是住旅馆也没你这么潇洒。"不过这也是说笑罢了，她理解陈锋的心思，并且无条件支持他。

餐桌上，妻子道："我同学最近想申请UAL（伦敦艺术大学简称）的 Curatorial Studies（策展研究）方向研究生，所以想独自策个展览，你要是有空的话，可以和她合作一下吗？"

"张慧？"陈锋往嘴里刨了些米饭，问道："她怎么突然想去伦敦再修个研究生学历？"

"对策展感兴趣呗，现在策展人都是以策展实践方向为佳，想做到 Chief Curator（首席馆长）和 Art Director（艺术总监）那个层次的话，一般都需要 PHD（哲学博士）或以上学历/经验，她一个学工艺美术的，肯定是要再进修的。"

优秀的策展人，没有谁是离群索居的，所以张慧经常出去看展和拜访艺术家，还得参加行业聚会、研讨会等社交和学术活动，不断充实自己的行业数据库，为下一次策展、下一次写陈述、下一次写报告做准备。和艺术家一样，策展人也需要通过策展来提升自己在艺术界的知名度。

"我之前在成都的国际非遗节见到过她，不过她没说这件事。"

"人家是回来后，才跟我提的，说怕你不答应，找我来周旋一二。"

陈锋对策展不是很感兴趣，策展不是一件轻松的事情，除了找适合主题的艺术家之外，还得筹资，总之就是很麻烦。刚想回绝，陈锋多嘴问了一句："她的策展主题是什么？"

"非遗。"

"你跟她说，我答应跟她合作。"

张慧最近很忙，她作为一名策展人不仅要策划展览，还需要关注展览的运营。好的展览体验不仅仅是"展厅"的展览，购票服务、检票服务、讲解、文创、活动等部分，都是展览的一部分，也都是可以通过展览策划设计来解决和优化的。张慧抽空给特立独行的非著名摄影师陈锋发了消息："陈记者，麻烦把作品集发给我一份，我要填策展计划书。"

等对方发到她邮箱后，她又道："现在有空吗？方便商量一下展览的具体细节吗？"

"你把需要沟通的问题一一发给我，或者我们直接见面沟通。"

"是这样的，我们需要确定：1. 展览分为几个展厅或展区板块？它们之间是什么逻辑关系？用什么故事线串联整个展览？2. 展览的文本需要采用特殊的视角或者语气吗？ 3. 展览的入口和出口分别如何设计？ 4.空间的逻辑关系是怎么样的？需要固定顺序的游线吗？ 5.上墙文字的字号大小？文字最高点和最低点在多高？ 6.灯光用暖色还是冷色？需要利用灯光、多媒体、气味、色彩或其他烘托某种情绪吗？"

"……"

好多细节问题，好复杂……

陈锋光是看这些问题就觉得脑瓜疼，但这些都是一个优秀的策划人，必须要去考虑到的问题，一切都是为了展览有个最完美的呈现。他咬牙道："还有其他问题吗？一块儿发来吧，我什么事情也不干，就准备填'调查问卷'了。"

说实话，张慧很尊重他，一切都以他的意见为准，尽管她自己也拥有决定的权利。

"对了，我跟美术馆的负责人谈了一下，对方的合作模式是纯空间租赁费用，所以我们需要一次性支付，而不是按照门票比例收成。"这样有好处也有弊处，万一来看展的人数较少，他们的资金无法回流，会亏损较多。

陈锋眼眸微抬，道："一次性支付就一次性支付。"他们已经付出了这么多精力，只要能把展览成功搞定，那一切就都值得了。

04

叶问青回到水桐乡后，继续坚持自己的想法，把生产模式转为了服务模式。这种方法是有效的，来乡下研学的学生和游客越来越多。虽然之前发生了贾老板污蔑一事，自媒体上的粉丝少了很多，但随着叶问青澄清了这件事，又让网友们看到了他对于古法造纸的喜爱，和守护非遗的决心，现在粉丝数竟然积累到了一百万。

流量带动着黄麻纸产品的销售，再加上叶问青和苏余年邀请其他高校的设计师来设计文创产品，让大家可以购买的产品更多，销售的金额也越来越大。

水桐乡不再是那个贫困的小山村了，如今大家都靠着旅游业顺利脱贫，村子里以徐莉和小刘为样例的年轻人，不再外出进厂打工，而是留在了自己的家乡，为游客们讲解村里的故事。蒋承奕他们扶贫小组的任务也终于要结束了。

这日，市文旅局给叶问青发去通知，让他去省里参加评选省十佳文化旅游单位。

"叶哥，咱们造纸坊是要拿奖了吗？"徐莉生平第一次感觉心脏都快跳出嗓子眼了，她坐立难安，在造纸坊里走来走去。

苏余年笑道："市里能让叶哥去参加，说明还是有可能拿奖的。"

叶问青手心也开始冒汗，这个评选活动，他从未报名参加，看样子是市里文旅局帮忙报的。这么长时间了，文旅局那边也没有什么其他动静，还以为对水桐乡并不关注，谁知道他们工作人员一直在默默地留心着造纸坊的动态，只是从来不曾插手他的决定。叶问青难以形容此刻的心情，他从来不是一个人在奋战，身边还有好友、村民、政府的支持。一定要去省里参加这次的评比，哪怕最后并没有得奖。他不能辜负市文旅局对他的期望。

省文化和旅游厅比之其他建筑物多了几分肃穆，叶问青整理好衣着，长长地呼出一口气，让自己放松。

"这次的省十佳文化旅游单位评定，严格按照'自愿申报、初审推荐、复审推荐、检查评议、候选名单公示、命名授牌'的程序，共包括5类基本项目、附加项目和负面清单3大部分指标，让景区和各涉旅单位有据可依，有利于推进工作。"

他坐在放有自己名字的席位上，红毯上的工作人员说了这次评定的程序，叶问青这才知道原来还要经过这么多步骤，不由地更加紧张了，近600多家单位角逐文旅大奖，他们的黄麻纸造纸坊和研学馆能竞争过这些单位吗？

头顶的数盏灯光晃得人头晕目眩，叶问青紧张到甚至开始耳鸣，他等待着最终的结果，无论是好是坏，他都能够接受。终于，他听见了主持人宣布结果的声音和周边热烈的掌声。

"达州日报讯（记者李怡）近日，四川省文化和旅游厅公布一批省文明旅游示范单位，全省共13家单位入选。分别是：东源历史文化景区、金沙遗址公园、水桐乡黄麻纸造纸坊……"徐莉拿着一叠《达州日报》，声音抑扬顿挫，等这则消息全部念完之后，她这才给村民挨个发了一份。"大家都看看啊，咱们村里水桐乡黄麻纸造纸坊被评选为省十佳文化旅游单位了！"

村民们拿着报纸赶紧翻看报道，"评了这个什么单位，有啥子好处咧？"

徐莉脸上满满的自豪，骄傲道："有了这个牌匾，来咱们这儿旅游的游客就会越来越多，到时候大家赚的钱就越来越多，你们说有没得啥子好处嘛！"

"曜哟，那看来这个大学生真的是了不起喔！"

老陈头认不了几个字，把报纸上的文字看了看，有些字认识，有些字抠破脑袋也不认识。他小心翼翼地把报纸折叠起来，打算拿回家用相框装裱起来。

"国家政策好，娃儿们自己也肯下苦力，要不然哪儿有我们这些老把戏跟着享福的份儿喔。"老陈头是正儿八经受了国家政策的恩惠，蒋承奕他们来了村里多少次，送完了柴米油盐，又给送鸡鸭牛猪，还帮着下地干活，生怕他们又返贫了。

村子里气氛高涨，人们非得要去找黄书记庆贺一下。

"这么好的节日，不来放个烟花，怕是不得行，我待会儿就开车去镇上买几桶回来。"小刘家得了应有的分红，加上之前攒的钱，给自己买了一辆五菱宏光，刚好用来装运货物。

徐母在后面追着他，道："你顺便帮我买些红糖回来，我给莉莉炸红糖粑粑，喊你莫装聋！"

为什么会从这么多家单位中脱颖而出？自己到底有什么资格获得这个省十佳文化旅游单位？这是叶问青在得到奖杯后，第一时间思考的问题，与其他单位的代表人相比较，他的资历实在是太浅了。可最后获得奖项的人竟然是他，这个结果震惊了那天在场的很多人，恐怕不少人都想过这其中是不是有黑幕。

就连叶问青本人也觉得有些不可思议，但冷静下来过后，他便知道了决定性的元素，经过他和苏余年的一整年运营，全网自媒体粉丝已经近乎五百万，这在流量决定经济的时代，已经胜过了很大一部分人。

再加上，他提出了一个让非遗传承人都可以借鉴的新概念，也就是把"生产模式"改为"服务模式"，这在未来一定会成为至关重要的核心点，会改变很多非遗传承人的生活。这个奖项绝不是随便颁发的，而是经过数位专家评委们的深思熟虑，才最终落到了他的手上。

再度回到造纸坊的那间房，叶问青在这儿已经住了八九百个夜晚，他曾经多次在深夜忍着困意继续工作，就是为了走出一条属于自己的道路。如今现实证明，他做到了。

05

陈锋的展名为"无用之功"，他总是做些在外人眼中属于无用之功的事情，比如在偏远的小村庄待上一年半载，就为了拍一个古法技艺的传承人的日常生活。就连当事人都怀疑过："你确定这个有记录下来的意义吗？"

怎么没有意义，每个人的生活都是有意义的。更何况，在陈锋看来，这些守护着中国传统文化的传承人，他们的生活更应该被大众知道。

确定了开展的日期后，叶问青和窦淮叶，以及蒋承奕三人都赶到了湖南，去观看陈锋的第一个个人展览。

"如果没有你们的支持，这个展览肯定也开不了。"在湖南的第一餐，陈锋端起茶杯，敬了一圈，泪眼婆娑道："我先干为敬。"

之前和美术馆交涉时出了问题，对方在得知陈锋他们打算展出的天数后，又增加了一笔钱，陈锋和张慧筹集到的资金大多数都用来布置展厅了，根本没有多余的钱来支付这笔钱。原本陈锋是想自己顶上，毕竟张慧是个不知名的策展人，每个月到手的钱才几千块钱，赚的都是些辛苦钱。可家里小孩身体不好，在医院输液，他实在是没脸去找妻子谈论展览的事儿。他和蒋承奕说起了这件事儿，蒋承奕二话不说，直接给他转了一笔钱，随后叶问青和窦淮叶也都资助了一些。

这场展览才算是成功开办，陈锋觉得"无用之功"这四个字，他也想送给在场的几位朋友。大家的职业虽然不同，从事的行业也没什么牵扯，但都是在做外人眼中的"无用之功"，只有他们自己甘之如饴。

从湖南再度回来后，叶问青等人还带来了一个天大的好消息。

"什么！央视要来采访我们村？！"黄书记震惊得连脸上的沟壑都快抻平展了，他"吧嗒吧嗒"地抽着旱烟，双手竟然发颤，这哪里是以前敢想的事情。

叶问青把 CCTV-17 农业农村的《我的美丽乡村》的节目组工作人员发给他的邮件，拿给了黄书记看，"我们这次去看陈锋的展览，遇见了来参展的工作人员，他们得知我们村子是省十佳文化旅游单位后，表示有兴趣过来采访一下。"

毕竟以村落为单位去申报省十佳文旅很难得，所以节目组的工作人员立即和叶问青联系，他们从 2015 年就开始拍摄《我的美丽乡村》这个节目，已经拍摄了五六年的时间。

黄书记连声道："好！"

正忙着往水池中放水的徐莉抬头，听着村里的大喇叭播报广播："各位村民，大家下午好，现在宣布一条重要消息。"

其他做农活的村民也不自觉放下了手中的锄头。

"听听，黄书记和村主任又打算说些啥子呢。"徐母停下嗑瓜子的手，和徐莉都竖起了耳朵，生怕一不小心就听漏了消息。

"目前我们村委会得到确切消息，在不久之后，中央电视台农业农村频道的《我的美丽乡村》节目组要来我们村进行为期三天的拍摄，大家都要格外重视这次央视的拍摄，切不可在记者面前骂脏话、做出一些不文明的行为……"

徐母笑出声来，继续嗑着瓜子，既觉得新奇又有些期待，"你说这中央台的记者来我们这个小村子里拍啥吗？"

"拍摄当地独特的自然风光与深厚的历史底蕴，探寻当地农旅融合带来的新变化、新气象。"叶问青把手机收起，和黄书记说道："这次是一个很好的机会，可以提高咱们水桐乡的知名度，也能让其他人看看我们现在的生活状况。"

央视记者还没来，黄书记已经紧张得不行，他和村委会的人商量着到时候记者来了，他们该在这些人面前说些什么，毕竟是中央台的人，会不会瞧不起他们这些泥腿子？

"黄书记，您就放宽心吧，照常介绍村子里的特色就好，其他的别想多了。"蒋承奕知道他们担心做不好，在央视记者面前露怯，也赶了回来。

几天后，两三辆眼生的车驶进村子里，村民们的心都提了起来。来了，央视的记者们来了！徐母站在自家的院坝，使劲儿往造纸坊的方向望，徐莉赶紧拿起小镜子看了看自己的妆容，应该没有卡粉吧？不然到时候上了电视，这么多人看节目，多不好意思啊。

"欢迎你们来到我们美丽的水桐乡。"黄书记和村主任一众驻村干部迎了上去，叶问青站在他们身边。

郝记者见过叶问青，他和黄书记和其他干部握手后，自然地走到叶问青身边，笑道："当时听说你是非遗传承人，我就想过来找你拍摄，现在终于来了。"

"我也期待你们很久了。"叶问青不是没想过现在这一幕的场景，但总觉得有些不太真实。郝记者与他紧握的手，让他的思绪回到了原位，"带我们先去参观一下吧。"

叶问青等人先去了研学馆，从黄麻纸的创造者葛洪说起，一路往前，记者们的摄像头不曾放下过。为了迎接央视记者们的到来，叶问青特意用纸张制作了几个主题展。"丰收"，用纸张叠出人物造型，表达了乡间农民的辛勤劳作和秋季硕果累累丰收的喜悦；"重峦叠嶂"，把石膏和塑型膏倒在柔和的五颜六色的皱纹纸上，弄好造型，等自然风干上色，蜀山的险峻，却美不胜收；"红旗升起的地方"，用纸传达"红色精神"，重温党的红色足迹。

他一一地介绍着自己的创作灵感，郝记者留意到了这次陪同的女生，并不是上次在"无用之功"展览上见到的窦淮叶。眼前这个女生看上去力气足，说话声音敞亮，应该是造纸坊的工作人员。

"之前的小窦呢？她怎么没来？"郝记者知道窦淮叶是名网络作家，还想拍摄一些她的工作片段，只是这次没有见到她，觉得有些可惜。

提及窦淮叶，叶问青表情明显温柔了许多，语气中难掩骄傲："她在追逐她自己的梦想。"

节目录制期间，栏目组的工作人员走遍村头巷尾，深入田间地头，围绕乡村旅游、产业发展、生态宜居、农民增收等内容，与当地的村民、来访的游客沟通交流，详细记录了水桐乡的优美田园风光、乡村生产生活、农业产业发展等，充分展现一系列惠农政策在乡村振兴工作中采取的措施与取得的成就。

……